北京から来た男 上

ヘニング・マンケル

JN210798

凍てつくような寒さの未明，スウェーデンの小さな谷間の村に足を踏み入れた写真家は，信じられない光景を目にする。ほぼすべての村人が惨殺されていたのだ。ほとんどが老人ばかりの過疎の村が，なぜ。休暇中のヘルシングボリの女性裁判官ビルギッタは，亡くなった母親が事件の村の出身であったことを知り，一人現場に向かう。事件現場に落ちていた赤いリボン，防犯ビデオに映っていた謎の人影……。事件はビルギッタを世界の反対側，そして過去へ導く。刑事ヴァランダー・シリーズで人気の北欧ミステリの帝王ヘニング・マンケルの集大成的大作。

登場人物

ビルギッタ・ロスリン……………………ヘルシングボリの裁判官
スタファン……………………………………ビルギッタの夫
ハンス・マッツソン………………………ビルギッタの上司
カーリン・ヴィーマン……………………ビルギッタの友人
ヒューゴ・マルムベリ……………………ヘルシングボリ警察署の警視
カルステン・フグリーン…………………写真家
ヴィヴィ・スンドベリ
エリック・ヒュッデン
レイフ・イッテルストルム
}ヒューディクスヴァル警察署の警察官
トビアス・ルドヴィグ……………………同、署長
ステン・ロベルトソン……………………検事
トム・ハンソン………………………………ヘッシューヴァレンの村人
ニンニ…………………………………………トムの妻
ユリア・ホルムグレン……………………ヘッシューヴァレンの村人
ラーシュ・エマニュエルソン……………レポーター
スツーレ・ヘルマンソン…………………ホテル・エデンのオーナー

ラーシュ＝エリック・ヴァルフリドソン……爆発掘削会社の従業員
ワン・サン……グァンシー自治区出身の男
グオシー……サンの兄
ウー……サンの弟
ワン……｝ネヴァダ州の鉄道敷設工事現場の主任
J・A（ヤン＝アウグスト・アンドレン）……｝ネヴァダ州の鉄道敷設工事現場の主任
エリィストランド……｝キリスト教宣教師
ロディーン……｝キリスト教宣教師
ルオ・キー……キリスト教布教所の使用人
ヤ・ルー……企業経営者
ホンクィ……ヤ・ルーの姉
シエン夫人……ヤ・ルーの秘書
リュー・シン……ヤ・ルーのボディガード
シエン・ウェイシエン……請負業者
マ・リー……ホンクィの友人
ホー……ホンクィのいとこ
サン……ホンクィの息子

北京から来た男 上

ヘニング・マンケル
柳沢由実子訳

創元推理文庫

KINESEN

by

Henning Mankell

Copyright © 2008 by Henning Mankell
This book is published in Japan
by TOKYO SOGENSHA Co., Ltd.
Japanese paperback rights arranged
by Copenhagen Literary Agency, Copenhagen
through Japan UNI Agency, Inc., Tokyo

日本版翻訳権所有
東京創元社

目次

下巻目次

北京から来た男　上

第一部　静　　寂（二〇〇六年）

宣誓

私、ビルギッタ・ロスリンは、名誉と良心にかけて、スウェーデンの法律と規則に従い、貧しい者富める者の差なく、親族、義きょうだい、友人を助ける名目で不公平をおこなわず、羨望、悪意、臆病さに決して影響されることなく、賄賂《わいろ》、贈答などはどのような体裁であれ決して受け取らず、無罪の者を有罪にし有罪の者を無罪にすることなく、すべての裁判において正義をおこなうことをここに約束し誓う。私は判決前、または判決後の修正、あるいは秘密裏の交渉もおこなわない。これらすべてを、私は誠実で正直な裁判官として忠実に守り、履行する。

裁判法四章十一条

墓に刻まれた言葉

1

降りしきる雪、厳寒、真冬。

二〇〇六年一月の初め、一匹のオオカミがノルウェーとの国境ヴァウルダーレン峡谷を通り抜けてスウェーデン側に入ってきた。スノースクーターに乗っていた男がその姿をフィェルネース近くで見かけたが、オオカミはすぐに東へ向かい、森の中に消えてしまった。それより二日前、ノルウェーのウステルダーラルナの深い谷間で、オオカミは凍ったヘラジカの一部をみつけ、脚の部分に残っていた肉を夢中でしゃぶったが、それからなにも喰っていなかった。空腹を満たすものを必死で探していた。

若いオスのオオカミで、この辺までやってきたのはテリトリーを広げるためだった。休みもせずひたすら東へと進んでいた。リンセルの北、ネルヴィアーナまで来て、オオカミはまた凍ったヘラジカをみつけた。一昼夜、そこにうずくまって腹がふくれるまで食べ、それからまた海のほうへ歩きだした。方向はずっと変わることなく東だった。コルブーレまで来ると、凍ったユスナン河を走って渡り、そのまま曲がりくねった河に沿って海の方向へ進んだ。イェルヴスーに着くと、走って橋を渡り、月明かりに照らされた深い森の中に入っていった。その森の向こうは海だ。

一月十三日の早朝、オオカミはヘッシューヴァレンに着いた。ヘルシングランド県のハンセシューン湖の南に位置する小さな村である。オオカミは立ち止まり、一息ついた。その瞬間、空気に血の臭いを嗅ぎ、あたりを見回した。家々には人間が住んでいる。だが、煙突からは煙が出ていない。オオカミの鋭い耳にも、なにも聞こえてこない。

しかし、血の臭いはまちがいなくそこにあった。オオカミは森と野原の境目に立ち止まり、臭いがどこからくるのかを見極めようとした。それからゆっくりと雪の中を歩きだした。臭いは村のいちばんはずれの家から流れてくる。オオカミは警戒していた。人間の近くでは用心深く、辛抱強くなければならない。ふたたび立ち止まった。臭いは家の裏手から流れてくる。立ち止まったまま耳を澄ます。しばらくして、ふたたびゆっくりと歩きだした。その家まで来ると、人の死体があった。オオカミはその重い獲物を森のほうへ引っ張っていった。それを見ている人間はいなかった。犬さえも吠えない。厳寒の朝、そこはまったく音のない世界だった。

野原と森の境目まで来ると、オオカミは喰いはじめた。肉が凍っていなかったので、喰うのは簡単だった。オオカミは腹が減っていた。革靴を引き裂くと、足首からがつがつと喰いはじめた。

夜中に雪が降ったが、そのときは止んでいた。オオカミが腹を満たしている間にふたたび雪が舞いはじめた。

2

カルステン・フグリーンは目を覚ました。一枚の写真の夢を見た。身じろぎもせずにベッドに横たわったままでいると、映像がゆっくりと戻ってきた。まるで写真のネガが意識の中まで送り込まれてきたようだった。その写真には見覚えがあった。モノクロで、鉄のベッドに腰掛けている年取った男の写真。壁に猟銃がかけてあり、男の足元には溲瓶《しびん》があった。初めて見たとき、男の寂しそうなほほ笑みが気になった。どこか人目を避けるような、警戒している様子があった。長い年月が経ってから、彼は写真の背景を知った。男はその写真の数年前に仲間と鳥を撃ちに出かけ、間違って息子を撃ってしまったのだ。それ以来、猟銃は壁にかけられたまま、男はだれとも口をきかなくなった。

カルステン・フグリーンがそれまでに見た何千何万という数の写真とネガのうち、これは忘れることのできない一枚だった。自分で撮ったような気さえしていた。

ベッドサイドテーブルの上の時計は七時半を示していた。いつもならもっと早くに目が覚める。だが前の晩はよく眠れなかった。ベッドもマットレスも固くて体になじまなかった。チェックアウトするときに苦情を言うつもりでいた。

それは旅行に出てから九日目で、最後の日だった。カルステン・フグリーンは山奥の村々やそれよりもっと小さな集落が、過疎《かそ》となって打ち捨てられ朽ちていく様子を写真におさめるために奨励金をもらった。それでこの旅が可能になった。いま彼はヒューディクスヴァルにいて、写真を撮ろうと思っている村があと一つ残っていた。その村を選んだのは、彼が過疎村の写真を撮っていることを知った一人の老人が手紙をよこし、自分が昔住んでいたという村のことを教えてくれたからで、カルステンは手紙の印象からそこを最後の村として選んでいた。

起き上がってカーテンを開けた。夜中に雪が降っていた。依然としてどんよりとした空。地平線に太陽は昇っていない。厚着をした女が村の道を自転車で下っていった。カルステンはその姿を目で追いながら、外はどれくらい寒いのだろうかと思った。零下五度か七度。それ以下ではないだろう。

服を着て、ゆっくり下るエレベーターで受付へ行った。車はホテルの中庭の駐車場に停めておいた。いまもまちがいなくそこにある。しかし、昨日カメラバッグは部屋に持って上がった。彼は必ずそうしている。車の中に置いたままホテルに泊まることは決してなかった。朝車に行ってみたら、カメラが盗まれていたということだけは、絶対に避けたかった。

受付係は二十歳にも満たないような若い女の子で、寝起きの顔をしていた。それを見てカルステンはベッドの苦情を言うのはやめにした。どっちみちこのホテルに戻ってくることはあるまい。

朝食のレストランでは、少数の客がそれぞれ新聞の上に覆いかぶさるようにして食事をしていた。その光景を見ると、彼はなぜかいつも、昔ながらのスウェーデンの姿だと思う。沈黙のうちに、男たちは新聞とコーヒーカップの上に覆いかぶさるようにしてそれぞれ考えに沈み、それぞれの運命を抱えて生きている。

考えるのをやめて、コーヒーを注ぎ、二枚のトーストにバターを塗り、半熟の卵を取った。新聞はすべて先に来た客にとられていたので、しかたがなくそそくさと食事をした。新聞がないのに一人で朝食のテーブルにつくのは好きではなかった。

外は思ったよりも寒かった。つま先立って受付の外窓についている温度計を見た。零下十一度。しかもどんどん寒くなっている。これまでが暖かすぎたのだ。恐れていた寒さがついに到来した。カメラバッグを車に積むとエンジンをかけ、フロントガラスの雪を払いはじめた。座席に地図が置いてある。前の日、ハッセラシューン湖の近くで撮影したあと、最後の村までの道順を確かめたときのままだ。まず幹線道路を南に下り、イッゲスンドでスルフォルサのほうへ曲がる。その後は二つの行き方があった。ストールシューン湖の東側をまわるか、ロングシューン湖の西側をまわるか。東の道は悪路だとヒューディクスヴァルのガソリンスタンドで聞いていた。それでも彼は東の道をとった。そのほうが距離が短い。寒い冬の朝の光は美しかった。まだ着いてもいないのに、農家の煙突からまっすぐに上がる煙が見えるような気がした。

目的地に到着するのに四十分かかった。一度道を間違えた。ネックシューへ向かって南に小道を曲がってしまったのだ。

ヘッシューヴァレンは湖のそばの小さな谷間にある村だった。湖の名前は覚えていなかった。

もしかするとヘッシューかもしれない。こんもりした森が村のすぐ近くまで迫っている。村は湖に向かって傾斜した土地にあって、村を挟んで通っている幅の狭い二つの道はそのままヘリエダーレンまで続いている。

カルステンは村の入り口で車を降りた。雲が割れはじめていた。太陽の光が出てくると手間がかかる。それに印象が平板になる。あたりを見回した。家々のたたずまいがじつに静かだ。遠くから幹線道路を走る車の音が聞こえる。

なぜかふと不安がよぎった。息を止めた。いつもなにか理解できないことの前に立つと、彼は息を詰める。

わかった。家々の煙突だ。煙が上がっていない。これから撮ろうとする写真に必要不可欠な煙が立ち上《のぼ》っていないのだ。ゆっくりと視線を一軒一軒の家に移していった。早い時間に起きて雪掻きをした者がいたはずだ。だがどの家のストーブもかまども焚かれていない。村のことを教えてくれた男の手紙には煙突のことが書かれていた。そこには、稚拙《ちせつ》な手段のように思われるかもしれないが、村人たちは火を焚くことで互いの無事を確かめ合うのだとあった。

カルステンはため息をついた。手紙を送ってくる人たちの中には真実を書かずに、こちらが聞きたがっているだろうと勝手に想像したことを書いてくる者もいる。さて、どうするか。煙の立っていない煙突でも写真を撮るか。それとも、この村はやめるか。この村とこの村に住んでいる人々の写真を撮ることを約束したわけではない。消えつつある寒村の様子はすでにじゅうぶんに撮った。打ち捨てられた農家、人の住まなくなった村の家を買い取り、リフォームして夏の家に使うデンマーク人やドイツ人たちもいるが、多くはただ朽ち落ちて、土に返るのを待っているばかりだ。やめよう。車に乗ってここから立ち去ろう。そう決めてエンジンをかけようとしたが、ふと気が変わった。ここまで遠い道のりをわざわざ来たのだ。少なくとも村人の写真の数枚は撮ってもいいではないか。なによりほしいのは年寄りたちの顔だった。カルステンは年齢を重ねるごとに年寄りたちの顔に惹かれるようになった。写真家の最後の仕事として、年取った女性たちの写真集を出したいと思っていた。高齢の女性だけがもつ美しさがある。それを写真におさめてきた。岸壁の土台のように深く揺るぎなく、人生の苦労が顔に刻まれている。

カルステン・フグリーンはつねに人の顔を追い求めてきた。とくに老人たちの顔を。

車を降りた。羊毛の帽子を深くかぶり、十年間使っているライカM6を手に持っていちばん近くの家に向かって歩きだした。村落にはぜんぶで十軒の家があった。家の木壁はほとんどどれもベンガラ色だ。何軒かの家は玄関部分を建て直していた。一軒だけ新しい家があった。新しいと言っていいものだろうか。おそらく一九五〇年代に建てられたものだろう。カルステンは垣根に設けられた門まで来て、立ち止まり、カメラを構えた。表札にアンドレン家と書いてある。数枚の写真を撮ってからアパーチャと露光時間を変え、さまざまな角度にカメラを構えてみた。まだ灰色すぎると思った。このまま撮ったらおそらくぼやけるだろう。いや、わからない。写真家はたまに思いがけない発見をすることがある。

カルステンは直感で仕事をすることがよくある。光の測定をおろそかにするというのではない。きっちりと露光時間を決めずに撮影して、思いがけない効果が得られることがあるのだ。ひらめきは仕事の一部だった。以前、オスカースハムヌで帆を揚げたヨットが走っているのを撮影したことがあった。強い日差しの、くっきりと晴れ上がった日だった。シャッターを押そうとしたとき、ふとレンズに息を吹きかけることを思いついた。現像してみると、ちょうど霧の中から幽霊船が現れたような絵になった。この写真で彼は写真家に与えられる大きな賞を受けた。

それ以来、彼の頭にはいつも霧のことがあった。

垣根の鉄の門は重く、力を入れて押さなければならなかった。昨夜からの雪に足跡はなかった。依然としてなんの音もしない。犬さえも気がつかないのか。まるで村人全員がどこかに行ってしまったようではないか。これは村ではない。まるで幽霊船、さまよえるオランダ人だ。

玄関前の石段を上がり、ドアをノックしてみた。少し待って、またノックした。犬は出てこない。ニャオと鳴く猫もいない。気配というものがまったくない。不審に思った。なにかが決定的におかしい。ふたたびこんどは強く、そして何度もドアをノックしてみた。ドアノブを握った。中から施錠されている。年寄りたちは縮み上がっているのだ。新聞で読むような恐ろしいことが自分たちの身に起きるのではないかと。

力いっぱいドアを叩いたあと、これはだれも住んでいない家にちがいないと結論づけた。

門から出て隣の家に行った。あたりがようやく明るくなってきた。その家の壁は黄色だった。窓ガラスのまわりが朽ちていた。風が吹き込むにちがいない。ドアを叩く前に、ノブに触ってみた。やはり鍵がかかっている。ノックをする手に力が入った。返事はない。この家にもだれもいないようだ。

やはりこの村はやめることにしようと思った。いま出発すれば、ピテオにあるわが家に昼過ぎには着くだろう。妻のマグダは喜ぶだろう。撮影旅行に出かけるには夫は歳をとりすぎていると彼女は心配している。まだ六十三歳にしかなっていないのに。だが心配する理由があった。彼はすでに狭心症の前駆症状を経験していた。食べ物に気をつけて、できるだけ運動するようにと注意を受けていた。

だが、カルステン・フグリーンは出発しなかった。代わりに家の裏手にまわり、裏口のドアに触ってみた。それは洗濯室に続く部屋のドアらしかった。それにもまた鍵がかかっていた。近くに窓があったので、つま先立ちして中をのぞいてみた。カーテンの隙間から部屋の中が見えた。テレビがある。つぎの窓へ行って、また中をのぞいてみた。さっき見たのと同じ部屋で、やはりテレビが見えた。壁に〈キリストはあなたの友人〉と刺繍《ししゅう》した飾り布が見える。つぎの窓へ行こうとしたとき、なにかが目の隅に映った。床になにかがあるようだ。初めは毛糸玉が転がっているのかと思ったが、すぐにそれは室内ソックスだとわかった。人の足に履かれている室内ソックスだ。カルステンは窓から一歩下がった。動悸が激しくなった。自分はたしかに見たのだろうか？　あれは本当に人の足か？　もう一度最初の窓に戻ったが、そこからはほとんどなにも見えなかった。また二番目の窓へ行って中をのぞいた。まちがいない。たしかに人の足だ。静止している人の足。男の足か女の足かはわからない。もしかするとだれかいすに座っているのかもしれない。あるいは、床に横たわっているのか。

カルステンはガラスが壊れそうになるほど勢いよく窓を叩いた。なにも起こらない。携帯電話を取り出して緊急センターに連絡しようとしたが、電波の繋《つな》がりにくい地区らしく、発信できなかった。三軒目の家まで走って、また激しくドアを叩いた。ここでもだれも出てこない。これは悪夢か。自分はスローモーションで悪夢の中に入っていっているのだろうか。玄関脇に金棒があった。それでドアノブを力いっぱい叩いた。ノブが壊れ、ドアが開いた。彼の頭にあったのは、電話を借りなければ、ということだけだった。家の中に入るとすぐ、隣の家と同じような光景が待ちかまえていたことがわかった。床に年取った女が横たわっていた。頭がほとんど胴体から切り離されている。そのそばに胴体がまっ二つに叩き切られた犬の死骸があった。

カルステンは悲鳴を上げて外に走り出ようとした。そのとき居間の床に男が倒れているのが目に入った。老人は裸だった。背中が血で真っ赤になっていた。

カルステンは外に飛び出た。ただ一心にそこから離れたかった。途中カメラを落としたが、それを拾おうともせず走った。後ろから目に見えないものが追いかけてきて背中に斬りつけてくるような恐怖を感じた。車に飛び乗ると、急発進した。

幹線道路に入ってからパーキングで車を停め、携帯を取り出して震える手で緊急センターの番号を押した。電話を耳に当てたその瞬間、胸に激痛を感じた。結局は追いかけてきたものに捕まり、胸に刃物を突き刺されたのかもしれないと思った。

電話から人声が聞こえた。が、彼は話すことができなかった。痛みが激しすぎて、うめき声しか出せなかった。

「聞こえませんが」という女性の声がした。

もう一度話そうとしたが、やはりうめき声しか出なかった。すでに意識を失いかけていた。

「もっと大きな声で話してください。聞こえませんよ」

カルステンは最後の力を振り絞って言った。

「もうだめだ。ああ、神さま、助けてくれ」

「もしもし、どこにいるのですか?」

だがもう答えを発することはできなかった。カルステン・フグリーンは偉大なる闇に包まれはじめた。激しい痛みから逃れるためのぎこちない動作で、溺れるものが懸命に水面に顔を出そうとするように、彼はアクセルをおもいきり踏み込んだ。車はまっすぐ対向車線に突っ込んだ。そこにトラックがやってきた。オフィス家具を積んだヒューディクスヴァル行きのトラックで、ブレーキも間に合わず、カルステンの車に激突した。トラックの運転手は対向車の運転者の様子を見に運転席から降りた。運転者はハンドルに突っ伏したままだった。

トラック運転手はボスニアからの移民で、スウェーデン語がうまく話せなかった。

「だいじょうぶか?」運転手が訊いた。

「村が」カルステンがうめき声で言った。「ヘッシューヴァレン」

それ以上言うことはできなかった。警察と救急車が到着したときには、カルステンは数回の心臓発作のあと、すでにこと切れていた。

しばらくは、いったいなにが起きたのか、だれにもわからなかった。ましてや突然の心臓発作に襲われてハンドルにかぶさるようにして死んでいたダークブルーのボルボの運転者の真の死因がなんであるかを知る者など一人もいなかった。事故現場からカルステン・フグリーンの遺体が運び出され、荷台をめちゃくちゃに壊された家具運搬のトラックがクレーン車で吊り上げられて現場から移されてから、ようやく警察はボスニア出身の運転者の話に耳を傾けた。担当の警察官はエリック・ヒュッデンだった。ヒュッデンは外国人の下手なスウェーデン語を聞くのが苦手だった。うまく話せない人間の話は聞くに値しないという態度をとる。まず彼はトラック運転手に飲酒の疑いをかけ、アルコール検査をした。もちろん運転手は酒など飲んでおらず、検査結果はネガティヴ、運転免許証にも問題はなかった。

「ボルボ運転していた男、なにかしゃべろうとしてたよ」ボスニア人は言った。

「なにを?」聞くに値しないという態度で、ヒュッデンは訊き返した。

「ヘルーとか言ってたよ。場所の名前かな?」

ヒュッデンはその付近の出身者だったので、苛立って即座に首を振った。

「ヘルーなんて地名はこの近所にはない」

「そう聞こえたけど、なにか似たような名前かも? ヘルシューかな?」

「ヘッシューヴァレンか?」

ボスニア人運転手は激しくうなずいた。

「そうだよ、そう言ってた。あの男」

「それで、なんだっていうのかね？」

「知らない。死んでしまったね」

エリック・ヒュッデンはメモ帳を閉じた。運転手の言葉は一言《ひとこと》も書かなかった。牽引車が来てトラックが運ばれ、トラック運転手がさらにくわしい取り調べを受けるために警察署に行ったあと、ヒュッデンは自分の車に乗った。同僚のレイフ・イッテルストルムもいっしょだった。運転はイッテルストルムがした。

「ヘッシューヴァレン経由で帰ろう」ヒュッデンが突然言った。

「なぜ？　緊急通報でもあったんですか？」

「ちょっと調べたいことがある」

ヒュッデンのほうが年上だった。そのうえ彼は、無口で頑固者として知られていた。イッテルストルムは幹線道路をスルフォルサの方向へ曲がった。ヘッシューヴァレンまで来ると、ヒュッデンは車をゆっくり走らせて村の中を通るように言った。なぜこの村を通るのか、彼はまだ若い同僚に話していなかった。

「だれもいないように見えますね」とイッテルストルムはゆっくり車を走らせて一軒一軒の家を見ながら言った。

「戻ってくれ。同じようにゆっくりと」ヒュッデンが言った。

同じ道を戻ったとき、ヒュッデンは止まれと言った。目に留まったものがあった。一軒の家のそばの雪道になにかがある。彼は車を降りて見に行ったが、突然立ち止まると、すばやくピストルを抜いた。イッテルストルムがすぐに車を降り、同じく武器を手に持った。

「なんですか?」

ヒュッデンは答えず静かに前に進んだ。ふたたび立ち止まり、こんどは体を前に倒した。まるで突然胸に痛みでも感じたかのように。車に戻ったヒュッデンの顔は真っ青だった。

「人が死んで倒れている。斬り殺されている。体の一部がない」

「えっ? なにが?」

「片方の足がない」

二人とも口がきけなかった。ただ呆然として互いをみつめることしかできなかった。やっとヒュッデンは車に乗り込み、無線で警察署に連絡し同僚のヴィヴィ・スンドベリを呼び出した。今日は彼女の出勤日だと知っていた。ヴィヴィはすぐに無線に応えた。

「やあ、エリックだが、いまヘッシューヴァレンにいる」

ヴィヴィが一瞬考えたのがわかった。この付近には似たような地名がたくさんあるのだ。

「スルフォルサの南の?」

「南というより西だな。いや、自信がない。南かもしれん」

「それで、なにが起きたの?」

「わからない。ただ、男が一人、雪の上で死んでいる。男の片方の足がない」

「もう一度言って」

「男の死体が一つ。雪の上にある。大きな刃物で斬り殺されたようだ。片方の足がなくなっている」

ヴィヴィ・スンドベリとエリック・ヒュッデンはよく知っている間柄だった。ヴィヴィはヒュッデンが決して大げさなことを言わない人間だとわかっていた。話がどんなに奇想天外でも、事実にちがいなかった。

「緊急出動するわ」ヴィヴィが言った。

「イェーヴレの鑑識官を呼んでくれ」

「そっちはだれがいるの？」

「イッテルストルム」

彼女は一瞬考えた。

「なにが起きたか、説明できる？」

「いや、こんなものは一度も見たことがない」

こう言えば、彼女にはわかると思った。エリック・ヒュッデンの警察官歴は長く、悲惨さと暴力は数えきれないほど見てきた。

三十五分後、遠くからサイレンが聞こえた。ヒュッデンはその間イッテルストルムに隣の家の様子を見に行こうと声をかけたが、応援部隊が来るまではいやだと言ってイッテルストルムは動かなかった。ヒュッデンは一人で行くつもりはなかったので、二人は無言のまま車の中で待っていた。

駆けつけた応援部隊の先頭の車からヴィヴィ・スンドベリが降りた。年齢は五十代、肉づきがよかったが、身のこなしはしなやかで体力があることは同僚たちはよく知っていた。つい二カ月前も、押し込み強盗をはたらいた二人の若い男を追いかけて捕まえたことがある。走りだしたときは、男たちは彼女を嘲笑ったが、数百メートル後、笑ったのは彼らではなくヴィヴィのほうだった。

ヴィヴィ・スンドベリは赤毛だった。年に四回、娘の営む美容院へ行き、地毛よりもさらに赤く染めてもらう。

ハルモンゲルの近郊の農家に生まれ育ち、年老いた両親の世話をし、看取った。そのころ警察官になる勉強を始め、警察学校に願書を送り、思いがけなくも合格した。当初はその大きな体を見てだれもが警察官の仕事が務まるだろうかと首をかしげたが、それをあえて口にする者はいなかったし、彼女もなにも言わなかった。同僚が、とくに男の警察官たちがダイエットを勧めたりすると、彼女はいまいましそうに舌打ちした。ヴィヴィ・スンドベリは甘いものは好きではなかったが、美味しいものが好きだった。結婚は二度している。最初はイッゲスンドの工場作業員で、彼との間に娘のエーリンをもうけている。夫は現場で事故死した。数年後、こんどはヒューディクスヴァルの配管工事の職人と再婚したが、二カ月後の冬、彼はデルスボーとビュルオーケルの間の凍った道で事故を起こし死んでしまった。それ以後、彼女は結婚していない。だが、同僚の間では、彼女にはギリシャの群島に住んでいる恋人がいるという噂があった。毎年二度休暇をとって出かけていく。が、その噂が本当かどうかはだれも知らなかった。

ヴィヴィ・スンドベリは優秀な警察官だった。現場に残されたほんの小さな手がかりでも分析する力があったし、一度食らいついたら決して放さなかった。

いま彼女はエリック・ヒュッデンの前に立って髪の毛に指を通した。

「現場はどこ？」

路上の死体のところへ行った。ヴィヴィは顔をしかめ、かがみ込んでよく見た。

「医者はもう来たの？」

「ああ、女の医者がこっちに向かっている」

「女の医者？」

「ヒューゴが代わりに送ってくれた医者だ。彼は腫瘍の手術を受けるのだそうだ」

一瞬、ヴィヴィは雪の上の血だらけの死体から目を離した。

「病気なの？」

「ガンなんだ。知らなかったのか？」

「知らなかったわ。どこの？」

「大腸の。幸い、広がってはいないらしい。いまはウプサラから応援の医師が来ている。ヴァレンティナ・ミイルとかいう。外国名だ。おれの発音は怪しいものだが」

「その医者がこっちに向かっているのね」

ヒュッデンは応援部隊の警察官たちが持ってきてくれたコーヒーを道ばたで飲んでいたイッテルストルムに声をかけ、法医学者がこちらに向かっていることを確認した。

ヴィヴィ・スンドベリは死体を本格的に調べはじめた。殺された人間のそばに立つと、彼女はいつも無意味さを感じる。死んだ人間は戻ってこない。せいぜい原因を突き止め、犯人を捕まえて刑務所に送り込むか、精神施設に送り込むかしかできない。

「頭のおかしくなった人間の行為だとしか思えない。凶器は大きな刃物かサーベルのようなもの。もしかすると銃剣かもしれない。切り傷が十カ所あるが、そのどれもが致命傷となり得た。でも、足のことはわからない。この男性がだれかはわかっているの？」

「いいや、まだだ。この村はもぬけの殻らしい」

ヴィヴィは立ち上がり、村全体をゆっくり見回した。村全体が彼女の視線を警戒して跳ね返しているように感じられた。

「ドアを叩いてまわった？」

「いや。あんたたちが来るまで待っていた。犯人がまだどこかに潜んでいるかもしれないから」

「正しい判断ね」

雪の上に紙コップを投げ捨てたイッテルストルムに手を振って合図した。

「これから村に入ります。人がいるはずだから。ここは無人の村ではないからね」

「しかし、だれも出てきません」

ヴィヴィはふたたび村に目を移した。雪の積もった庭、家々の前の道。ピストルをベルトから抜くと、ゆっくり、警戒しながらいちばん近くの家に向かって歩きだした。ほかの者たちはその後ろに続いた。時間はすでに午前十一時をまわっていた。

このあとに起きたことはスウェーデンの犯罪史に残る。三人の警官の目に映ったものはスウェーデン犯罪史上類のないものだった。彼らはピストルを構えたまま、家から家へとまわった。ぜどの家にも死体があった。犬も猫も斬り殺されていた。オウムまでが首をはねられていた。ぜんぶで十九体あった。老人ばかりの中に、一人だけ十二歳ほどの少年がいた。何人かはベッドで殺されていた。床に倒れていた者、台所でテーブルに向かっていた者。手に櫛を持ったまま殺されていた老女、コーヒーポットを手にしたまま台所の床に倒れていた老人。ある家では老人夫婦がいっしょにくくりつけられていた。全員が激しい暴力を受けて殺されていた。老人たちは起きようとしていたところに巨大な雷が落ちて、血まみれになって倒れているかのようだった。田舎の老人は早起きなので、ヴィヴィは、ことは真夜中、いや、おそらくは早朝に起きたにちがいないと思った。

何者かの手で頭を血の海に浸けられたような感じだった。とんでもないことが起きたことで動転してはいたが、頭は冷静だった。惨殺された人々の体を遠くから望遠鏡でのぞいているような気分だった。これ以上近づけないような気がした。

死臭がした。死体はまだ冷たくなっていなかったにもかかわらず、すでに甘ずっぱい臭いが立ちのぼっていた。ヴィヴィは家の中では口から息を吸い、外に出ると、深く息を吸った。つぎの家の敷居をまたぐには、相当の覚悟が必要だった。

目の前にあるどの死体も、鋭く研ぎすまされた刃物でめった切りにされていた。狂気のなせる業《わざ》としか思えなかった。数時間経ってから彼女が書き留めたメモには——それはだれにも見せない自分だけのメモだったが——目に映ったままのことが書かれていた。

一番目の家。老人、男。半裸体。ぼろぼろのパジャマ。スリッパ。二階からの階段の途中で倒れている。頭は体からほとんど切り離されている。左手の親指は体から一メートル離れたところに。寝間着姿の老女、腹がまっ二つに切り離され、はらわたが飛び出している。踏み砕かれた入れ歯。

二番目の家。男と女の死体。両方とも高齢。少なくとも八十歳以上。一階のダブルベッドで発見。女は睡眠中だったか。左肩から胸、右の腰骨に向かって一太刀でまっ二つに。男はハンマーを握り、身を守ろうとしたと思われるが、片腕が切り落とされ、喉を掻き切られている。奇妙なことに二体はひもでくくられている。男は縛られたとき生きていたかもしれない。女はすでに死んでいたのではないか。証拠はないが、そういう印象を受ける。少年が小さな部屋で死んでいた。殺されたとき、眠っていたかもしれない。

三番目の家。老女一人。台所の床で。犬が一匹、雑種か、頭を叩き割られてそばに。女の背骨は数カ所切断されている。

四番目の家。玄関に男の死体。ズボン、シャツを身に着け、足は裸足。抵抗しようとしたか。胴体がほぼまっ二つに切断されている。老女が台所でいすに座ったまま死んでいる。頭を二太刀あるいは三太刀で割られている。

七番目の家。老人男一人、女二人、二階でそれぞれのベッドで。印象としては三人とも目を覚まして、意識があった。が、反応できなかった。猫が台所で殺されている。

八番目の家。老人男、家の外で殺されている。片足がない。犬二匹、首をはねられている。老人女、階段でめちゃめちゃに切り刻まれている。

九番目の家。四体、一階の居間で。半分寝間着姿。老人女三人、男一人。全員膝の上に頭。

十番目の家。かなり高齢の老人男女。ベッドで。殺されたとき意識があったかどうか不明。

最後のほうはもうはっきり書くだけの力がなかった。一生忘れられない光景で、まっすぐに地獄をのぞき込んだような気分だった。

被害者がみつかった家に番号をふった。実際に家が立っている順番ではない。家から家へと恐ろしい光景を見ながら五番目の家まで来たとき、人の気配がした。家の壁を通して外まで音楽が聞こえてきた。イッテルストルムはジミー・ヘンドリックスのギターだとつぶやいた。ヴィヴィはそれがだれかすぐにわかったが、ヒュッデンはまったく知らなかった。彼の好みはスウェーデンのポップシンガー、ビュルン・スキフスだった。

その家に入る前に、外で立入禁止のテープを張り巡らせている警察官二人を呼び寄せた。彼らはテープが足りなくなってヒューディクスヴァルへ補充を頼んだところだった。五人の警察官はピストルを構えて家に近づいた。ドアを叩いたのはヒュッデンだった。半裸の、長髪の男がドアを開けた。ピストルが自分に向けられているのを見て、男はぎくっとして身を引いた。相手が武器を持っていないのを見て、ヴィヴィがピストルを下げた。

「家にいるのはあなただけ?」

「妻がいる」男が震え声で言った。

「ほかには?」

「いない。いったいなにが起きたんです?」

ヴィヴィはピストルを腰に戻し、ほかの者たちにもそうするようにうながした。

「中に入ります」ヴィヴィが上半身裸で震えている男に言った。「名前は?」

「トム」

「苗字は?」

「ハンソン」

「中に入りますよ、トム・ハンソン。寒いでしょう」

壁が震えるほどのボリュームで音楽が流れていた。部屋という部屋にスピーカーがしつらえてあるようだ。男の後ろから散らかっている居間に入ると、寝間着姿の女がソファにうずくまっていた。男は音量を下げると、かたわらのいすの背にかけてあったズボンをはいた。トム・ハンソンとソファに座っている女は、ヴィヴィ・スンドベリより少し年上で、六十歳を超えているように見えた。

「なにごとなの?」女が縮み上がって言った。

女の発音がはっきりしたストックホルム弁であるのがヴィヴィにはすぐにわかった。だいぶ前に、都会の若者たちがシンプルライフを求めてこぞって田舎に移り住んだ時代があった。この男女はおそらくその時代のなごりだろう。ヴィヴィは単刀直入に話すことにした。同僚と自分が見た恐ろしい光景は、なにより、すぐに行動しなければならないとうながしている。犯人は、もしかすると複数かもしれないが、凶行を続ける可能性があるのだ。

「この村で人がたくさん殺されました。昨晩から今朝にかけて、恐ろしいことが起きたのです。いいですか。わたしの訊くことにはっきり答えてください。まずあなたの名前から」

「ニンニ」とソファの女は答えた。「ヘルマンとヒルダも死んだの？」

「その二人の家はどこ？」

「左隣の家」

ヴィヴィはうなずいた。

「残念ながら。でも、隣ばかりじゃなく、この村のほとんどの人が殺されたのです」

「悪い冗談はやめてくれよ」トム・ハンソンが首を振った。

その瞬間ヴィヴィ・スンドベリの我慢が切れた。

「いいですか。こちらの質問にだけ答えるのです。これは冗談でもなんでもない。どんなに信じられなくとも、いま言ったことは事実です。信じられないような恐ろしいことが起きたのです。昨夜はどんな様子だったか、なにか聞き慣れない音を聞いたか、答えてください」

男は女の隣に座り込んだ。

「二人とも眠ってた」

「なにも聞こえなかった？」

二人は同時にうなずいた。

「この村が今朝から警察官で溢れ返っていることにも気がつかなかった？」

「最大ボリュームで音楽を聴いてたから、なにも聞こえなかった」

「隣の人たちを最後に見かけたのはいつ？」

「ヘルマンとヒルダなら昨日見かけたわ。犬の散歩のときによく会うから」

「犬を飼っている？」

ハンソンは台所のほうを見て言った。

「老犬で、怠け者なんだ。知らない人が来ても立ち上がりもしない」

「昨晩、吠えなかった？」

「うちの犬は吠えないんです」

「隣の人たちに会ったのは何時ごろ？」

「昨日の午後三時ごろ。そのとき会ったのはヒルダだけだけど」女が答えた。

「なにか変わったことはなかった？」

「背中が痛いと言ってたわ。ヘルマンは台所でクロスワードパズルをしていたんじゃない？

とにかくヘルマンには会わなかった」

「ほかの人たちの様子は？」

「べつに。いつもどおりだった。ここは老人だけの村だから。冬はみな家に引っ込んでるの。

春と夏は外で見かけるけど」

「この村には子どもはいない？」

「ええ、まったく」

ヴィヴィは黙り、少年のことを考えた。

「近所のみんなが殺されたって、本当なの？」女が言った。恐怖に顔が引き攣《つ》っている。

「ええ。本当よ。もしかすると、村人全員が殺されて、あなたたちだけが助かったのかもしれない」

そのとき、窓のそばに立っていたヒュッデンが低くつぶやいた。

「いいや、そうでもなさそうだ」

「え？　なに？」

「全員が死んだわけではなさそうだ。外に人がいる」

ヴィヴィは急いで窓辺に近寄り、ヒュッデンの視線の先を見た。

道に老いた女が一人立っていた。ガウンをはおり、足元はゴム長靴だ。両手を祈るようにしっかり組んでいる。

ヴィヴィは息を呑んだ。女はその場に固まってしまったように立っていた。

3

トム・ハンソンが窓辺に来て、ヴィヴィ・スンドベリのそばに立った。

「ユリアだ。寝間着のまま、着替えないことがよくあるんだ。ヘルパーが来ない日は、ヒルダとヘルマンが手伝っているんだけど」

「彼女の家はどこ?」ヴィヴィが訊いた。

ハンソンは村の端から二番目の家を指差した。

「ぼくたちがこの村に移ってきて二十年になる。大勢で移ってくる予定だったが、結局本当に移住したのはぼくたち二人だけだった。当時、ユリアはルーネという男と結婚していた。ルーネは森林管理の仕事をしていて大きな木材運搬車を運転していたんだが、ある日血管が破裂して運転席で死んでしまった。ユリアはそのあとおかしくなってしまった。いつも拳《こぶし》をポケットの中で握りしめているんだ。そのあと、老人性の認知症が始まった。でも、村の人たちは、ぼくたちも含めて、彼女はここで最後まで暮らしたらいいと考えた。子どもは二人いるんだが、遺産には関心があるらしいけど、まったく会いにも来ないんだ」

ヴィヴィ・スンドベリはヒュッデンといっしょに外に出た。ユリアという名の老女は道の上で立ち止まっていた。ヴィヴィが前に立つと、顔を上げてじっと見た。だが、なにも言わない。二人がそっと彼女の家のほうに導いても、抵抗しなかった。家はきちんと掃除されていて、壁には額縁に入った写真が飾られていた。仕事中に亡くなったという夫と、いまでは会いにも来ないという子どもたち二人。

ヴィヴィ・スンドベリはヘッシューヴァレンに来てから初めて手帳を取り出した。ヒュッデンはテーブルの上にあった福祉関係の書類に目を落とし、読み上げた。

「ユリア・ホルムグレン、八十七歳とある」

「だれか、福祉事務所に電話して。ヘルパーがいつも何曜日の何時に来るのか知らないけど、とにかく緊急に彼女をみてくれる人が必要よ」

ユリア・ホルムグレンは台所のいすに腰を下ろし、窓の外をながめている。どんよりした曇り空だ。

「ユリアになにか訊くか?」

ヴィヴィは首を振った。

「訊いてもしかたがないわ。なにが訊けると思うの?」

首を振って、一人にしてと合図した。ヒュッデンは外に出ていった。ヴィヴィは居間に入り、部屋の真ん中に立って目を閉じた。ここで起きたことの全体を把握《はあく》しなければならなかった。そしてなんらかの手がかりをみつけなければ。

ユリアがなにか知っているような気がしたが、漠然とした感じだけではっきりつかめない。

そのままの姿勢で目を開けた。しっかり考えるのだ。この一月の寒い朝、いったいなにが起きたのか？　過疎《かそ》のこの村で、老人たちが大勢虐殺《ぎゃくさつ》された。飼っていた犬も猫も殺された。憤怒が原因か？　たった一人でこれほどたくさんの人を殺せるものか？　夜中に何人かの人間が村に入り込んで、村人を殺し、また闇に消えていったのか？　まだ捜査は始まったばかりで、なにもわからない。手がかりはほとんどなく、ただ死体ばかりが累々《るいるい》とある。手がかりと言えるかどうかもわからないが、都会から逃げてきた一組のカップルと、モーニングガウン姿の老女が生き残った。

しかし、それでもやはり、そこに手がかりがあるとヴィヴィ・スンドベリは思った。少なくとも三人の人間が残されたわけだ。なぜだ？　偶然か、それともなにか意味があるのか？

数分間、ヴィヴィは床に立ったまま考えた。それから窓の外に目を移すと、イェーヴレから来た鑑識官が見えた。その後ろに見慣れない若い女性も。おそらく代理でやってきた法医学者だろう。ヴィヴィは深く息を吸い込んだ。この場の責任者は彼女だ。この事件は大きな注目を集めるだろう。おそらく国境を越えて反響を呼ぶだろうが、当分は彼女が中心となって捜査を進める。今日中にもストックホルムに応援を請うつもりでいる。若いころ、彼女はストックホルムにある警察本庁刑事殺人課で働きたかった。そこは組織立った捜査で殺人事件を解決することで知られていた。その本庁刑事殺人課へいま自分が担当する事件の応援を頼むことになる。

ヴィヴィ・スンドベリは一件携帯電話をかけることから行動しはじめた。数回の呼び出し後、やっと相手が電話に出た。

「ステン・ロベルトソンだが」

「ヴィヴィですけど、いま忙しい？」

「検事だからね、いつでも忙しいさ。なんの用事かね？」

「いま、ヘッシューヴァレンにいます。スルフォルサの近くの。村の位置、わかります？」

「壁に地図が貼ってある。なにか起きたのか？」

「まず場所を確認してください」

「それじゃちょっと待ってくれ」

相手は電話を置いて、離れた。話を聞いたら、ロベルトソンはどう反応するだろうとヴィヴィは思った。こんなこと、彼も経験したことがないはずだ。スウェーデン国内には今回のような事件を経験した警察官はいないし、外国にもほとんどいないはず。警察官はつねに、目の前の事件以上にひどいものはあり得ないと思う。だが、その限界線はつねに動くのだ。いまはここ。でも明日は？　一年先は？

ロベルトソンが戻ってきた。

「確かめたよ。たしか、もう無人村ではなかったか？」

「いいえ、そうではありません。でも急に無人の村になってしまいました。それも村人が他所へ引っ越したためではなく」

「どういうことだ？　はっきり言ってくれ」

ヴィヴィは見たものを詳細にわたって伝えた。ロベルトソンは口を挟まずに最後まで聞いた。

彼の荒い息づかいが聞こえてきた。

「この話を信じろと言うのか?」聞き終わったロベルトソンが言った。

「ええ」

「途方もない話だな」

「そう、途方もない話。とんでもない規模の事件だから、すぐにも初動捜査のリーダーになってもらわなければ。いますぐこっちに来てください。自分の目でこの前代未聞の事件を見て、指揮してほしいのです」

「わかった。すぐ行く。容疑者はいるのか?」

「いません」

ロベルトソンは咳き込んだ。彼は慢性の肺疾患に悩まされている。長い間の喫煙が原因だとヴィヴィは思っている。が、五十歳になったときにタバコはぱったりとやめたらしい。ロベルトソンとヴィヴィは同年齢というだけでなく、誕生日まで同じだった。三月十二日。

電話を切ったあともヴィヴィはその場を動かなかった。外に出るかどうか迷っていた。まだいくつか電話をかけなければならなかった。いまかけなければ、つぎにいつ電話する時間ができるかわからない。

番号を押した。

「エーリンのサロンです」

「わたしよ。いま話せる?」

「少しだけね。いま二人のお客さんにパーマをかけているから」

「いま、少し離れたところの村にいるの。恐ろしい事件が起きて。マスコミが報道を始めたら、とんでもないことになる。とてもゆっくり電話なんかかけられないようになるから、いまかけてるのよ」

「なにが起きたの？」

「老人が何人も殺されたの。頭のおかしくなった人間のしわざだと思う。そう願うしかないわ」

「変なことを言うわね。なぜ、そんなことを願うの？」

「ふつうの人間が単独でできるようなことじゃないからよ」

「くわしく話してよ。いまどこ？」

「時間がないわ。頼みたいことがあるの。旅行会社に電話して、わたしが予約したレロス行きのチケットをキャンセルしてほしいの。先週予約したものだから、いまキャンセルすれば、キャンセル料なしだと思うから」

「わかった。ママ、そっちで危険はないの？」

「だいじょうぶ。大勢といっしょだから。さ、パーマのおばさんたちの頭が火事になる前に戻って」

「明日、ママの予約が入っているけど、どうする？」

「キャンセルするわ。でも今回の事件で、わたしの赤毛に白髪が増えることまちがいなしよ」

ポケットに携帯電話をしまって、外に出た。これ以上は時間がなかった。道に出ると、鑑識官二人と法医学者が待っていた。

「わたしのほうからはなにも言うことはない。自分の目で見てください。雪の上の男から始めましょう。そのあと、一軒一軒見ていく。いっしょにまわりたい人がいれば、どうぞ呼んでください。今回の犯罪現場は広範囲にわたっています。いままではもちろん、これからも決して経験することがないほど。信じられないほど残酷な現場ですが、いつもの手順で一つひとつ見てください」

三人とも質問しようとしたが、ヴィヴィは手を挙げて止めた。まず現場を見てもらうのが先だと思った。一軒一軒凄惨な殺人現場をまわっていった。三番目の家まで来たとき、鑑識官のルングレンが立ち止まり、応援部隊を呼びたいと言った。四番目の家で、代理の医者もそうしたいと言った。電話で連絡している間、ほかの者たちは待った。電話が終わると、また現場まわりを続けるために集まった。そのころにはどこで聞きつけたのか、新聞記者が一人やってきていた。ヴィヴィは、マスコミ関係者にはなにも語るなと、イッテルストルムを通して捜査陣全員に指令を出した。ジャーナリストには時間ができたとき、自分が話すつもりだった。

寒い雪道に集まった者たちは全員青ざめ、口をきく者もいなかった。いま見たものがどれほどの規模のものなのか、だれにもわからなかった。

「そういうわけです。いままでの経験や一人ひとりのもっている能力が、今回の事件を前にしてどれほど有効か、わからない。この事件の捜査は大々的に報道されるでしょう。国内だけでなく、世界的なニュースになるのはまちがいない。短期間に解決するようにプレッシャーがかけられることもわかっています。とにかく、犯人または犯人たちが、なにか手がかりを残していることを願うばかりです。必要なだけの人員を集めましょう。外からも応援を頼むつもりです。ロベルトソン検事がこっちに向かっています。彼には現場を指揮する初動捜査のリーダーになってもらいたい。質問がありますか？　なければ捜査を始めます」

「一つ質問がある」ルングレンが手を挙げた。

痩せた小柄な男で、ヴィヴィは彼の仕事を評価していた。だが、その徹底した仕事のせいで時間がかかり、一刻も早く結果をほしがる同僚たちはいつもいらだっていた。

「どうぞ」

「頭がおかしくなった人間のしわざだろうが、犯人が犯行を繰り返すリスクはあるだろうか？」

「そのリスクはあると思う」ヴィヴィが言った。「いまの段階ではなにもわからないのだから、あらゆる可能性を視野に入れておくほうがいいでしょう」

「この事件で、周辺の過疎の村落は戦々恐々とするだろう。おれは町に住んでいてよかったと思うよ」

集まっていた者たちが、それぞれの仕事に取りかかるために散ったとき、ロベルトソンがやってきた。立入禁止のテープの外にいた新聞記者は車を降りたロベルトソンに急いで近寄った。

「いまはだめよ！　しばらく待って」ヴィヴィが声をかけた。

「なにか言ってくれてもいいでしょう、ヴィヴィ・スンドベリ。いつもなら、少しは教えてくれるじゃないか」

「今回はだめ」

ヴィヴィはヒューディクスヴァル新聞のこの記者が好きではなかった。警察の仕事についていつも不愉快な記事を書く。正直なところその記事がまた、たいてい的を射ているために、彼女は面白くなかった。

ロベルトソンは着ているものが薄すぎてガタガタ震えていた。この人は格好を気にする人なんだ、とヴィヴィは胸の内で舌打ちした。帽子もかぶっていない。帽子をかぶると早く禿げるという言い伝えを信じているのだろうか。

「さあ、話してもらおうか」

「いいえ、まず見てちょうだい」

ヴィヴィは三度目の現場巡回をした。ロベルトソンは二度途中で立ち止まった。あまりの残酷な情景に吐き気を我慢することができなかったらしい。ヴィヴィは辛抱づよく待った。ロベルトソンは指揮を執る以上、ぜんぶを見なければならない。彼にその仕事が務まるだろうかと彼女は不安になった。だが、いまこの地方にいる検事のうち、彼がいちばん有能であることはまちがいなかった。もちろん、組織の上部がより経験のある適切な人間を送り込んでくる可能性はある。

一軒一軒の家に入って殺された人間たちを見せたあと、ヴィヴィは自分の車へ行こうとロベルトソンに声をかけた。出かける前にサーモスにコーヒーを用意してきたのだ。

ロベルトソンはショックを受けていた。コーヒーカップを持つ手が震えている。

「こんなこと、いままで見たことがあるか？」ロベルトソンが訊いた。

「見たことがある人なんているはずないでしょう」

「頭のおかしくなった人間のしわざとしか思えないな」

「それはまだわからない。とにかくいまは手がかりをみつけて、予断も先入観もなしに捜査すること。それしかないわ。鑑識にも医者にも必要なら応援部隊を呼ぶように言ってある」

「あれはだれかね？」

「いつもの法医学者の代理の医者よ。たしかこれが初めての仕事。さっき応援部隊を呼んでいたわ」

「それで、あんたは？」

「わたしがなに？」

「あんたはなにが必要なんだ？」

「まずあなたに指揮をしてほしい。集中的に捜査するべきものがあれば、言ってもらいたい。そのあと、もちろん本庁の刑事殺人課に応援を頼みたいと思っている」

「なにから取りかかったらいいんだろう？」

「あなたが初動捜査のリーダーよ。わたしじゃないわ」

「やらなければならないことはただ一つ、犯人をみつけることだ」

「犯人たち、かもしれない。単独犯とは断定しないほうがいいと思う」

「頭のおかしな者はめったに集団行動をしないものだよ」

「ええ。それでも複数の可能性は除外しないほうがいい」

「除外できることはなにかあるのか？」

「いいえ。なにも除外してはいけない。もう一度起きるという可能性も含めて、なにひとつ除外してはだめよ」

ロベルトソンはうなずき、二人は黙り込んだ。道路にも家々にも警察官が行き来している。ときどきカメラのフラッシュが光った。路上でみつかった遺体の上に、いつのまにかテントが張られていた。複数のカメラマン、新聞記者が来ている。テレビチームが早くも到来した。

「記者会見に出てくれない？　わたし一人というわけにはいかないから。今日中、できれば午後には開かなければ」

「ルッデとはもう話したのか？」

ルッデことトビアス・ルドヴィグはヒューディクスヴァル署の署長だった。まだ若いキャリア組で、一度も実際に警察官として働いたことはなかった。法律を専攻したあと、まっすぐ警察署長になるべく教育を受け、ここが最初のポストだった。ロベルトソンもヴィヴィもこの男が苦手だった。実際の社会での警察の仕事がどういうものかまったく理解しておらず、ほとんどの時間を警察内の組織管理の仕事に使っていた。

「まだなにも話していないわ。ルッデがこだわるのは、正しい書類に正しい記載をすることだけだから、べつにいいんじゃないの」

「やつはそれほど悪くはないだろう」

「さあ、どうかしらね。でもとにかく電話はしておくわ」

「いますぐしてくれ！」

ヒューディクスヴァル署に電話すると、ルドヴィグはストックホルムへ出張中とのことだった。ヴィヴィは受付に彼の携帯電話へ連絡してくれと頼んだ。

二十分後、ルドヴィグが電話してきたとき、ロベルトソンはイェーヴレからやってきた鑑識官と話していて、ヴィヴィはトムとニンニといっしょだった。この二人はようやく着替えて軍拠出品の厚い冬のコートをはおり、慌ただしく動きまわる警察官の間で小さくなっていた。

生き残っている者たちから始めよう、とヴィヴィは思った。ユリアは自分の世界にいる。話は通じない。だがトムとニンニは本人たちが気づかないうちになにか目撃しているかもしれない。それはその日彼女が思いついたわずかなアイディアの一つだった。村の住人をほぼ皆殺しにするような行為は、たとえ頭がおかしくなった人間でも、計画なしにできることではない。

ヴィヴィは通りに出てあたりを見回した。凍った湖、森、遠くに見える起伏のある山。犯人はどこから来たのだろう？　犯人が女ではないことはほぼまちがいない。男は、もしかすると複数かもしれないが、どこからともなくやってきて、どこへともなく姿を消した。

ふたたび垣根の中に戻ろうとしたとき、車が一台やってきた。警察犬を乗せたパトロールカーだった。

「え、一匹しか来ないの？」声に苛立ちが込められた。

「カルペンは病気なんです」警察犬係の警官が言った。

「警察犬も病気になるの？」

「そうらしいです。どこから始めましょうか？　いったいなにが起きたんですか？　大勢の犠牲者が出たと聞いてますが」

「ヒュッテンと話して。警察犬がなにか手がかりをみつけてくれるといいけど」

警察犬係の警官はなにかもっと訊きたそうにしていたが、ヴィヴィは背を向けた。そんなことしてはいけないのはわかっていた。警察官全員の質問に答えるだけの余裕がなければ。自分が苛立っていること、神経質になっていることは隠さなければいけない。現場を見た者はみんな、生涯この光景を忘れはしないだろう。トラウマになる者も必ずいるはずだ。

トムとニンニの話を聞くことにした。家に入ると、二人がまだ席につかないうちに電話が鳴った。

「私を捜していると聞きました」ルドヴィグ署長の苛立った声がした。「本庁での会議に参加しているときには、絶対に邪魔されたくないと私はつねづね言っているのですが」

「ええ。しかし今回ばかりはしかたありません」

「なにが起きたのですか？」

「ヘッシューヴァレン村で大勢の死人が出ました」

急いでおおよその報告をした。ルドヴィグは一言《ひとこと》もはさまずに聴き入った。話し終わるとヴイヴィは彼の言葉を待った。

「いまの話、本当ですか？　とても信じられないな」

「わたしも信じられません。でも、本当です。とにかくこっちに来てください」

「わかった。すぐに行きます」

ヴィヴィは腕時計に目を落とした。

「記者会見を開かなければなりません。六時にしましょう。それまでわたしはただ、殺人事件が起きたと言うに留めます。どのくらいの規模のものかは言いません。できるだけ早くこっちに来てください。ただ、車の運転には気をつけて」

「緊急出動の車で行く手配をしてみよう」

「いや、車よりヘリコプターのほうがいいでしょう。十九人もの人間が殺されたんですよ、トビアス」

通話が終わった。トムとニンニはいまの会話の一部始終を聞いた。二人はただ目を大きく見開いて、唖然としていた。ヴィヴィ自身も同じ気持ちだった。

現実に立ち戻るどころか、まるで悪夢の雲がどんどん大きくなっていくようだった。

眠っている猫をそっと押しやって、ヴィヴィはいすに腰を下ろした。

「村の人たちはほとんど全員が死にました。残ったのはあなたたち二人とユリアだけ。飼われていた動物たちまで殺されました。ショックでしょう。お察しします。わたしたち警察官もショックを受けています。それでも、あなたたちに訊かなければならないことがあるのです。いいですか、できるかぎり正確に答えてください。わたしが訊かないことでも、なにか思い出したら、言ってください。なんでもいいのです。気になることがあったら、なんでも話してください」

二人は怯えた顔でうなずいた。ヴィヴィはゆっくりと訊いていくことにした。その日の朝のことから訊いていこう。目が覚めた時間は？

なにか音を聞いたか？　夜中はどうだったか？　なにかあったか？　なにかいつもとちがうことがあったか？　記憶をたどって。どんな小さなことでも重要かもしれないから。

二人はかわるがわる話をした。一人が言葉に詰まるともう一人が補った。二人が本気で協力しようとしているのがわかった。

こんどは時間をさかのぼって、前の日のことを訊いた。前の晩なにか起きたか？　いいや、なにも。「なにもかもいつものとおりだった」と、どの質問にも彼らは一様に答えた。

ヒュッデンが入ってきて、話は中断された。報道関係者にどう対応しようか？　すでにかなりの数が集まっている、このままでは苛立った彼らを抑えることができなくなる、という。

「ちょっと待ってちょうだい」ヴィヴィが言った。「すぐにわたしが行って説明するから。ヒューディクスヴァルで六時に記者会見を開くと言っといて」

「今日の夕方の？　間に合うのか？」

「無理でもやるのよ」

ヒュッデンは出ていった。ヴィヴィは聞き取りに戻った。さらに時間をさかのぼり、昨日の昼間のことを訊いた。こんどはニンニが答えた。

「昨日はなにもかもいつもどおりだったわ。わたしは風邪気味だったけど、トムは一日中まきを割っていた」

「近所のだれかと話をした?」

「トムはヒルダと少し言葉を交わしたけど、でもそれはもうさっき話したわ」

「ほかの人を見かけた?」

「ほかの人って?」

「だれか、見慣れない人とか、よその車とか?」

「いいえ、ぜんぜん」

「その前の日はどうだった?」

「だいたい同じだったわ。ここではなにも起きないの」

「いつもとちがうことはなかった?」

「ええ」

ヴィヴィはメモ帳を取り出した。

「これからお願いするのは大事なことです。この村の住人ぜんぶの名前を書いてほしいの」

ページを一枚破いて、彼らの前に置いた。

「村の全体図を描いて。あなたたちの家とほかの家を描き入れてください。そして番号を付けるの。あなたたちの家を一番にして。この村の住人ぜんぶの名前を知らなければなりません」

ニンニは立ち上がると、もっと大きな紙を一枚持ってきて描きだした。絵を描くのに慣れているのだとヴィヴィは思った。

「あなたたちはなにをして収入を得ているの？　農業？」

思いがけない答えが返ってきた。

「金融商品《ポートフォリオ》の売買で。大きな資産があるわけではないけど、それをうまく活用しているの。株が上がれば売って、下がれば買って。ま、デイ・トレーダーってわけ」

なるほど。もはや驚いてはいられない。ヘルシングランドに引っ込んだ昔のヒッピーが株の売り買いで暮らしを立てていたってなんの不思議もないのだ。

「ほかには、そうねえ、わたしたちお互いよく話をするわ。物語をお互いに聞かせ合うのよ。このごろの人たちは、あまり話をしないようだけど」

ヴィヴィは話がまったく思いがけない方向に転がりだしたような気がした。

「名前と、できたら年齢もわかっていれば書き込んでほしい。ゆっくりよく考えて。時間をかけてもいいけど、できるだけ急いで」

二人は紙の上に乗り出して、口々に村人の名前を言っては紙に書き付け、家に番号をふっていった。そのときふとヴィヴィの頭に恐ろしい考えが浮かんだ。ひょっとして、この恐ろしい行為をしたのは、村の住人の一人ではないか。

十五分後、犠牲者の名簿が完成した。だが住人の数と死者の数が合わなかった。一人、死者が多いのだ。あの少年にちがいない、と彼女は思った。窓辺に立ち、名簿に挙げられた名前を一人ひとり読んでいった。この村には親戚関係にある三つの一族が住んでいたらしい。第一のグループはアンダソン、二番目がアンドレン、そして三番目は二人でマグヌソンという名前だった。ヴィヴィは名簿を手に持って、まもなく犠牲者たちの子どもや孫たちはこの恐ろしいニュースを聞くことになるのだと思った。すべての親族に知らせるには、応援部隊が必要となる、と彼女は考えた。この惨事はわたしが想像するよりもずっと大きな規模なのだろう。

自分がこの悲劇を知らせる中心人物になるのだろうと覚悟した。体中から血が引くような心細さと不安を感じた。これはふつうの人間が理解し、対応することができる範囲を超える恐ろしい事件だ。

名簿にあったファーストネームがチラチラと頭に浮かんだ。エルナ、サーラ、ブリッタ、アウグスト、ヘルマン、ヒルダ、ヨハネス、エリック、イェートルード、ヴェンデーラ……。一人ひとりの顔と名前は一致しない。

突然一つのことが頭に浮かんだ。すっかり見逃していたことだった。家の外に出て、到着したばかりの鑑識官と話しているエリック・ヒュッデンを呼んだ。

「エリック、これを最初に発見したのはだれだったの？」

「緊急センターに電話をかけてきたのは男だった。だが、男は急に発作をおこしたため、トラックと衝突してしまった。家具を運搬していたトラックで、運転手はボスニア人だった」

「その男はトラックと衝突したために死んだの？」

「いいや、心臓発作で死んだらしい。それで、車が衝突したという順序だ」

「その男が犯人ということはあり得ない？」

「おれはそうは思わなかった。男の車にはカメラが数台積んであったことから、職業カメラマンではないかと思う」

「その男のこと、徹底的に調べて。それともう一つ、この家を臨時の捜査本部にしましょう。犠牲者の名前をつきあわせ、身寄りを探し出さなければ。家具運搬車の運転手はどうなったの？」

「あいつがヘッシューヴァレンと言ったので、おれはこの村に来てみた。運転手には風船をふくらまさせたが、アルコールは検出されなかった。スウェーデン語がうまく話せなかったので、国道で取り調べをするのはやめて警察署に同行してもらった。だが、あの男はなにも知らないようだ」

「それはまだわからないでしょう。ボスニアって、最近戦争のあったところじゃない？」

ヒュッデンは姿を消し、ヴィヴィ・スンドベリが家の中に入ろうとしたとき、警官が一人慌てた様子で走ってきた。彼女は垣根まで行って警官を待ち受けた。警官の顔が恐怖で引き攣《つ》っていた。

「人の足がみつかりました。警察犬が林の中を五十メートルほど行ったところでみつけたんです」

警官は木立のほうを指差した。まだなにか言いたげな様子だった。

「ほかには？」

いた。
った。足は数カ所食いちぎられていて、骨まで見えた。かかとの部分は完全に噛みちぎられて
うへ走った。途中雪で滑って二度転んだ。その場所に着いたとき、警官が動転した理由がわか
「いや、自分で見てください」

そう言うと、警官は横に退いて吐いた。ヴィヴィはそれにはかまわず、まっすぐに木立のほうへ走った。途中雪で滑って二度転んだ。その場所に着いたとき、警官が動転した理由がわかった。足は数カ所食いちぎられていて、骨まで見えた。かかとの部分は完全に噛みちぎられていた。

イッテルストルムと警察犬係の警官がそばに立っていた。

「人食いか？　犯人は人食いなのか？　人食いの食事の最中におれたちは来たってわけか？」

イッテルストルムがヴィヴィに吐き出すように言った。

ヴィヴィの手になにかが落ちてきて、彼女はぎくりとした。だが、それはたんに雪片にすぎなかった。雪は彼女の手の上ですぐに解けた。

「ここにテントを張って。足跡が消えてなくならないうちに」

ヴィヴィは目を閉じた。急にギリシャの青い海と岩山に沿って立つ白い家々が目に浮かんだ。それからゆっくりと現場に背を向けて、デイ・トレーダーたちの家に戻り、台所で犠牲者たちの名前と家の番号が書き込まれた紙を広げた。

どこかに見逃したことがあるにちがいない。

一人ひとりの名前と家をゆっくりチェックしていった。まるで地雷の埋められている地面の上を歩くように慎重に。

4

ヴィヴィ・スンドベリは大惨事のあとに建てられた追悼の碑を見ているような気がした。飛行機の墜落事故や客船の沈没事故のあとなどに、犠牲者を悼み、名前を刻んだ記念碑が建てられることがある。だが、今回二〇〇六年、ヘッシューヴァレンで起きた村人虐殺《ぎゃくさつ》の記念碑が建てられることは決してないにちがいない。

犠牲者の名簿から手を離して、自分の手を見た。震えを抑えることができなかった。ほかにこの仕事を押しつけられる人間がいたら、迷わずにそうしただろう。彼女はいい仕事をして称賛を得るのはいやではなかった。しかし、警察署の署長には絶対になりたくなかった。仕事のできる人間にはなりたいが、権力を求めてはいなかった。だが、いまは自分のほかにこの仕事を引き受けられる者はいない。ロベルトソン検事とは協力できる。トビアス・ルドヴィグはまもなくヘリコプターで空から舞い降りてくるだろうが、彼には犯罪捜査の現場を取り仕切ることはできない。ルドヴィグは官僚だ。金を数えること、超過勤務を認めず、部下を意味のない講習会——たとえば警官が街で軽蔑に満ちた言葉を投げつけられたら、どう対処するかなどという——に送り込む。

ヴィヴィはブルッと体を震わせると、あらためて名簿を手元に引き寄せた。

エリック＝アウグスト・アンダソン
ヴェンデーラ・アンダソン
ハンス＝エヴェルト・アンダソン
エルサ・アンダソン
イェートルード・アンダソン
ヴィクトリア・アンダソン
ハンス・アンドレン
ラーシュ・アンドレン
クラーラ・アンドレン
サーラ・アンドレン
エルナ・アンドレン
ブリッタ・アンドレン
アウグスト・アンドレン
ヘルマン・アンドレン
ヒルダ・アンドレン
ヨハネス・アンドレン
トーラ・マグヌソン

レギーナ・マグヌソン
名前は十八あった。親戚同士の三つのグループ。ヴィヴィは立ち上がって、トムとニンニが声をひそめて話をしている隣室に行った。二人は彼女の姿を見ると口を閉じた。

「この村には子どもはいないと言いましたね？　本当ですか？」

両方ともがうなずいた。

「この数日、子どもを見かけませんでしたか？」

「親を訪ねてくる息子や娘たちが、子どもを連れてくることはあったけど、そんなことはめったになかったわ」

ヴィヴィは少しためらったが、意を決して言った。

「残念ながら、死んだ人たちの中に少年が一人交じっていました」

そう言って、図の中の一軒を指差した。ニンニは大きく目を開いた。

「その子も死んだの？」

「ええ、死んでます。あなたたちの描いてくれた図が正しければ、その子はハンス＝エヴェルトとエルサ・アンダソンの家にいました。その子がだれだか、知りませんか？」

二人は顔を見合わせ、それから首を振った。ヴィヴィは立ち上がると、台所に戻った。ふたたびリストを見る。犠牲者は十九人いるが、リストには十八人しか名前がない。あの子どもだ。あの子はここの人間ではないのだ、とヴィヴィは思った。二人の元ヒッピーは外から来た人間だ。そして認知力のなくなったユリアもなぜか殺されなかった。残りの十八人は昨夜ベッドに就いてから今朝までの間に全員殺されている。いや、もちろん少年も殺された。だが、彼は犠牲者名簿に載っていない。そういうことだ。

ヴィヴィは紙を折るとポケットにしまい、外に出た。まだ雪が降っていた。あたりは静まり返っている。カササギの鳴く声、どこかでドアの閉まる音、そしてハンマーで叩くような音がした。ヒュッデンがやってきた。青ざめている。だれもが青ざめていた。

「医者はどこ?」ヴィヴィが訊いた。

「みつかった足のところだ」

「どんな様子?」

「ショック状態だ。トイレに駆け込んだかと思うと、こんどは泣きだした。だがほかに数人医者がこっちに向かっているからなんとかなる。それより報道関係者をどうする?」

「わたしが行って話すわ」

犠牲者名簿をポケットから取り出した。

「男の子の名前はわからない。だれなのか調べなくては。名簿のコピーを取って。でも、まだ配布しちゃだめよ」

「まったく、どう考えたらいいんだ? 十八人も?」

「十九人よ。男の子の名前は載っていないから」

ヴィヴィはペンを取り出すと、紙のいちばん下に〝名前不明の少年〟と書き入れた。そのあと、道路にばらばらに立っていた報道関係者たちを集めた。みんな寒さに震えている

「短く説明します。質問は受けつけますが、いまのところ、警察には答えることができません。しかし、今晩、警察署で記者会見を開きます。一応十八時ということにしましょうか。昨晩から今朝にかけてここで大規模な事件が起きました。いまのところはこれしか言えません」

まだ若い、ソバカスだらけの女性が手を挙げた。

「もう少し言えるんじゃありませんか？　村全体に立入禁止のテープが張り巡らされているんですから、なにか大事件が起きたということぐらい、だれでも想像つきますよ」

初めて見る顔だった。ジャケットの胸に大きく全国紙の名称が印刷されている。

「どんなに訊かれても、捜査上の都合でいまはなにも答えることができないのです」

テレビの記者がヴィヴィの前にマイクを突き出した。この男はいままで何度も見かけている。

「いま言ったこと、繰り返してくれませんか？」

頼まれたことに応えたあと、記者が続けて質問をしようとすると、彼女は背を向け、そのままその場を離れた。最後にテントが張られた場所に着くまで足を止めなかった。突然気分が悪くなった。路肩に行き、深い呼吸を繰り返してからふたたび歩きだした。

警察官になりたてのころ、同僚と二人で駆けつけた一軒の家の中で、男が一人梁から下げたひもで首を吊っているのを見て、気絶したことがあった。あの経験は二度と繰り返したくなかった。

テントの中に入ると、ちぎれた足のそばにしゃがみ込んでいた女性が彼女を見上げた。テントの中は強い照明でかなり温度が上がっていた。ヴィヴィは自分の名前を言った。ヴァレンテイナ・ミイル医師はかなり強い外国訛りでスウェーデン語を話した。四十歳ほどに見える。

「いま言えることは？」

「いままで一度も見たことないわ、こんなこと。引き裂かれた、あるいは斧などで断ち切られた人体は見たことがあるけど、こんな……」

「足は喰いちぎられているの？」

「野生動物かもしれない。でも、おかしなところがあるのよ」

「なに？」

「動物がむさぼり喰ったものは、特別な跡が残るの。ほとんど一目で、どの動物のしわざかがわかるほど。おそらくこれはオオカミではないかとわたしは推測する。でも、もう一つ気になることがあるの」

ヴァレンティナは手を伸ばしてそばにあった透明なビニール袋を取った。中に革のブーツが入っていた。

「この足はこのブーツを履いていたと思われる。動物が足を喰うために口でくわえて脱がせたのでしょう。でもおかしなことに、ブーツのひもがほどかれているの」

もう片方のブーツはきちんとひもが結ばれて、男の足に履かれていたのをヴィヴィははっきり覚えていた。

頭の中で犠牲者名簿に目を通した。記憶が正しければ、足が切り落とされた、あるいは喰いちぎられたのは、ラーシュ・アンドレンのはずだ。

「ほかにはなにかわかった？」

「いえ、いまの段階ではまだ」

「ちょっとわたしといっしょに来てほしい。あなたの仕事には口を挟まないけど、あなたの協力が必要なの」

二人はテントを出て、〝名前不明の少年〟がハンス＝エヴェルトとエルサ・アンダソンといっしょに死んでいた家へ向かった。家の中は物音一つせず、静まり返っていた。

少年はベッドにうつぶせになっていた。部屋は小さく、天井が切り妻式で傾斜していた。ヴィヴィは歯を食いしばった。そうしなければ泣きだしそうだった。まだ人生がほとんど始まってもいない少年が、こんなふうに殺されてしまうとは。

二人は部屋に立ち尽くした。

「こんなことを子どもに対してできるなんて、わたしには理解できないわ」ヴァレンティナが沈黙を破った。

「理解できないからこそ、徹底して調べなければならない。実際になにが起きたのかを見るために」

ヴィヴィの言葉に医者はなにも言わなかった。そのとき、ヴィヴィの頭にぼんやりと浮かび上がった考えがあった。最初はそれがなにかわからなかった。この少年だけが、そう、なにかがほかの者たちとはちがう。そして急に自分の注意がなにに向けられていたのか、はっきりわかった。

「この子は何回斬りつけられているの?」

医者は体を前に倒して、ランプの光を少年に向けた。数分後、彼女は答えた。

「一回のようね。一太刀で死んでいる」

「ほかに傷は?」

「おそらくなにもわからないうちに死んだでしょう。刃物は背中をまっ二つにしている」

「ほかの死体と比べて、なにか言えることは?」

「わたしはどの犠牲者にも、まず息があるかどうか、まだ生きている可能性はないかということで接したから、くわしい調査は同僚たちが来てから始めるわ」

「あなたの覚えているかぎりでいいんだけど、一太刀で死んだ人はほかにもいる?」

ヴァレンティナは最初質問の意味がわからないようだったが、しばらくしてうなずき、記憶をたどっていった。

「いいえ、ないわね、たぶん。わたしの記憶がとんでもなく間違っていなければ、たしかどの人も何度も斬りつけられて殺されているわ」

「傷は、どれも一度で死ぬほどのものではなかった?」

「まだ正確には答えられないけど、おそらくそのとおりだと思う」

「ありがとう、訊きたいのはいまのところこれだけよ」

医者が外に出たあと、ヴィヴィはその家に残り、男の子の持ち物や衣服を探った。名前が知りたかった。だがなにもなかった。バスの定期券さえもなかった。家の前の階段を下りて庭に出た。一人でいたかったので家の裏手にまわった。雪が深く積もっていた。少年が一太刀で死んでいることの意味を考えたかった。ほかの者たちは、周到に用意されたと思われる攻撃を受けて死んでいる。これはなにを意味するのか？　答えは一つしか考えられない。少年を殺した人間は、一太刀で、苦しませずに死なせた。いっぽう、ほかの人間たちには何度も斬りつけ、拷問と言ってもいいような無惨な殺しかたをしたということ。

ヴィヴィはその場に立ち、湖の向こうの霞《かす》んだ山々をながめた。犯人は村人たちを苦しめたかったのだ。刀なのか鉈《なた》なのか、とにかく大型の刃物を持った男は、意図的に村人たちが死ぬまで苦しむ時間を与えた。

なぜだろう？　答えはみつからない。轟音《ごうおん》が空から聞こえ、彼女は家の表側に戻った。ヘリコプターが一機、どんよりと曇った雪景色の中、開けている野原に舞い降りようとしていた。トビアス・ルドヴィグが飛び降りると、ヘリコプターは高度を上げ、そのまま南の方角に飛んでいった。

ヴィヴィはルドヴィグを迎えに行った。ルドヴィグは短靴だったため、ズボンのすそを濡らして雪の中をかき分けながら彼女のほうへやってきた。遠くから見てヴィヴィはその姿が雪にはまってしまった大きな鳥のようだと思った。羽を広げていまにも飛び立とうとしているかのようだ。

二人は路上で対面した。

「電話で聞いたことをヘリコプターの中でずっと考えてきました」

「この村の家の中は、どこも死体だらけです。自分の目で見てください。ステン・ロベルトソン検事も来ています。わたしが呼びました。考えられるかぎりの応援を頼みましたから。ここから先はあなたが指揮を執って、必要な応援を頼んでください」

「私はまだなにがなんだかわからない。大勢が死んだ？　年寄りばかりですか？」

「少年が一人います。彼だけが年齢的には例外です。でもその子も殺されてます」

ヴィヴィはいっしょにその朝四度目の現場見回りをした。ルドヴィグは彼女のそばでうなり続けた。最後に喰いちぎられた足の上にかけられたテントに行った。医者の姿はなかった。ルドヴィグはただ首を振るばかりだった。

「いったいなにが起きたんです？　頭のおかしくなったやつのしわざにちがいないな」

「犯人は一人じゃないかもしれない。複数犯も考えられます」

「頭のおかしくなったやつに決まってるでしょう？」

「そうとはかぎりません」

彼はじろりとヴィヴィを見た。

「なにか、わかっていることがあるのですか？」

「いえ、いまのところなにも」

「これは大規模すぎる。われわれの手に負えない。応援を頼もう」

「それはあなたの仕事です。それから、今晩六時に記者会見を開くことになっています」

「なにが言えるんです、この段階で？」

「それまでに何人の遺族と連絡がとれるかによります。それも署長の仕事です」

「遺族を探し出すのも？」

「エリックが犠牲者名簿を持っています。とにかくあなたは捜査を組織してください。手の空いている警察官を集めるんです。あなたが署長なのですから」

ロベルトソンが向こうからやってきた。

「まったくとんでもない事件が起きたものだ」ルドヴィグが言った。「いままでスウェーデン国内でこんな事件があったでしょうか？」

ロベルトソンが首を振った。ヴィヴィは二人の男たちをながめながら、急がなければ、もっとととんでもないことが起きるにちがいないという気持ちがつのった。

「名簿から始めてください。本当にあなたの手が必要なんです」とルドヴィグに言った。

そのあとロベルトソンの腕をつかむと、道ばたまで引っ張っていった。

「あなたの考えを聞かせて」

「ただ恐ろしくてしかたがない。きみは怖くないのか？」

「そんなこと、感じているひまないわ」

ロベルトソンは目を細めて彼女を見た。

「だが、なにか考えがあるんだな？　きみはいつもそうだから」

「いいえ。今回ばかりはちがうわ。まったく見当がつかない。なんの想定もなく捜査を進めなければならない。あなたも記者会見に来てよ」

「ジャーナリストたちと話すのか、苦手だなあ」

「そんなこと、言ってられないわ」

ロベルトソンがいなくなると、ヴィヴィは車に行きエンジンをかけようとした。そのとき、ヒュッデンが手を振っているのが目に飛び込んできた。こちらに向かって歩いてくる。その手になにか握られていた。凶器がみつかったのだろうか。そうだったらいいのだが。いまいちばんわれわれがほしいのはそれだ。もちろん犯人そのものを捕まえることができればそれがいちばんだ。

だがヒュッデンの手に握られていたのは、凶器ではなかった。透明なビニール袋。彼はそれをヴィヴィに突き出した。

「犬がこれを森の中でみつけた。例の足から三十メートルほど離れたところで」

「足跡がみつかったの？」

「いや、いまみんなで捜しているところだ。だが犬はそれをみつけたあとは、どうしても森の中に入ろうとしないんだ」

ヴィヴィはビニール袋を目の高さまで上げた。焦点を合わせるために、彼女は片目を押さえてもういっぽうの目だけで見た。

「ずいぶん薄い布ね。絹かしら。これだけ？　ほかにはなにもみつからなかったの？」

「うん、それだけだ。雪の中でくっきり見えた」

ヴィヴィはビニール袋をヒュッデンに返した。

「そう。それじゃ記者会見では十九人の村人が殺された、そして赤い絹のリボンがみつかったと言えというのね。なんだかおかしいわね」

「もしかするとほかにもなにかみつかるかもしれないが」

「ええ、みつけてちょうだい。もちろんこんなことをしでかした人間そのものを捕まえることができればいちばんいいけど。人間じゃないわね、化け物よ」

ヒュッデンが姿を消したあとも、彼女はそのまま車の中に座っていた。考えなければならなかった。フロントガラスを通してユリアがヘルパーたちに助けられて車に乗るのが見える。なにも知らない彼女がうらやましいと思った。ユリアは昨晩から今朝にかけて自分の家の外でなにが起きたか、決して知ることはないだろう。

目を閉じて、頭の中で犠牲者名簿を思い浮かべた。すでに四回も現場をまわっているにもかかわらず、名前と顔が一致していない。最初に襲われたのはどの家だったのだろう？　どの家で始まり、どの家で終わったのか？　襲った人間は、単独であれ複数犯であれ、確信犯だったにちがいない。思いつくままに凶行におよんだはずがない。デイ・トレーダーの二人と認知症の女性を襲わなかったし、彼らの家には入りもしなかったのだ。

目を開けて、ふたたびフロントガラスの外に目をやった。すべてが綿密な計画のもとにおこなわれているのだ。そうにちがいない。問題は、頭のおかしくなった人間にそんなことができるのか、本当に頭のおかしくなった人間のやったことなのか、ということだ。

いままでの経験から、頭のおかしくなった人間がかなり合理的に行動できることは知っていた。一つの事件を思い出す。正義の味方を自称する男がスーデルハムヌで裁判所に乗り込み、ピストルで裁判官を撃ち殺したことがあった。その後警察が山の中の男の家を探し当てると、その家には爆薬が隅々にくくりつけられていた。頭のおかしくなった人間が周到すぎるほど周到に計画することができた例だ。

サーモスに残っていた最後のコーヒーを飲んだ。大量殺人の動機はなんだろう。精神がおかしくなった人間だとしても、動機というものがあるだろう。もしかすると、内なる声が自分の邪魔をする人間をすべて殺せと命じたのかもしれない。だが、なぜヘッシューヴァレンなのか。ヘッシューヴァレンは選ばれたのか。それともすべては偶然なのか。

そこまで考えてふたたび振り出しに戻った。村人全員が殺されたわけではない。三人の人間が殺されなかった。そのうちの二人はこの村に二十年暮らしているよそ者だ。殺そうと思えばできたにちがいないが、彼らは除外されている。いっぽう、たまたま村に遊びにきていた少年のことは容赦なく殺している。

少年が鍵だ。彼はここの人間ではない。それでも殺されている。

急にある疑問が頭に浮かんだ。ヒュッデンが言ったことで頭に引っかかったことがあった。ユリアはなんという苗字だっただろう。

ユリアの家はドアが開いていた。中に入り、ヒュッデンが前にみつけた、テーブルの上にあった福祉事務所からの書類を読んだ。ユリアの苗字が書いてあった。それを見て、ヴィヴィの動悸が激しくなった。考えをまとめようと、腰を下ろした。

結論は信じられないことだったが、可能性はじゅうぶんにある。ヒュッデンに電話した。彼はすぐに応えた。

「いまユリアの家にいるの。モーニングガウン姿で道に立っていたおばあさんの家。すぐに来て」

「わかった」

ヒュッデンは台所のテーブルについた。ヴィヴィの正面だったが、すぐに立ち上がって、いすの座席を見下ろした。臭いを嗅いで、別のいすに移った。ヴィヴィの顔を見て言った。

「小便だ。漏らしてしまったのだろう、あのご婦人。なにかみつけたのか?」

「わたしの話を聞いてほしいの。信じられないようなことだけど、あり得る話かもしれない。電話の電源を切りましょう。邪魔されないように」

二人は携帯電話をテーブルの上に置いた。まるで武器を持っていないことを示し合うみたいだ、と彼女はふと思った。

「いまの段階で、まとめなどできっこないけど、それでも一応やってみたの。昨晩ここで起きたことには、それなりの合理性があるのかもしれない。これから話すことをよく聴いて、意見を言ってほしいの。まったくあり得ないとか、どこがおかしいとか」

ドアにノックの音がして、新しく来たばかりと見られる鑑識官が中をのぞいた。「死体はどこですか?」

「この家にはない」

鑑識官は顔を引っ込めた。

「村人の名前のことなの。少年の名前はまだわかっていない。でもわたしの考えが正しければ、あの子はあの家のアンダソン夫婦の親戚の子だと思うの。昨晩ここで起きたことは、この村の住人たちの名前に鍵があるというのがわたしの考えなの。殺された村人たちはそれぞれ親戚関係にあった。苗字はアンダソン、アンドレン、マグヌソンの三つ。生き残ったユリア、この家の住人ね、彼女の苗字はホルムグレン。福祉事務所からの書類にあったわ、ユリア・ホルムグレンと。ほかにも生き残ったのがニンニとトム・ハンソン。この三人は殺された村人たちと苗字がちがう。このことから一つの結論を割り出したの」

「犯人は同じ苗字の人間たちを狙った、か？」

「もう一つ先まで考えて。この村は小さい。遠くまで行かなくても用事が済む。ここに住んでいた人たちはもとはおそらく全員同じ親族だったでしょう。近親結婚とかいう意味じゃないの。三つの親族じゃなくて、二つでもよかった。もしかして初めから一つということさえあり得たのではないか。ある親族を狙っていた。それで、ハンソンやホルムグレンが外された、と見ることはできないかしら」

ヴィヴィは話し終わり、ヒュッデンの反応をうかがった。彼を特別に頭がいいと思ったことはなかったが、直感を頼って正しい答えを出す能力はあると見ていた。

「それが正しいなら、犯人はこの村の人たちをかなりよく知っていたということになる。だれだろう、それは」

「親戚の人間？　でも、もちろん頭のおかしくなった人ということもあり得るけど」

「頭のおかしくなった親戚とか。しかし、どうしてだ。どうしてこんなことをしたかの動機がわからない」

「そう、わからない。わたしは逆に、なぜ村人全員が殺されなかったのか、それを知りたいのよ」

「少し離れたところに喰いちぎられてあった足のことはどう説明する？」

「説明できない。でも、とにかく、どこからか始めなければならないのよ。わたしのこのなんとも根拠のない推測と赤い絹のリボンだけがいまわたしたちの手にある手がかりなんだから」

「これからどうなるか、あんたはわかってるんだろうな？」

「全国のメディアの注目の的になるってこと？」

ヒュッデンはうなずいた。

「それはトビアスの仕事よ」

「彼はあんたを前に突き出すだろうよ」

「そしたら、わたしはあなたを前に突き出すわ」

「冗談じゃない！」

二人は立ち上がった。

「町に戻ってほしいの。トビアスは数名の捜査官を犠牲者の親戚を探すのに割り当てるはず。あなたにはその責任者になってほしい。その仕事を手抜きなくやってもらいたいのよ。とくにこの三つの親戚の人間関係を洗ってほしいの。でも、当分はほかの人には言わないで」

ヒュッデンは出ていった。ヴィヴィは流しに行って、コップに水を一杯くんだ。わたしのこの思いつきにどれだけの意味があるのだろうか？　と思った。しかしどっちみち、ほかにはなんの手がかりもないのだ、やってみるしかないとも思った。

同じ日の夕方五時半、ルドヴィグ署長の部屋に数人の捜査官が集まった。記者会見でなにをどこまで話すかが決められた。犠牲者の名簿は公表しない。犠牲者の数は発表する。警察はいまのところなんの手がかりも持っていないと認める。一般からの通報は、今回はとくに歓迎する。ルドヴィグが最初に話をする。そのあと、ヴィヴィが説明する。

報道関係者が押し寄せている部屋に入る前に、ヴィヴィはトイレに行き、鏡に映った自分の顔を見た。目が覚めたらすべて夢だったというのならいいのに、と思った。

トイレを出て、廊下を渡りながら、壁を握りこぶしで数回どんどんと叩いた。それからジャーナリストが待ち受けている部屋に入った。すでに熱気で部屋がむんむんとしていた。ヴィヴィは一段高いところにある署長席の隣に腰を下ろした。

ルドヴィグがこちらを見た。ヴィヴィはうなずいて、開始をうながした。

裁判官

5

蛾が一羽暗闇から現れ、机の上のランプのまわりを落ち着きなく飛んでいる。ビルギッタ・ロスリンはペンを置いていすの背に寄り掛かり、蛾がしつこく陶器製のランプシェードの内側に入り込もうとするのをながめた。羽のパタパタという音が子ども時代のなにかを思い出させるのだが、それがなんなのか、わからなかった。

記憶はいつも疲れ切ったときによみがえってくる。ちょうどいまのように。同じように、夢の中でも、遠い昔のことがどこからともなく現れることがある。

この蛾のように。

目をつぶってこめかみを指で揉んだ。すでに深夜十二時を少しまわっている。だれもいない裁判所の廊下を夜警が巡回する足音を二度聞いた。彼女はひとけのない建物で仕事をするのが好きだった。昔、ヴァルナモで書記官をしていたころ、夜になるとよくだれもいない法廷に入った。明かりを一部だけつけ、静けさに浸ったものだ。法廷は劇場のように感じられた。過去の事件の痕跡が壁に残っていた。法廷内でささやかれた声が聞こえるような気がした。ここで殺人者や強姦者や泥棒が裁かれ、自分は父親ではないとうそぶく父親判定訴訟に勝った男たちが逃げおおせた裁判がおこなわれたのだ。

ビルギッタ・ロスリンは若いときから司法関係の仕事に就きたかったので、ヴァルナモでの書記官の仕事のオファーを受けた。当時彼女は検事を目指していた。だがこの時期彼女は目標を裁判官に変えたのだった。それはヴァルナモ地方裁判所の裁判長に影響を受けたためだったと言っていい。決定的な出会いだった。すでに高齢だったアンケル裁判長は、父親判定の裁判で明らかな嘘を重ねて言い逃れようとする若い男たちの訴えにも、冷酷な暴行後なんの反省の色も見せない凶悪犯の言葉にもていねいに耳を傾けた。高齢の裁判長は彼女に裁判の中立性と尊厳を見せてくれた。それまで彼女はそうあって当然とは思っていたが、裁判長に会って初めてそれを現実に見た思いがした。言葉だけでなく、行動でそれを見た気がした。中立性は行動で示すもの。ヴァルナモを去るとき、彼女は裁判官の道を選んでいた。

いすから立ち上がると、窓辺へ行って外を見た。通りで男が一人、建物の壁に向かって立ち小便をしている。日中、ヘルシングボリの町に雪が降った。街路にうっすらと雪が積もっている。男を上から見下ろしながら、彼女は今日これから書かなければならない判決のことを考えた。今日一日だけ自分に猶予を与え、熟考して明日判決を出すことにしていた。

建物の下の男はいつのまにかいなくなった。ビルギッタ・ロスリンは机に戻りペンを手に取った。いままで何度も、判決を初めからパソコンで書こうと試みたことがある。が、うまくいかなかった。キーボードに向かうと、考えが散ってしまうような気がした。それでいつもペンに戻るのだった。判決文ができ上がって初めてパソコンに向かって清書するのだ。

ペンで書いた文章には、いくつか書き込みや変更を加えた。事件そのものは単純で、判決に必要な裏付けもじゅうぶんにあった。が、気が進まない判決を出さなければならないのが不満だった。

本当は有罪にしたいところだった。が、それができないのだ。

男と女がヘルシングボリのダンス・レストランで出会った。女はまだ二十歳になるかならないかの若さで、その晩彼女は飲みすぎた。男のほうは四十歳ほどで、女を送っていき、水を一杯飲ませてくれと言って、家の中に入った。女はソファの上で眠りに落ち、男は彼女を強姦した。彼女は眠っていて、抵抗しなかった。翌朝、女は目を覚まし、ソファの上で起きたことをぼんやり思い出した。病院に行って検査してもらい、性行為が確認された。男は警察に訴えられたが、警察の捜査は——強姦のケースのほとんどがそうなのだが——いいかげんなものだった。強姦から一年経ったいま、裁判がおこなわれているのだ。訴状には、女はいくつかのスーパーのレジでアルバイトをしてきたこと、深酒をする傾向があること、窃盗《せっとう》の経歴があり、仕事にミスがあって他所でレジの仕事をクビになったことが書かれていた。

訴えられた男は、多くの点で彼女とは正反対だった。オフィスビルの斡旋《あっせん》を主にする不動産業者で、客の受けもよかった。独身で高収入、警察の前科記録にも名前はなかった。だが、ロスリン裁判官は自信たっぷりの外見と高価そうなスーツの男を見透かし、男はまちがいなく強姦しているという心証を得た。ＤＮＡテストでも、男は彼女と性交していることが確かめられた。男は乱暴をしたわけではないと主張した。女は初めから同意していたと。男側の弁護士は以前からビルギッタ・ロスリンの知っているマルメに事務所を開いている弁護士だったが、金のためならどんな真実も曲げることをいとわないタイプの男だった。強姦されたとどんなに女が主張しても、夜中に男を家の中に入れた酔っぱらいのレジ女の言うことに信憑性などない、これは合意の行為だと被告人を弁護する。裁判は膠着《こうちゃく》状態に陥っていた。

男を有罪にすることができないのが悔しかった。疑わしきは罰せずの原則があることはわかっているが、強姦という決して犯してはならない重大な罪を看過し、明らかに有罪と思われる人間を証拠不十分で放免してしまうのが残念でならなかった。有罪だと感じる直感を支える法律がみつからなかった。検察側の訴えと説明を別解釈できる法的根拠となり得るものがなかった。男には無罪を言い渡すしかない。

賢いアンケル裁判長だったらどうしただろうか？　どのようなアドバイスをくれただろう？彼もきっと同じ心証を得たにちがいない。有罪の男が罪を問われずに自由になる。アンケル裁判長もきっとわたしと同じように苛立っただろう。だが、わたしと同じようになにも言わないだろう。これが裁判官の悩みだ。罪を犯したものを証拠不十分のため立件できず、放免してしまうこと。心証は真っ黒であるにもかかわらず。レジの女の子は、神のもっともいい子とは言えないかもしれないが、おそらく一生真実が認められなかった悔しさを胸に抱いて生きていかなければならなくなる。

ビルギッタ・ロスリンは立ち上がると、部屋の隅にあったソファに体を横たえた。裁判所が用意した肘掛けいすは座り心地が悪かったので、その代わりにソファを自分で購入してそこに置いた。アンケル裁判長から学んだことの一つに、一休みするときは鍵束を手に持つという習慣があった。鍵束が床に落ちたときが起きるべきときだった。いま短時間でも、休む必要があった。そのあと判決文を仕上げ、家に帰って眠り、明日の朝パソコンで清書する。考慮するべきことはすべて考慮したし、男を無罪にする以外の結論は出せない。

眠りに入り、夢を見た。一度も会ったことのない父親の夢。船の機関士だった。一九四九年一月、蒸気船ルンシャルはイェーヴレ沖で激しい嵐に遭い、沈没した。乗組員と乗客全員が海に呑み込まれた。父親の遺体はみつからなかった。ビルギッタはこの遭難事件のとき、まだ母親のおなかの中にいた。彼女は父親を写真でしか見たことがなかった。船の手すりに寄り掛かり、髪が風に吹き上げられ、腕まくりした父親の姿。その目は桟橋にいるだれかに笑いかけていた。写真を撮っている操舵手を見ているのだと、小さいときに母親が話してくれたものだ。だが、ビルギッタは父親が見ているのは自分だと小さいころから思っていた。自分はまだ生まれていなかったにもかかわらず。夢の中に、父親はいまでも現れる。夢の中で、父親は写真そっくりに自分に笑いかけている。だが、霧が立ちこめてきて、瞬く間に父親の顔は見えなくなった。

体がビクリと動いて目を覚ました。瞬間的に、寝すぎたとわかった。鍵束を持って寝るという手は通じなかった。鍵束は床に落ちていた。落としたのを知らずに眠っていたのだ。起き上がって時計を見た。すでに朝の六時になっていた。五時間以上も執務室で眠っていたことになる。疲れ切っているんだわ、と思った。まわりの人たち同様、わたしも睡眠が足りない。心配ごとが多すぎるのだ。とにかくいまは、このいまいましい判決を出さなければならないことでやりきれない気分だった。

　ビルギッタは携帯電話を手に取り、夫に電話した。きっと心配しているにちがいない。夫婦喧嘩をしたときなど、職場のソファで眠ることがなかったわけではない。だが、今回は前日にそんなことはなかった。

　一回の呼び出しで夫は電話に出た。

「どこにいるんだ？」

「職場のソファで眠ってしまったわ」

「なぜ夜中まで仕事をしなければならないんだ？」

「面倒な判決なのよ」

「その男は無罪になると言っていたと思うが？」

「そうなの。だからややこしいのよ」

「家に帰ってきて眠りなさい。ぼくはもう行かなければ。時間がない」

「帰りはいつ？」

「九時ごろだろう。列車の遅れがなければね。ハランドは雪だそうだから」

受話器を置いた。急に夫を思って胸が熱くなった。若いときに出会った。二人ともルンド大学の法科の学生だった。スタファン・ロスリンは一学年上で出会いは、二人の共通の友達が開いたパーティーだった。一目で恋に落ち、この人以外に生涯をともに過ごしたい人はいないと彼女は思った。彼の目、彼の背の高さ、大きな手、そしてすぐに顔を赤らめる純朴さにすっかり魅せられた。

スタファンは弁護士になった。だがある日仕事から帰った彼は、弁護士を辞めると言った。まったく別の人生を送りたいと。彼女には青天の霹靂だった。なんの予告もない、突然の知らせだった。その日まで、彼は当時二人が住んでいたマルメ市の弁護士事務所に勤めていたが、毎日重い足取りで通っていたことを彼女にはいっさい言わなかったのだ。翌日、驚いたことに彼は列車の車掌になることにしたと言い、講習を受けに通いはじめた。そしてある朝、紺と赤色の制服を着て居間に現れ、今日これからマルメ発十二時十九分のヴァックシューとカルマール行きの二百十一号列車に乗務すると宣言した。

まもなく人が変わったようにスタファンが明るくなったのが彼女にもわかった。転職すると決めたころには、彼らにはすでに四人の子どもがいた。息子、娘、そしてふたごの娘たちだった。子どもたちの歳の差はほとんどなかった。当時のことを振り返ると、どうしてあんなことが可能だったのだろうと不思議な気持ちになる。六年間に四人の子どもを産み、育てたなんて。ヘルシングボリには彼女が裁判官になったときに引っ越した。

いまでは子どもたちは成人している。ふたごの子たちも前の年に家を出てルンド大学で勉強している。二人はいっしょにアパートを借りて住んでいる。学科は別だが、ビルギッタはそれでいいと思っていた。どちらも法科ではない。シーヴは妹のルイースより十九分早く生まれたので一応姉だが、彼女は迷った結果いま獣医の勉強をしている。感情の激しい性格のルイースはやはりいろいろ迷って、紳士服の販売店で店員などをしていたが、やっと政治学と宗教史を勉強しはじめたところだった。ビルギッタは末っ子のルイースがなにを求めているのか知りたかった。何度も話し合おうとしたが、ルイースは四人の子どものうちでももっともガードが堅い子で、自分の考えをめったに人に話さなかった。ビルギッタはこの子がいちばん自分に似ているように感じていた。息子のダーヴィッドは大きな製薬会社で働く、父親似の子だった。真ん中の子のアンナは長いことアジアに旅行に出かけて両親を心配させていた。この子がなにを考えているのかビルギッタにはまったくわからなかった。

わたしの家族。大きな心配と大きな喜びの種。だが、これがなければわたしの人生はないに等しい。

裁判官執務室の外の廊下に大きな鏡があった。ビルギッタは廊下に出て自分の顔と体全体をながめた。こめかみのあたりに白髪が生えはじめている。口元を締める悪い癖のせいで、拒絶しているような表情になっている。だが気になるのはこのところ肥りはじめたことだった。三、四キロほど。それ以上ではないが、少し肥ったと人の目に映るのはどうしようもない。

鏡に映った自分の姿が気に入らなかった。本当は異性の目を惹く魅力があることを知っていた。だが、いま自分はその魅力を失いつつあると思った。それに対して抗いもしない自分がいた。

秘書の机の上に、今日は少し遅れて出勤すると書いたメモを残して外に出た。雪が解けはじめている。今日は少し天気が穏やかなようだ。角を曲がったところに停めてある自分の車に向かって歩きだした。

突然彼女は足を止めた。必要なのは眠りではない。もっと大事なことだ。それは頭の中を換気すること。まったく別のことを考えること。ビルギッタは歩いていたのと反対の、海のほうへ向かって歩きだした。風はなかった。前日に厚く空を覆っていた雲が散りはじめている。デンマークとの間にあるヘルシンググールへのフェリーボートが発着するフェリーステーションへ向かった。ヘルシンググールへの乗船時間は短い。それでも船に乗り、コーヒーかワインを一杯飲み、免税店で酒類を買おうとして並んでいる乗客をながめたりするのは楽しいもの。船のレストランの一隅に座った。とたんにテーブルが汚れているのに気がついた。ウェイトレスの若い女の子に声をかけた。

「このテーブル、べたべたしているわ。早く拭いてくださいな」

女の子は肩をすぼめ、テーブルを拭いた。ビルギッタは女の子の手にある汚いふきんを見たが、それ以上はなにも言わなかった。女の子は強姦されたレジの娘を思い出させた。自分の仕事をきちんとすることに無頓着だからか、それともその姿にどうしようもない投げやりなところが見えるからか。

フェリーボートが揺れだした。気持ちがよかった。ほとんど楽しいと言ってもよかった。初めて外国旅行に出かけたときのことを思い出した。十六歳のとき女友達といっしょにイギリスへ語学研修を受けに行ったのだ。その旅行が船旅だった。ヨッテボリとロンドン間。あのとき、船のデッキに立って、これから未知の自由を経験するのだとわくわくしたことをいまでもはっきり覚えていた。あのときのわくわくした気持ちを、いまスウェーデンとデンマークの間の海峡を渡るほんの短い間に思い出すことができた。不愉快な判決のことはいつのまにか彼女の頭から消えていた。

わたしは人生の真ん中にいるわけじゃない。折り返し地点はとっくに過ぎている。そこを通り過ぎるとき、たいていの人は気づかない。わたし自身もそうだった。このあと、とくになにか大きな変化が起きるとは思えない。きっとこのまま定年退職するまでわたしは裁判官を続けるだろう。変化はせいぜい孫ができるかもしれないということくらいだ。

自分を本当に悩ませているのは、不本意な判決などではなく、スタファンとの結婚生活が味気ないものになってしまっていることなのだと、心の奥では知っていた。夫とはよい友達関係だ。必要な安心を互いに与え合っている。だが愛情は、互いにすぐ近くにいるのを感覚的に確かめることができる性的な部分は、すっかり消えてしまっている。

眠りに入る前に体を寄せ合い愛し合ったのは、もう一年も前のことだ。正確にはあと四日で一年になる。その日が近づくにつれて、彼女は苛立ちが強くなるのを感じていた。一年間もセックスレスのままなのだ。孤独に感じていることを何度も話そうとした。だが、彼には話をする準備ができていなかった。黙り込んでしまい、大事なことだとは認めるがあとで話そうと言った。だれかほかに好きな人ができたのではない、ただその気にならないのだ、きっとそのうちにまたもとのようになるだろう、焦らずに時間をくれと言うばかりだった。

ビルギッタは、なにかといえばすぐに頰を赤らめる誇り高い男、手の大きな列車車掌の夫との一体感を失ったことを悲しんだ。だがあきらめてはいなかった。自分たちの関係がただやさしい友達関係だけになってしまうとは思いたくなかった。

二杯目のコーヒーを注ぐと、彼女はそれほど汚れていないテーブルに移った。まだ酔っぱらうには早すぎる時間なのに、近くのテーブルで明らかに酔っぱらっていると見られる若者たちが、ヘルシングール近くにあるクロンボリ城に幽閉されたのはハムレットかそれともマクベスかという議論をしていた。議論に耳を貸しながら、彼女は向こうの席に移って議論の輪に入りたいと思った。

隅のほうのテーブルに、十四歳ほどの男子が数人いた。明らかに学校をサボってきたらしい。学校が子どもたちを大切にしていない昨今、サボっても悪いことはないだろうとビルギッタは思った。彼女自身、権威的だった学校とはウマが合わず、大嫌いだった。だがそのとき、昨年の事件を思い出した。この事件は彼女にスウェーデンが無法状態に陥っていることを今更ながら痛感させ、いつにも増してアンケル裁判長のアドバイスがほしいと思ったものだ。彼が亡くなってからすでに三十年も経っているのに。

ヘルシングボリの住宅街で、八十歳ほどの女性が突然心臓発作に襲われ、道路に倒れた。十三歳と十四歳の少年二人がそこを通りかかった。老女を助けるどころか、少年たちはまずハンドバッグの中から財布を盗み取り、それからこともあろうに強姦しようとした。そこに犬の散歩の男が現れなかったら、少年たちは強姦未遂では終わらなかったかもしれない。警察はその後少年たちを捕まえたが、未成年ということで釈放した。

ビルギッタはこの話をある検事から聞いた。その検事もまたある警察官からこの話を聞いたという。彼女は腹を立てた。なぜ児童福祉事務所がこの少年たちを保護しないのか？　その後彼女は、おそらく年間百人を超える未成年者が犯罪を犯し、それがまったくどこにも報告されていないことを知った。それだけではない。犯罪行為をした子どもたちの親にだれも連絡していなかったのだ。児童福祉事務所だけでなく、少年院にもなにも連絡がなかった。小さな窃盗から銀行強盗や暴力事件まで、ときには殺人にまで至りかねない規模の事件もあった。

スウェーデンの法制度はどうなっているのか。自分はいったいなにに対して忠義を尽くしているのか。正義に対してか、それとも無関心さに対してか。だれも子どもたちの犯罪に関心を向けなかったら、どうなる。こんなに心もとない法制度の下で民主主義の社会が保持できるのか。

コーヒーを飲み干し、これから自分はまだあと十年働くのだと思った。それまで自分はもつだろうか。法治国家が機能していないと認識する裁判官が、公平で良心のある裁判官でいられるだろうか。

わからない。頭から考えを振り落とすために、いや、どっちにしても答えは出せないのだが、彼女はヘルシングールからヘルシングボリに向かう帰路のフェリーボートに乗った。目的地に着いたとき、時計はすでに九時をまわっていた。ヘルシングボリの中央部の大通りを渡って広場まで来たとき、キオスクにタブロイド紙の見出しが貼り出されているのが見えた。大きな文字が躍っていた。〈ヘルシングランド県で大量殺人〉〈前代未聞の犯罪。警察は手がかりなし〉〈大量殺人！　犠牲者は何人か？　その数いまだ不明！〉。

彼女はそのまま足を止めずに駐車場まで行った。タブロイド紙はめったに、いや一度も買ったことがない。タブロイド紙が知らせる事件や裁判のニュースはでたらめで、ばかばかしい、ときには有害だと思っていた。中には同意できることもあるのかもしれないが、ビルギッタはタブロイド紙は嫌いだった。重要な問題を、ただいたずらに書き立て、大騒ぎするだけのやりかたが我慢できなかった。

ビルギッタ・ロスリンはヘルシングボリ市内のシェルストルプ住宅街に住んでいた。そこは町の北側にあった。途中、スーパーに寄った。店主はパキスタン人でいつも愛想よく彼女を迎えた。彼女が裁判官であることを知っていて、尊敬を示した。パキスタンには女の裁判官がいるのだろうかと彼女はいつも思うのだが、一度も訊いたことがなかった。

家に着くと、風呂に入り、その後ベッドに横たわった。午後一時に目が覚めた。やっとちゃんと眠ったという気がした。パンを一枚食べ、コーヒーを飲んでから、仕事場に戻った。数時間後、有罪の男を無罪にするいまいましい判決文をパソコンで清書して、秘書の机の上に置いた。その日、秘書は裁判所内の講習会に出ていた。自分がそれを忘れてしまったのか、聞いていなかったのか、わからなかった。家に帰り、二日前の晩の鶏料理を温め直して食べ、スタファンのために少し残して冷蔵庫にしまった。

コーヒーカップを手にテレビを見ようとソファに座った。テレビを字幕ニュースに切り替えた。それで、今朝ちらりと目に入ったタブロイド紙の見出しを思い出した。警察は犯人の足跡をつかんでいない。何人が殺されたのか、犠牲者の名前も発表していない。親族への連絡がまだ終わっていないというのが理由だった。

頭のおかしくなった人間のやったことだろう、とビルギッタは思った。強迫観念に苦しんできたとか、不公平な扱いを受けた不満が爆発したとか。裁判官としての長年の経験から、狂気は人間に信じられないような憎むべき行動をとらせること、また狂気にもさまざまな種類があることを学んでいた。また彼女は、法心理学者たちが、病気が原因だから情状酌量してほしいと懇願する犯罪者たちにいままで同情的ではなかったことも知っていた。

テレビを消して、地下室へ行った。そこに赤ワインのために小さなワインセラーを設置していた。ワイン輸入業者から届いているカタログもそこにある。子どもたちが飛び立ってから、経済に余裕ができたことに気づいたのはほんの二、三年前のことだった。毎月、少し高いが美味な赤ワインを数本買うことができるようになった。輸入業者のカタログを見て注文するのが、このところの彼女の新しい趣味になった。ボトル一本が五百クローナもする高価なワインを買うことは、人には言えない秘密の愉しみだった。スタファンを誘ってイタリアのワイン製造者を訪ねる旅に二度出かけた。しかし、スタファンはそれほど興味がないらしく、彼女のように夢中になることはなかった。イタリア旅行のお返しに、彼女はコペンハーゲンで開かれたジャずコンサートに数回いっしょに行った。この種の音楽は自分の趣味ではなかったにもかかわらず。

地階はかなり冷えていた。室温が十四度になっているのを確かめた上で、彼女は棚と棚の間でスツールに腰掛けた。ワインボトルの横たわった棚に囲まれると、ある種の安心感を感じる。温水プールと、今日現在百十四本の赤ワインのボトルが棚に収まっている室温十四度のこの部屋にいるのとどっちを選ぶと訊かれたら、ためらいなくここと答えるだろう。

だがこの地下室で感じる安心感。これは本物だろうか。若いとき、将来優良ワインの蒐集家になるなどと人に予言されたら、きっぱりとあり得ないと言っただろう。否定するだけでなく、おそらく腹を立てただろう。ルンド大学で勉強したころ、彼女もまた多くの学生同様左翼のシンパだった。一九六〇年代の終わりごろには大学教育そのものに、また自分が将来働くことになる社会にまで疑問を向けたものだ。ワインを集めるなど、当時なら時間の無駄、ブルジョア的、金持ちのやることと軽蔑したにちがいなかった。

上の階から足音がして、スタファンが帰宅したことがわかった。カタログを置き、地下室の階段を上がってキッチンへ行った。彼はちょうど鶏料理を冷蔵庫から出したところだった。テーブルの上に列車から持ち帰ったタブロイド紙がいくつか広げられていた。

「見たかい？」

「ヘルシングランドのこと？」

「十九人だとさ」

「字幕ニュースには犠牲者の数は出ていなかったけど」

「この新聞は最新ニュースだよ。一つの村の住人がほとんど全員殺された。とても信じられないようなことだ。それで？　今日の判決はどうした？」

「書いたわよ。無罪放免にしたわ。ほかにどうしようもなかった」

「新聞で叩かれるぞ」

「それは大歓迎よ」

「きみは非難されるよ」

「そうでしょうね。でもジャーナリストたちは自分で法律を読んで、この男を有罪とする根拠を探したらいいわ。その上で、この国で私刑《リンチ》が許されるかどうか考えたらいい」

「大量殺人事件がきみの判決など吹き飛ばしてしまうだろうな」

「そういうこと。大量殺人事件の前には、一人の女性が強姦された事件など、きっと忘れられてしまうわ」

　彼らはその晩いつもより早くベッドに入った。スタファンは翌朝早い時間の出勤だったし、ビルギッタはテレビになにも面白いものがみつけられなかった。カタログに一ついいワインがみつかり、注文することに決めた。二〇〇二年製のバローロ・アリオネをワン・カートン。

　夜中、突如彼女は目を覚ました。スタファンはそばでよく眠っていた。ときどき、夜中に空腹で目を覚ますことがある。モーニングガウンをはおって階下のキッチンへ行き、薄い紅茶をいれて、バターを塗ったパンを少し食べた。

タブロイド紙はまだテーブルの上にあった。その一つを取って、ぼんやりとめくった。ヘルシングランドの寒村でいったいなにが起きたのか、全体像がつかめなかった。が、村人たちの大部分がむごい方法で殺されたことはまちがいないようだ。

新聞をテーブルに置こうとしたとき、彼女の手が止まった。殺された人々の名前が目に入った。アンドレンという苗字がいくつか続いていた。記事を注意深く読み、ほかの新聞にも目を通した。やはり同じようにアンドレンという名前の犠牲者が多かった。

ビルギッタは新聞をまじまじと見た。これは本当だろうか。自分の記憶の間違いか。書斎に行き、書類の束を取り出した。ひもで縛って、机の袖の引き出しの奥にしまい込んでおいたものだ。机上のランプをつけて書類を開いた。老眼鏡がみつからなかったので、スタファンのを借りた。彼女のものより少し弱かったが、それでもないよりはましだった。

その書類の束は両親に関する記録と書類だった。母親は十五年ほど前に他界していた。膵臓《すいぞう》ガンにかかり、発見から三カ月で逝ってしまった。

やっと探していた写真がみつかった。拡大鏡でその写真をのぞき込んだ。数人が古い家の前に立っている記念撮影だった。

それを持って台所へ行った。新聞に載った写真の一つに、村全体を写し出しているものがあった。拡大鏡でその写真に写っている家を一つひとつ見ていった。三つ目の家で手を止めて、書類の中にあった写真と見比べた。

記憶に間違いはなかった。突然の暴力に襲われたのは、自分と関係のない村ではなかった。

ビルギッタの母親が子ども時代を過ごした村だ。母親の苗字はルーフだったが、病気がちな母親とアルコール依存症の父親から引き離されてアンドレンという名前の家族に養子に入ったのだった。母親は子ども時代の話はしたがらなかった。養父母はよく面倒をみてくれたが、それでも実父母のもとに戻りたくて苦しんだらしい。実父母は彼女が十五歳のときにそろって亡くなったので、自分で稼いで暮らしが立てられるまで養父母の村で暮らした。ビルギッタの父親と出会ってからは、ルーフという名もアンドレンという名も消えてしまった。その片方の、アンドレンという名前がいま猛烈な勢いでビルギッタの脳裏によみがえった。

母親に関する書類の中にあった写真は、大量殺人がおこなわれた村の中の一軒の家の前で撮られたものに間違いなかった。家の表側の窓、大工の手作り窓の昔風な飾り部分が、母親が所有していた古い写真とまったく同じだった。

まちがいない。母親が子ども時代を過ごした家に住んでいた人たちが惨殺されたのだ。殺されたのは母の養父母だったかもしれない。新聞には、殺された人々の多くは高齢だったとある。あり得るだろうか、と彼女は時間をさかのぼって数えはじめた。母が世話になった養父母は、生きていれば九十歳以上になるはず。つまり、あり得るということだ。もちろん、彼らの子どもでもあり得る。

体が震えだした。親のことはめったに考えたことがなかった。母親の姿形さえ、はっきり思い出せなかったのに。だがいま、過去がものすごい勢いでよみがえってきた。

スタファンがキッチンに入ってきた。いつもながら彼はほとんど音を立てない。

「ああ、驚いた。あなたは本当に音を立てずに歩くから」

「なぜ起きているんだい?」

「おなかが空いて」

彼の目がテーブルの上の書類に落ちた。ビルギッタは夫に自分の発見を語った。話しているうちに、自分で納得した。

「うーん。どうかなあ。ずいぶん前のことじゃないか」と話を聞き終わると夫は言った。「きみとその村を繋《つな》ぐ糸はごくごく細いと言わなければならないな」

「細いかもしれないけど、不思議なこと。その村にちがいないわ。あなただってそう思うでしょう?」

「睡眠が必要だよ、きみには。明日、新たな犯罪者を刑務所に送り込むんだろ。じゅうぶんな睡眠をとって元気でいなくちゃね」

しばらく寝つけなかった。記憶の細いひもをぐんぐんたぐり、ついに切れてしまった。それでまたはっきり目を覚まし、ふたたび母親のことを考えはじめた。亡くなってからもう十五年になる。だが、母のことははっきり思い出せない。母との思い出の中に自分の姿を見ることができないのだ。

やっと眠りにつき、つぎに目が覚めたのは、スタファンがベッドのそばで、シャワーで濡れた髪のまま制服を着ようとしているときだった。ぼくはきみの将軍だよ、とよく彼は言ったものだ。手に銃を握ってはいないが、代わりに切符に印を付ける鉛筆を持っている将軍さ。

眠っているふりをして、表玄関のドアが閉まる音を聞いてから起き上がった。書斎に行って、パソコンの電源を入れた。いくつかのホームページを開き、できるだけ多くの情報を集めた。この時点でもまだヘルシングランドの寒村で起きたできごとに関する情報は漠然としたものだった。はっきりわかっているのは、凶器は大きな刀か鉈《なた》のようなものだということぐらいだった。

もっと知りたいと思った。少なくとも、殺されたアンドレンの中に母親の養父母がいるかどうか、はっきりさせたい。

八時、彼女は大量殺人について考えるのをやめた。今日の仕事は二人のイラン人が密航の手引きをしていた件に関する裁判だった。

十時、関連書類をすべて集め、訴状に目を通したあと、裁判官席の中央に腰を下ろした。アンケル裁判長、今日一日、またわたしを助けてください。

木槌で軽く机を叩くと、検事に起訴理由を読み上げるように命じた。

裁判官席の後ろには高い窓があった。席に着くとき、前の晩から空を覆っていた厚い雲の間から、日の光が一筋差し込んでいるのが見えた。

6

二日後に公判が終わった時点で、ビルギッタ・ロスリンはすでに刑罰の内容を決めていた。年上の男、密航斡旋《あっせん》組織のリーダー格のアブドゥル・イブン＝ヤメドには三年と二カ月、手伝いの若者ヤシル・アル＝ハビにはそれより軽い一年の刑を与え、二人とも刑期終了後ただちに本国へ送還とする。

過去の判例を調べたが、密航斡旋業は重い犯罪であるという理解はどの裁判でも一致していた。厳しい判決は当然のことだった。スウェーデンに密航した者たちの多くは手引きした者たちに偽の書類と密航のために多額の金額を支払わなければならない。その借金のために、密航者は手引きした密航斡旋業者から暴力や脅迫を受け続けていた。ビルギッタはとくに年上のほうの男に不快さを感じた。裁判官である彼女と検察官に向かって涙ながらに、密航者から金を巻き上げるなどしたこともない、それどころか国に残された密航者の家族に経済援助をしてきたのにと感情的に訴えた。休憩時間、検察官はビルギッタの部屋にやってきて、茶を飲みながらこのアブドゥル・イブン＝ヤメドという男はメルセデス・ベンツの中でも最高級の車を乗りまわしているとさらりと伝えた。

判決のための準備に費やした時間は膨大なものになった。何日もの間、睡眠と食事以外の時間は関連書類を読むことに費やされた。この間、ふたごのうちの一人の娘が、ルンドに遊びにくるように誘ってきたが、ビルギッタは断った。この密航斡旋業の男たちの裁判のあとはルーマニア人のクレジットカード偽造事件の裁判と決まっている。

この間、ビルギッタはもう一つ別のことに関心を向けていた。例のヘルシングランドの寒村で起きた事件だ。毎朝新聞を読むときにこの記事を追った。いつもながら、テレビは見る時間がなかった。

ルーマニア人のカード偽造事件の準備に取りかかる予定になっていた日の朝、ビルギッタは手帳を見、その日に年に一度の健康チェックの予約を入れていたことに気がついた。二、三週間先に変更してもらおうかとも思ったが、いつも疲れを感じるし、よく眠れないのでかなり健康状態は悪くなっているにちがいないと思った。その反面それほど深刻なこともあるまいとも思った。基本的には、自分は規則正しい暮らしをしている健康人という認識だった。めったに風邪も引かない。とにかく予約の変更はしないことにした。

クリニックは市立劇場の近くにあった。車は使わずに徒歩でクリニックへ向かった。寒いが空は晴れ上がっていて風もなく、数日前に降った雪はすっかり解けていた。ブティックのショーウィンドーの前に立ち止まり、ダークブルーのスーツをながめた。値段を見て驚いた。特選の赤ワインが何本も買えるような値段だった。

クリニックの待合室のテーブルには、大量殺人事件を報道する新聞が広げられていた。新聞に手を伸ばしたとき、名前が呼ばれた。医者はかなり高齢で、アンケル裁判長を彷彿させる。ビルギッタはすでに十年間この医者に診てもらっていた。同僚から勧められた医者だった。

医者は通り一遍の質問をし、その後看護師が指先に針を刺して採血した。待合室に戻ったが、さっきの新聞はほかの人が読んでいた。ビルギッタは目を閉じて待った。家族のことを考えた。いま一人ひとりがなにをしているか。なにをしているかがわからないまでも、どこにいるかを考えた。スタファンはヘルシングボリへ向かう列車の中だ。帰りは遅いはず。ダーヴィッドはヨッテボリの郊外にあるアストラセネカ製薬会社の研究室にいるはず。アンナがどこにいるかは不確かだ。最後に彼女と話したときはネパールにいた。それも一カ月ほど前のこと。ふたごの女の子たちはルンドにいる。遊びにきてと言われている。

いすに座ったまま眠ってしまったらしく、看護師の手を肩に感じて目を覚ました。

「中へどうぞ」

待合室で眠ってしまうほど疲れているのだろうか、とビルギッタは自問した。

「血球数が低いね。だいたいヘモグロビン濃度は十四・〇はほしいところだが、あなたの数値はそれに満たない。だが、それは鉄分補給で高めることができる」

「それじゃ、異状はないのですね？」

「あなたのことはかなり長期にわたって診てきた。さっき疲れがあると言っていたが、それははっきりと表れている。単刀直入に言うと」

「どういうことですか？」

「血圧が高すぎる。一般的言いかたをすれば、過労という状態だね。睡眠はどうですか？」

「眠ってるとは思いますけど、途中よく目を覚まします」

「めまいは？」

「ありません」

「不安感は？」

「あります」

「しばしば？」

「そうですね。パニック症状に襲われたこともあります。そういうときは倒れないように壁に手をつきます。あたりがぐらぐら揺れるような感じがして」

「疾病休暇を命じる診断書を書くことにしよう。休まなければだめだね。血球数が正常になること、なにより血圧を下げなければ。精密検査をする必要があるが」

「いま疾病休暇を命じられても困ります。仕事が山ほどあるので」

「だからだよ」

ビルギッタは眉を寄せて医者を見た。

「深刻なのですか？」

「いいや、健康な状態に戻せる、その程度だよ」

「心配するべきですか？」

「私の言うとおりにしなければイエス、ちゃんと守ればノー、というところだね」

数分後、ビルギッタは呆然として通りに立っていた。突然向こう二週間休みを命じられたのだ。医者の命令は彼女の生活に予期せぬ無秩序をもたらした。

職場へ行って、直接の上司のハンス・マッツソンと話した。彼の協力で、向こう二週間彼女が担当していた二つのケースをほかの裁判官に割り振ることができた。そのあと、秘書と話をし、いくつか手紙の返事を書き、薬局へ行って新しく処方された薬を買って、車で家に帰った。することがなくなったことが信じられなかった。

昼食を食べ、ソファに腰を下ろした。新聞を手に取って読みはじめた。ヘッシューヴァレンで殺された人々の名前はまだぜんぶは発表されていないらしかった。スンドベリという犯罪捜査官による状況説明があり、一般の人々から情報提供を期待しているとあった。直接の手がかりはなにもなく、信じられないことだが、状況から見て単独犯と思われると書かれていた。

ほかの面に関連記事が載っていて、ロベルトソンという検事が見解を述べていた。捜査は聖域を設けず広く徹底的におこなわれている。ヒューディクスヴァル警察はストックホルムにある警察本庁刑事殺人課から全面的な協力を得ているとあった。ロベルトソンは自信たっぷりだった。「全力で捜査します。必ず犯人を捕まえますよ」

つぎの面はヘルシングランド県の森林部に広がる住民の不安を取り上げていた。その地域は過疎《かそ》の村が多く、人々は番犬や緊急用のサイレン、バリケードなどを築いて自衛して非常時態勢をとっているとあった。

ビルギッタは新聞を置いた。家の中は静まり返っている。突然の、自分の意志と関係なく命じられた休息。地下室へ行って、ワインのカタログを持ってきた。パソコンに向かい、きのう決めたバローロ・アリオネを注文した。かなり高価だったのだが、なにか贅沢《ぜいたく》なことをしたかった。それから掃除をすることにした。掃除はいつも家事の中でも最後になる。だが、掃除機を取り出したとき、急にその気がなくなった。キッチンテーブルに向かい、いま自分のおかれた状況について考えた。はっきり病気というわけではないのに、疾病休暇をとらされている。薬は三種処方された。血圧を下げる薬と赤血球数と白血球数を正常値にする薬。もちろん、医者が正しいのだろう。自分は本当にバーンアウトぎりぎりのところまできていたのだ。眠りの質が悪いし、パニック症状がいつ起きるかわからない。もしかすると法廷で裁判中に起きるかもしれない。自分が認めたくなかっただけで、たしかにかなりよくないコンディションなのだ。

ビルギッタはテーブルの上の新聞を見た。母親のこと、母親の子ども時代のことを思った。ある考えが浮かんだ。電話を手に取るとヘルシングボリ警察へ電話をかけた。警視のヒューゴ・マルムベリと話したいと言った。ヒューゴとは長年の知り合いだ。ある時期、ヒューゴはビルギッタとスタファンにブリッジを教えようとしたことがあった。二人ともちっとも上達しなかったが。

やわらかい声が聞こえた。警察官はすごみのある声で話すと思っている人には、ヒューゴ・マルムベリの声は意外だろう。彼の声は公園のベンチに座って小鳥たちに餌をやっている年金生活者のようなものだから。

あいさつの言葉を交わしたあと、単刀直入にいま会えるかと訊いた。

「どの事件のことで?」

「いいえ、事件のことじゃないの。というか、わたしが扱っている事件じゃないのよ。時間ある?」

「ちゃんと仕事をしている警察官なら、イエスと答える者はいないだろうよ。いつ来るつもりなんだ?」

「家から歩いていくわ。一時間後はどう?」

「いいよ」

マルムベリの部屋に入ると、彼は電話中だった。手招きして、座るようにいすを示した。電話の様子から、前日に起きた暴力事件のことらしいと推測した。そのうちにわたしのところにまわってくる事件かもしれない、と彼女はぼんやりと思った。鉄分を摂り、血球数が正常になって、仕事に復帰したあとで。

通話を終えて、マルムベリは笑顔になった。

「コーヒーでも?」

「いいえ、けっこう」

「え、どうして?」

「警察のコーヒーは検察庁のと同じくらいまずいから」

マルムベリは立ち上がった。

「それじゃ、会議室に行こうか。ここは電話がうるさくてかなわん」

ちゃんとした警察官とわたしの共通項はそれね、と彼女は思った。ここで働いているのはわたしだけ？　なぜわたしのところにだけこんなに電話が来るの？　という気持ち。

会議室に入ると、楕円形のテーブルの上に飲み終わったコーヒーカップやらグラスやらが乱雑に置かれていた。マルムベリは不愉快そうに首を振った。

「自分で飲んだものを片付けろっていうんだ。会議中に飲んだものをそのまま置いていくんだからな、まったく。用事はなんだ？　ブリッジ、もう一度始めたいとか？」

ビルギッタは発見したことを話した。ヘルシングランドの大量殺人と自分はかなり遠い関係かもしれないが、無関係ではないかもしれない、と。

「関心があるの。でも、新聞に書かれていることやテレビのニュースに出ていることはかぎられているわ。大勢が死んだということと警察は手がかりをつかんでいないということ。それだけでしょう？」

「正直言って、いまあの地域の警察官じゃなくてよかったと思うよ。みんなきっとたいへんな思いをしているにちがいないからね。こんな事件は見たことも聞いたこともない。ある意味で、パルメ暗殺事件に匹敵するような大事件だ」

「このことで、新聞に載っていないけどあなたが知っていること、ある？」

「警察官なら、いったいなにが起きたのか、関心をもたない者はいないだろう。廊下で会えば、みんなこの話で持ち切りだ。いろんな臆測がされている。警察官は理屈一点張りで、だいたいが想像力に欠けた者ばかりと一般に思われているかもしれないが、そんなことはない。みんないろんな想像をしているさ」

「あなたはどう思っているの?」

マルムベリは肩をすくめ、しばらく考えてから話しだした。

「知っていることはきみと同じぐらいだろうよ。大勢が殺された。残忍な手口でだ。だが盗まれたものはない。私の知るかぎりだが。考えられるのは、頭のおかしくなった者の犯行ということだ。その狂気の背後になにがあるのかはだれにもわからない。当該地区の警察はおそらくいままでの同様な犯罪の記録をチェックしているだろう。またおそらくすでにインターポールとユーロポールに似たようなケースの照会を頼んでいるだろう。だがその作業には時間がかかるはずだ。それ以上は私にはわからない」

「あなたは全国の警察とつながりがあるでしょう。あの地域の警察で懇意の警察官、いる? わたしが電話で連絡をとれるような人が」

「警察署長には会ったことがある。ルドヴィグとかいう男だ。正直言って、とくにこれという印象は受けなかったな。キャリア組の若者だ。私は実際に足を使って調べる警察官以外はあまり信用してないものでね。が、お望みなら、電話をかけてあげようか?」

「不必要に邪魔をしたりしないと約束するわ。知りたいのはただ、犠牲者の中にわたしの母の養父母がいるかどうかだけなの。もしかすると、養父母のつぎの代の人たちかもしれないけど。もしかすると、人ちがいで、まったく関係ないのかもしれない」

「いや、電話するにじゅうぶんな理由だと思うよ。あとで電話してみる。これからうんざりするような尋問をやらなきゃならないんだ。これで失礼するよ」

夜、スタファンにその日のことを話した。彼は、医者の判断は正しいだろうよとさらりと言うと、南の国にでも旅行に出かけたらどうかと訊いた。その態度に、ぜんぜん心配していないのだと彼女は気持ちが沈んだ。が、なにも言わなかった。

翌日の午前中パソコンに向かい旅行会社の案内を読んでいたとき、電話が鳴った。ヒューゴ・マルムベリだった。

「スンドベリという女性警察官が向こうにいる」

「スンドベリなら新聞で見た名前だわ。ただしわたしは男だと思って読んだけど、女だったのね」

「名前はヴィヴィアン、ヴィヴィというニックネームで呼ばれているらしい。ルドヴィグがきみのことを伝えておいてくれることになっているから、電話してみたらどうだい？　番号はこれだ」

「ちょっと待って。書き留めるわ」

「捜査はどうだと訊いてみた。依然としてなんの手がかりもないらしい。頭のおかしくなった人間のしわざだということだけは疑いのないところだが。ま、それはルドヴィグの言葉だがね」

その声にためらいがあるような気がした。

「でも、あなたはそう思わないの？」

「べつになにか考えがあるわけじゃない。だが、昨日の晩、ネットでこの事件のことを読んでみた。どうも、納得がいかない」

「なにが？」

「うーん。あまりにもよく計画されていないか？」

「頭がおかしい人でも準備を周到にすることはできるでしょう？」

「いや、私の言う意味はそういうことじゃない。実際に起きたこととしてはあまりにもすべてが整いすぎているような気がしてならないんだ。私がこの事件を扱うとしたら、なによりもまず、頭のおかしな人間のしわざと見せかけているのではないかと疑ってみるな」

「それで？」

「わからない。とにかく、きみは電話して、犠牲者の中に自分の親族がいるかもしれないと自己紹介することだね」

「ありがとう。ところで、スペインのテネリフェ島って、行ったことある？　この休みの間南へ旅行しようと思って」

「いいや、一度も。それじゃ、よい旅を」

　ビルギッタはさっそく書き留めた電話番号に電話した。自動応答で、メッセージを残してくれという音声が流れた。そうしたが、落ち着かない気分だった。昨日と同じように、また掃除機を手に取った。が、結局やめてパソコンの前に座り、こんどは旅行案内に目を通した。一時間後、翌々日にコペンハーゲンからテネリフェ島へ旅行することに決めた。昔学校で使った地図を取り出し、暖かい気候とスペインのワインのことを思った。

きっとわたしにはこの旅行が必要なんだわ、と思った。一週間、スタファンなしで、裁判なしで、日常生活なしで過ごすこと。よく考えてみると、わたしは自分自身と人生についてまともに立ち止まって考えたことがない。だがいまこの年齢になれば、そういうことを考えてもおかしくないはず。間違いがあれば軌道修正をすることだってできるはず。若いとき、わたしはヨットで女一人、世界一周することを夢見た。それは実現しなかった。でも、いまでも航海の知識は覚えているし、狭い航路を走ることもたぶんできるだろう。カナリア諸島の間をヨットで走ったりテネリフェの海岸を横切ったりして、数日も経てば航海技術を思い出すだろう。そのあと、判断するのだ。もう年齢《とし》で、ヨットはあきらめるほうがいいのか、まだヨットで遊べるのか。更年期はうまく乗り越えることができた。でも、これからいったいなにが起きようとしているのか、わたしにはまったく見当もつかない。それを知るための努力をしよう。とにかく、わたしとスタファンの関係が血圧とパニック症状になんらかの影響を与えているのかどうか、それが知りたい。いまの膠着状態は、彼にもわたしにも決していい影響を与えるはずがない。なんとかしなければ。

さっそく旅行の行程表を作った。パソコンに打ち込もうとしたのだが、うまくいかなかったので、名前と電話番号と目的地を書き込んで旅行会社にメールを送った。折り返し、一時間以内に連絡しますという自動メールが送られてきた。

ちょうど一時間ほど経ったとき、電話が鳴った。が、それは旅行会社ではなかった。

「ヴィヴィ・スンドベリです。ビルギッタ・ロスリンさんはご在宅ですか?」

「ええ、わたしです」

「あなたのお名前を上から聞きましたが、ご用件がなにかよくわからないのです。いまこちらはとんでもなく混乱しているもので。あなたが裁判官というのは本当ですか?」

「ええ。簡潔に話しますと、亡くなったわたしの母親は、養子縁組でアンドレンという家族に育てられたのです。新聞に載っている建物に見覚えがあるのですが。母が昔住んでいた家ではないかと思います」

「犠牲者の家族に連絡するのはわたしの役割ではありません。エリック・ヒュッデンと話してください」

「でも、犠牲者の中には何人か、アンドレンという名前の人たちがいますよね?」

「あの村でいちばん多い苗字がアンドレンでした」

「全員が亡くなったのですか?」

「それは答えられません。お母さんの養父母のファーストネームはわかっているのですか?」

ビルギッタは書類を開いて探しはじめた。

「待っている時間がないので、名前をみつけたら電話してください」ヴィヴィ・スンドベリが苛立った声を上げた。

「いえ、ここにあります。ブリッタとアウグスト・アンドレンです。九十歳以上だと思います。もしかすると九十五歳かも」

すぐに返事はなかった。紙をめくる音が聞こえ、それからスンドベリが電話口に戻った。

「あります。残念ながら犠牲者の中にお二人とも名前がみつかりました。年上のかたは九十六歳です。このことは新聞などに漏らさないようにお願いします」

「わたしがそんなことをすると思っていらっしゃるのですか？」

「あなたは裁判官ですから、こういうことがどういう経路で漏れるか、よくご存知でしょう。だから念のため申し上げるのです」

もちろん彼女は知っていた。実際、ときどき裁判官仲間と話し合うこともあった。ジャーナリストたちはめったに、いや決してと言ってもいいが、秘密の情報を裁判官たちから聞き出そうとしない。それは、裁判官たちは決して口を割らないと知っているからだと。

「捜査がどんな具合に進んでいるか、もちろん、わたしは関心がありますが」

「わたしたち捜査官は個別の問い合わせに答えているひまはないんです。ここには全国から報道関係者が詰めかけています。彼らの中には立入禁止区域にもかまわずどんどん入ってくる者もいます。きのうなど、カメラを持った人間が現場の一つの家の中に入り込んでいるのをみつけました。訊きたいことがあったら、ヒューディクスヴァル署のエリック・ヒュッデンに電話して、訊いてください」

ヴィヴィ・スンドベリは苛立ちを隠さなかった。ビルギッタはそれは理解できた。ヒューゴ・マルムベリがこの事件の担当でなくてよかったと言っていたのを思い出した。

「お電話ありがとうございました。お邪魔して申し訳ありません」

ビルギッタは受話器を置くと、いまの会話を頭の中で繰り返した。とにかくこれで、母の養父母が犠牲者の中に含まれていることがわかった。ビルギッタは、ほかの大勢の親族と同じように、警察から死亡の知らせを受ける立場の人間だった。

ヒューディクスヴァル署に電話して、エリック・ヒュッデンという警察官と話すべきだろうか。だが、これ以上なにを訊くというのだ？　やめにした。その代わりに、父母のファイルに入っている書類をぜんぶ読むことにした。このファイルを最後に開けたのはだいぶ前のことだ。中には、いままで一度も読んだことがないものもあった。

厚いファイルの中の書類を三つに分類した。最初のはイェーヴレ沖に眠っている父親に関するもの。塩分濃度の低いバルト海の水の中では人骨が溶けるのに時間がかかる。海底のどこかに父親の骨があるはず。第二の書類は父親と母親の重なった時間の部分。ビルギッタが生まれる前と生まれてからの時間もここに入る。最後の書類はいちばん多く、ビルギッタの母親であるイェルダ・ルーフのちのイェルダ・アンドレンに関するものだった。じっくりと時間をかけて読んでいった。時系列的に母親がアンドレン家の養子となったことを記した書類までくると、彼女は細かなところまでていねいに読んだ。書類は古くなって、色あせているものが多かった。拡大鏡を使って読んでも、よく見えない文字もあった。

ノートを引き寄せて、名前と年月日のメモをとった。ビルギッタ自身は一九四九年に生まれている。母親はそのとき十八歳だった。母が生まれたのは一九三一年。アウグストとブリッタの生年月日もあった。ブリッタは一九〇九年、アウグストは一九一〇年生まれだった。イェルダとはそれぞれ二十二歳と二十一歳ちがい。つまり、イェルダを養子にしたころ彼らはまだ三十歳にもなっていなかったことになる。

彼らの家がヘッシューヴァレンにあったことを示す書類はなかった。が、新聞に載っていた写真がなにより、そこがヘッシューヴァレンであることを示していた。建物の特徴からそれは間違えようがなかった。

昔の写真に緊張した面持ちで写っている人々をよく見た。写真の中央に老夫婦が座っていて、端のほうに若い男女がぎこちなく立っている。これがブリッタとアウグストだろうか。写真の裏には年月日が書かれていない。メモもなかった。この写真が撮られたのはいつだろう。衣服からなにかわかるか。写真の人たちは正装をしている。当時の田舎の人々は一生に一着しか背広の上下をもたなかった。

写真を置き、また書類と手紙を読み続けた。一九四二年、ブリッタは腹痛を訴え、ヒューデイクスヴァルの病院に入院している。イェルダが入院中のブリッタに早く元気になってと送った見舞いの手紙があった。まだ十一歳で幼い、四角張った字。スペルの間違いもある。手紙の隅にいかにも子どもが描いたらしい花が見える。

ビルギッタはこの手紙に感動を覚えた。いままで見たことがなかったのが不思議だった。別の手紙の中に折り畳まれて入っていた。なぜいままでこれを開かなかったのか。母親のイェルダが亡くなってからずっと、彼女を思い出させるものを避けてきたような気がした。

いすに背をあずけて目を閉じた。母親には深く感謝している。母イェルダは義務教育しか受けていなかったが、娘には勉強しなさい、続けなさいとつねに励ましてくれた。わたしたちの番なんだから、というのが口癖だった。労働者階級の娘が教育を身につけること。そしてビルギッタは母親の言うとおり、そうした。一九六〇年代のことで、もはやブルジョア階級の子どもだけが大学へ進む時代ではなかった。ビルギッタが急進的な政治思想のグループに近づいたのは当然のことだった。人生は理解するだけでは足りない。行動し変化させるもの。

目を開けた。でも、わたしの人生は、考えていたようにはならなかったわ、と心の中でつぶやいた。わたしは教育を受けた。法律を学び、法曹界で仕事をしている。しかし、自分の急進的な思想を捨ててしまった。なぜだかわからない。もうじき六十になろうといういまも、自分の人生がどうなったのかをきちんと検証する勇気がない。

また書類の山に戻った。また一つ手紙が出てきた。封筒は水色がかっていて、アメリカ合衆国の消印があった。薄い外国郵便用の便箋には信じられないほど細かな字がぎっしりと書かれていた。机の上のランプを当てて、拡大鏡を使ってその細かな字を拾っていった。手紙はスウェーデン語で書かれていたが、ところどころに英語が交じっている。グスタフという名の男が書き手で、養豚農場を営んでいたらしい。エミリーという名前の娘が亡くなったという知らせだった。家中が〝大きな悲しみ《ビッグ・ソロー》〟に包まれているとあった。故郷ヘルシングランドではみんな元気か、親戚、収穫、飼っている動物たちはどうかと気遣っていた。手紙の日付は一八九六年六月十九日とあった。封筒の宛先はアウグスト・アンドレン、ヘッシューヴァレン、スウェーデンとだけ書かれていた。その年にはまだ母の養父アウグストは生まれてもいない。おそらく彼の父親の名前もアウグストだったにちがいない。母の養祖父宛の手紙だったから、アンドレン家の書類の中にあったのだろう。だが、なぜそれがわたしの手元にあるのだろう?

手紙の最後に本人のサインがあり、その下に住所が書かれていた。

ミスター・グスタフ・アンドレン
アメリカ合衆国ミネソタ州ミネアポリス郵便局留め

ふたたび古い学校の地図を持ってきて開いた。ミネソタ州は農業の地だ。百年以上も前にヘッシユーヴァレンからアンドレン一族の一人が移住したということだ。

だが、書類の中に、ビルギッタはもう一通手紙をみつけた。アンドレン一族のもう一人が、アメリカの別の地に移住していたことを示すものだった。名前はヤン・アウグストといい、アメリカの西海岸と東海岸を結ぶ鉄道を敷く工事に携わっていたらしい。手紙には親戚の消息を心配していると書かれていた。だが、長い手紙の大部分はすでに字が薄れて読めなかった。

ヤン・アウグストの住所はアメリカ合衆国ネヴァダ州リノ郵便局留め、とあった。

ビルギッタはすべての書類に目を通したが、これら以外に母親とアンドレン一家との関係を示すものはみつからなかった。

書類の山から離れてパソコンに向かい、グスタフ・アンドレンの手紙にあったミネアポリスの住所を大きな期待もなく検索してみた。思ったとおり、なんの結果も出てこなかった。そこでこんどはヤン・アウグストとネヴァダの住所を打ち込んでみた。するとリノ・ガゼット・ジャーナルへのリンクが出てきた。そのとき電話が鳴った。旅行会社からだった。デンマーク語訛りのスウェーデン語を話す若い男性社員で、旅行の行程とホテルの案内を親切に電話口で伝えてくれた。ビルギッタはためらいなくこの旅行に出かけることを決め、仮予約を入れて翌日の午前中確約の返事をすると伝えた。

そのあと、ふたたびパソコン画面のリノ・ガゼット・ジャーナルに戻った。右端に新聞の内容案内が項目別にあった。この画面を消そうとしたとき、もともとアンドレンという名前で検索した結果、リノ・ガゼット・ジャーナルにリンクしたことを思い出した。そこで内容案内を一つひとつクリックして、現れる記事を読んでいった。

その記事が現れたとき、ビルギッタは息を呑んだ。最初はなんのことかよくわからなかった。もう一度、こんどはゆっくり読み直し、こんなことがあり得るのかと思った。いすから立ち上がり、パソコンから少し離れて立った。そこからパソコン画面を見たが、文章と写真は消えることなく、まちがいなくそこにあった。

その記事を印刷して、キッチンへ持っていった。ゆっくりともう一度初めから読み直した。

二〇〇六年一月四日、リノの北にある小さな町アンカースヴィルで凄絶な殺人事件が起きた。朝になっても工場が動きだす様子がないため様子をうかがいにきた隣人が機械工場の主人とその家族が死んでいるのを発見した。警察はまだなんの手がかりもつかんでいない。アンドレン家の主人ジャック、妻のコニー、息子のスティーヴンと娘のローラを殺した凶器はなんらかの刃物であることは確かである。現場から盗まれたものはない。動機は不明である。アンドレン一家は近隣の住人に好かれていて、敵はいなかった。警察はいま精神的な障害のある人間、あるいは絶望的になった麻薬中毒者にターゲットをしぼって捜査中である。

ビルギッタは身動き一つせず、凍りついたように座っていた。窓の外からゴミ収集車の音が聞こえてきた。

これは頭のおかしくなった人間のしわざじゃない、とビルギッタは思った。ヘルシングランドの警察はネヴァダの警察と同じように間違っている。単独犯か複数犯かはわからないが、頭のいい人間、自分がなにをしているかわかっている人間のやったことだ。殺された一家の名前はここでもアンドレンだ。

鳥肌が立つような恐怖を感じた。気づかないときに人から観察されていたような不気味さ。玄関に出て、ドアがロックされているのを確かめた。ふたたびパソコンに向かい、リノ・ガゼット・ジャーナルを時間をさかのぼって読んでいった。

ゴミ収集車はいつのまにかいなくなった。太陽が傾き、あたりは薄暗くなっていた。

7

のち、すべてが終わり、この事件に関する記憶が薄らいだころ、ビルギッタ・ロスリンは、もしあのとき予定どおりテネリフェへ出かけていたらどうなっていただろうかと思うことがあった。旅行で体を休め、鉄分を補給し、血圧を下げ、疲労をすっかり回復して仕事に復帰していたら。だが、そうはならなかった。翌日の早朝、彼女は旅行会社に電話してテネリフェ旅行をキャンセルした。保険をかけていたので、キャンセル料はほんの二、三百クローナで済んだ。

スタファンはその晩帰りが遅くなった。彼が乗務した列車に機械の故障が起き、途中停車してしまったためだった。二時間の間、彼は客の苦情を聞き、そのうえ、具合の悪くなった高齢の婦人の世話まで担当した。帰宅したとき、彼は疲れ切っていて機嫌が悪かった。ビルギッタは彼の夕食の邪魔はせず、黙って待った。そのあと、今日の発見を彼に話した。遠いアメリカのネヴァダ州で、ヘルシングランドで起きたのと同じようなやりかたで一家皆殺しの事件がついこの間起きていると。スタファンの態度はどこかよそよそしかったが、それが疲れのためなのか、それとも話の信憑性を疑っているためなのか、彼女にはわからなかった。彼が寝室に引き揚げたあとも、彼女はパソコンの前に座り込んで、ヘルシングランドのニュースとネヴァダの事件の間を行ったり来たりした。真夜中、読んだことをいくつかメモに書き記した。それはまるで裁判の判決文を作るためにメモをとるような真剣な態度だった。どんなに突飛に見えようとも、ビルギッタにはこの二つの事件は関連していると思えてしようがなかった。いまはスタファンと結婚してロスリンを名乗っているが、ある意味で自分も母が養子となって育てられたアンドレン一族の一人なのだという思いが強く湧き上がった。

つまりそれは自分も危険な目に遭う可能性があるということか。メモをみつめながら、長いこと考えたが、答えは出てこなかった。ドアを開けて外に出た。一月の夜空は晴れ上がっていて星も出ている。昔、父親は星の観察が大好きだったと母から聞いたことがあった。父親は海に出ているとき、たまに母親に星の観察を手紙に書いてくることがあったという。人は死ぬと星になると心から信じていたらしい。ずっと遠くの星になることもあるので、地上から肉眼では見えないこともあると母に言ったという。父は船がイェーヴレ沖で沈んだとき、なにを思ったのだろうかとビルギッタはときどき思う。緊急通報を一度発しただけで、嵐の中荷物を満載した船ルンシャルが横波で転覆して沈むまで一分もかからなかったという。これで死ぬのだと思う時間があっただろうか。それとも氷の海に投げ出されたのがあまりに急で、なにも考えるひまはなかったのか。突然の恐怖、そして冷たさ、そして死だったのだろうか。

空が低く感じられた。わたしはまだ表面しか見ていないのだ。だが、二つの事件は細い糸で繋《つな》がっている。内側になにがあるのだろう。北の寒村で十九人もの人間が殺されたことと、アメリカのネヴァダ州で起きた一家惨殺事件はどんな関係があるのだろうか？　おそらくは復讐、物欲、嫉妬などというよくある動機だろう。もし復讐なら、こんなに大規模な復讐をするなんて、どんな不正があったというのだろう。ほとんどが年寄りだった村の住人を殺してどのような利益があるというのか。残された日々が決して多くはなかったにちがいないのに。もし嫉妬なら？　彼らに嫉妬を感じた者がいたのだろうか？

寒さを感じて家の中に入った。いつもなら彼女は早くにベッドに入る。夜は疲れて起きていられないこともあるが、翌日に裁判がある晩は早く寝てじゅうぶんな睡眠をとっておきたい。それが習慣になっているからだ。いまはそう考える必要はない。ソファに腰を下ろし、音楽をかけた。スタファンを起こさないように、音を小さくした。曲はスウェーデンの現代音楽のバラードだった。ビルギッタには一つ、ほかの人には話さない秘密があった。ポピュラー・ミュージックの作詞だ。だれにも知られずに作詞家となって、毎年開かれるヨーロッパ・フェスティバルにスウェーデン代表曲として選ばれて、グランプリを獲得する。それが彼女の密かな夢だった。ときに恥ずかしく思うこともあったが、それでも心高鳴る夢だった。何年も前に作詞のために韻語辞典を買った。そしていくつか練習用に歌を作ったが、それらはすべて鍵のかかった机の引き出しの中にある。老練な裁判官が流行歌の作詞家というのはおかしいかもしれない。だが、本当のところ、それを禁じる規則はなにもないではないか。

ヒバリについての詩を書きたかった。鳥の歌、愛の歌。忘れられないようなリフレインが繰り返される歌。父が情熱的な天体観測者だったならば、娘のビルギッタは情熱的なリフレインとなる言葉の捜索者と言えるかもしれない。天を見上げていたのは一人だけだったかもしれないが、情熱的という点では二人とも同じタイプの人間なのだ。

夜中の三時、やっと彼女はベッドに入った。そばに寝ているスタファンをつつく。彼が寝返りを打つといびきが聞こえなくなった。それでやっと彼女は眠りに入った。

翌朝、ビルギッタには夜中に見た夢を覚えていた。母親が現れた。話しかけられたのだが、ビルギッタには母親がなにを言っているのか、わからなかった。まるで透明のガラスが二人の間にあるようだった。しばらくそのまま母親は必死に話を伝えようとしたが、娘になにも伝わらないので絶望的になっていった。娘も苛立った。

記憶はまるでガラスのようだ、と彼女は思った。亡くなった人が見える、それもごく近くに見える。でもわたしたちはもう触り合うことができない。手が届かないのだ。死には言葉がない。死は会話を許さない。許すのは沈黙だけだ。

ビルギッタは起き上がった。一つの考えがどこからともなく浮かび上がってきた。それは突然、そしてはっきりと頭の中に存在していた。どうしていままで考えつかなかったのか、彼女にはわからなかった。母親自身が過去ときっぱり決別していたことも関係あるかもしれない。母親はビルギッタに自分の過去に関心をもたせようとはしなかった。

ビルギッタはスウェーデンの地図を持ってきた。子どもたちがまだ小さかったころ、夏休みに一家はよく一カ月の単位で各地に車で出かけ、夏の家を借りて過ごしたものだ。ゴットランドへ行ったときのように、飛行機で行くこともあった。ゴットランドでは二夏過ごした。だが、一家は夏休みを過ごすのに一度も列車で旅をしたことはなかった。スタファン自身、弁護士から列車の車掌に転職するとは思ってもいなかった時代のことだ。

まずスウェーデンの全体地図を見た。ヘルシングランドは思ったより北に位置していた。ヘッシューヴァレンはその地図には載っていなかった。ごく小さな村なので、全体図には載っていなくて当然だった。

地図を見終わったときにはすでに決心していた。車でヒューディクスヴァルまで行こう。犯行現場を見たいからではない。母親が育った土地を見たいからだ。

若いとき、考えていたことがあった。スウェーデンを端から端まで旅行したかった。〝故郷《ふるさと》旅行〟と彼女は心の中で呼んでいた。北はスウェーデン北端のトレリクスルーセットから南はスコーネの海岸まで。そこはもうヨーロッパ大陸に近く、スウェーデン全土が背後にあるところ。北上するときは海岸を行き、帰りは内陸を通るのだ。だが、その旅は実現しなかった。この夢をスタファンに話したことがあったが、彼は首を振るだけだった。子どもたちが小さかったころはとてもそれどころではなかったからだ。

いま彼女はようやくその夢の一部を達成できる。

朝食を終えたスタファンがアルヴェスタへの列車に向けて出かけようとしたとき、その日は彼の短い休暇の前日だったが、ビルギッタは旅の計画を話した。彼はめったに彼女の思いつきに反対しなかった。今回も同様だった。ただ、何日の予定かと訊いただけだった。それと、医者はそんなに長距離の旅行をしてもよいと許可をしたのかと訊いた。

スタファンが玄関のドアに手をかけたとき、突然彼女が爆発した。台所であいさつを交わした二人だったが、ビルギッタは後ろから猛烈な勢いで走ってきて、手に持っていた新聞を彼の背中に投げつけた。

「なにをする?」

「わたしがなぜ旅行に出かけるか、関心さえないの?」

「それは説明してくれたじゃないか」

「わたしたちがこれからどうするかを考える時間がほしいのだとは思わないの?」

「そんなことをいまから話すことはできないよ。ぼくは仕事に遅れてしまう」

「いまだけじゃなくいつだってできないじゃないの! 夜はだめ、朝もだめ。わたしたちの関係について、話したいと思ったことはないの?」

「ぼくはきみのようにいつも興奮しているわけじゃないからね」

「興奮している? あなた、わたしが興奮していると言うの? 一年も他人同士のようなわたしたちの関係についてわたしがなにか言えば、興奮しているってあなたは言うのね?」

「いま話ができないと言っているんだ。もう遅刻だよ」

「時間を作ってよ」

「なんのために?」

「わたしの忍耐ももう限界よ」

「これ、脅迫かい?」

「このまま続けることはできないと言っているのよ。さ、とっとと行きなさい。あなたの愛する列車に！」

台所に向かった彼女の背後で玄関ドアが閉まった。ビルギッタはずっと胸の中にあったことが言えてすっとした。だが、同時に彼がどう反応してくるか、心配になった。

夜、スタファンは電話してきたが、朝のことには一言も触れなかった。ビルギッタもなにも言わなかった。だが、彼の声で、動揺していることがわかった。もはや隠せないところまできている冷えきった夫婦関係について、これでやっと話し合うことができるのかもしれない。


翌日の早朝、ビルギッタは車でヘルシングボリから北へ向かった。子どもたちとは電話で話したが、それぞれ忙しそうで、母親のことになどかまっていられないようだった。彼女は子どもたちにヘッシューヴァレンへ行く理由を説明しなかった。

帰宅するとスタファンは彼女の旅行カバンを車まで運び、後部座席に積んだ。

「どこに泊まるか決めているのか？」

「リンデスベリに小さなホテルがあるから今晩はそこに泊まるつもり。そのあとはヒューディクスヴァルに泊まることになると思うわ」

スタファンは彼女の頰をそっとなでて見送った。ビルギッタはゆっくり運転した。しばしばパーキングで車を停めて休み、午後遅くリンデスベリに到着した。雪が積もった道に入り、小さなホテルに部屋をとり、近くの小さな食堂で夕食をとり、その日は早く休んだ。タブロイド紙には相変わらず恐ろしい事件の記事が満載されていた。天気予報には明日も快晴、気温はさらに下がるだろうとあった。

ビルギッタは泥のように眠った。目が覚めたとき、夢を見た記憶もなく、そのまま車を海岸方面へ、ヘルシングランドへと走らせた。ラジオをつけず、静けさの中を、永遠に続くような森林の中を進んだ。このような土地に暮らすことは、どのようなものだろうか、と思った。広く開けた土地で育った記憶しかない。自分は本来遊牧民《ノーマード》だ。ノーマードは森林には向かわないもの。広くオープンな土地を求める。

いつのまにかノーマードという音で韻を踏むことができる言葉を探していた。二番目の音で韻が踏める言葉がたくさん頭に浮かんだ。もしかするとわたし自身についての歌ができるかもしれない。心の中にノーマードのイメージを抱いている裁判官か。

十時ごろ、ニュートオンゲルの南側で、パーキングエリアのカフェに入りコーヒーを飲んだ。ほかに客はいなかった。テーブルにヒューディクスヴァル新聞があった。大量殺人の記事ばかりだった。が、新しい情報はなかった。トビアス・ルドヴィグ警察署長は二日目に最初発表するのを控えていた名前をいくつか発表した。新聞に載った署長の写真は、重い責任を背負った警察署長としては若すぎるように見えた。

高齢の女性が窓辺の鉢植えに水をやっていた。ビルギッタはあいさつして話しかけた。

「まったく人がいないんですね。この地方はジャーナリストや警官が大勢詰めかけていると思いました。あんな事件があったあとだから」

「みんなヒューディクスヴァルのほうへ行っているようだね」と女性は強い訛りで言った。

「向こうではもうホテルに空き部屋は一部屋もないらしいよ」

「こっちではみんなどう言っているのかしら、事件のこと」

女性はビルギッタのそばまで来て、じろじろ見た。

「あんたもジャーナリストかい？」

「いいえ。通りかかっただけの旅行者です」

「ほかの人がどう思っているか知らないけど、あたしは田舎ももう安全じゃないと思うよ。都会の暴力がここまで押し寄せてきたんだから」

これはどこかで覚えたセリフだろう、とビルギッタは思った。新聞で読んだかテレビでだれかがそう言っているのを聞いて、自分の言葉にしてしまったのだろう。

レジで支払い、車へ行って地図を見直した。ヒューディクスヴァルまであと十キロほどだ。そこから少し北へ行って、内陸のほうへ走ったら、ヘッシューヴァレンに着く。少しためらいを感じた。ハイエナのように見られるかもしれないと思ったが、すぐその考えを追い払った。自分にはそこへ行く理由があるのだ。

イッゲスンドまで来て左折した。それからウールスンドまで来たときもう一度左折した。森の中を抜けると目の前に突然湖が現れた。道路沿いに家が数軒ある。それらのまわりに赤いテープが張り巡らされていた。あたりには警官の姿が見える。

森から平野へ出たところにテントが一つ見えた。その先の農家の近くにもまたテントが一つ張られている。持参した望遠鏡を手に取った。テントの中になにがあるのだろう。新聞には報道されていないが、殺された人間の一人あるいは二人は家の外で発見されたのだろうか。それとも警察はなにか手がかりをみつけたのだろうか。

ゆっくりと望遠鏡で現場をながめていった。作業着姿、あるいは制服姿の警察官たちが家々の間を歩いている。垣根のところでタバコを吸っている者もいる。彼女はそれまで犯罪現場を訪れ、警察の仕事を数時間観察したことが何度もあった。検察官や裁判官は犯罪現場で歓迎されないことは承知していた。警察は批判されるのを極端に恐れるのだ。彼女はそれまでの経験から、いいかげんな捜査と徹底した捜査のちがいが見てとれるようになっていた。目の前の動きは決して敏速ではないが落ち着いたきちんとした捜査であることが見てとれた。

また、全員が全力で手際よく捜査をしているにちがいないとも思った。捜査は時間との勝負である。できるかぎり早く真相を明らかにして、再発を防がなければならない。

車の窓にコツコツという音がした。はっと気がついて見上げると、制服姿の警察官が立っていた。

「なにをしているんですか？」

「ここは立入禁止区域ではないと思ったのですが？」

「たしかにそうではないが、警戒を強めているのですよ。訪れてくる人には、とりわけ望遠鏡をのぞいたりしている人にはとくに警戒する必要があるので。これから町で記者会見がありますよ」

「わたしはジャーナリストではありません」

若いニキビ顔の警察官は不審そうに彼女をながめた。

「それじゃ、ここでなにをしているんですか？　犯罪現場をまわる観光客とか？」

「遺族の一人です」

警察官はノートを取り出した。

「遺族？　どの家族の？」

「ブリッタとアウグスト・アンドレンの。これからヒューディクスヴァル署へ行くところです。だれを訪ねればいいのか、忘れてしまいましたが」

「エリック・ヒュッデンですよ。遺族の対応は彼の係ですから。失礼しました。ご愁傷さまです」

「ありがとうございます」

警察官は敬礼した。彼女はきまりが悪くなって、車を方向転換してその場を去った。ヒューディクスヴァルに着いて、ホテルが満杯なのは大量殺人事件を追うジャーナリストたちのせいばかりではないことがわかった。ファースト・ホテル・スタットで親切なホテル従業員がその理由を教えてくれた。〈森林に関する円卓会議〉のために、全国から森林行政関係者や森林業者が集まっているのだという。ビルギッタは車を停めてこの小さな町を歩いてみた。ホテルを二つ、ペンションを一つあたってみたが、どれも満室だった。

どこか食事できるところを、と探したが、なかなかみつからず、ようやく一軒の小さな中国料理店をみつけた。入ってみると、客でいっぱいだった。隅の窓の前のテーブルに一人分の空きスペースをみつけた。店内のインテリアはいままで彼女が訪れた中国料理の店といっしょだった。同じような花瓶、磁器の獅子の置物、そして天井からぶら下がっている提灯。ランタン《ランタン》の下部には赤や青のリボンがぶら下がっている。もしかすると全世界の中国料理店は一つのチェーン店なのではないか、ひょっとして経営者は同じなのではないかと思いたくなるほど同じスタイルだ。

中国人の若いウェイトレスがメニューを持ってきた。注文したとき、その娘がほとんどスウェーデン語を話さないことがわかった。軽いランチのあと、電話でホテルを探しはじめた。ようやく一部屋みつかった。ホテル・アンドバッケン。デルスボーにある古いホテルだった。そのホテルでも会議がおこなわれていて、主に広告業者たちが泊まっていた。スウェーデンは、会議の名目で人があちこちへ旅行するおかしな国になったものだ。ビルギッタは司法局がセッティングするその種の会議にはほとんど出席したことがなかった。

ホテル・アンドバッケンは湖のそばに立つ古い大きなホテルだった。受付でチェックインの順番を待っているとき、広告業者たちのためのその日の予定表が見えた。昼間はグループワーク、夜は宴会と賞の授与とあった。夜中に酔っぱらいが廊下で騒ぎ立て、ドアをどんどん叩くようなことがなければいいけど、とビルギッタは願った。でも、わたしは実際には広告業関係の人間は一人も知らない。それなのに、彼らが騒ぎ立てるかもしれないと思うのは偏見かもしれない。

部屋は凍った湖とうっそうとした森に面していた。ベッドに横たわって目を閉じた。本来なら今日は、法廷に立って、検事の退屈な起訴状の朗読を聞いているはずだった。その代わりに、ヘルシングボリから遠く離れた場所で、雪に埋もれたホテルの一室にいる。

ベッドから起き上がると、コートを着てヒューディクスヴァルへ車を走らせた。警察署には大勢の人間が押し掛けていた。その多くはジャーナリストであることがすぐにわかった。いつもテレビのニュースで見る有名ジャーナリストまで来ていた。銀行強盗とか人質交渉のような劇的なニュースに解説者としてよく登場する男だ。傲慢な態度で、居並ぶジャーナリストたちを無視して警察署の中に入っていく。ほかのジャーナリストたちは抗議の声を上げる様子もない。列に並んでいたビルギッタに、やっと番がまわってきた。

「ヴィヴィ・スンドベリ刑事は時間がありませんよ」

いきなり受付の女性はそう言った。

「まだ用件を言ってないんですけど？」

「ほかの人たちと同じでしょう？　つぎの記者会見まで待ってください」

「わたしはジャーナリストではありません。ヘッシューヴァレンでの犠牲者の遺族の者です」

カウンターの中の女性の態度がすぐに変わった。

「失礼しました。お悔やみ申し上げます。エリック・ヒュッデンとお話しなさってください」

受付の女性は電話をかけた。訪問者が来ているとだけ簡潔に言った。訪問者という言葉でじゅうぶんらしい。その言葉は遺族という暗号に使われているのだろう。

「担当者がすぐに来ますから、向こうのガラスのドアの前でお待ちください」

若い男がすっと彼女のそばに立った。

「殺された村人の親戚と聞こえましたが、ちょっと質問していいですか?」

ビルギッタはいつもなら爪を深く隠している。が、今回は別だった。

「いいえ、お断りします。あなたがだれかも知りません」

「記事を書く者です」

「どこに?」

「関心をもっている人々のために」

ビルギッタは首を振った。

「話すことはなにもありません」

「お悔やみ申し上げますよ、もちろん」

「いいえ、そんなこと、口先だけに決まってるじゃありませんか。第一あなた、なぜそんなに低い声で話してるの。ほかのジャーナリストたちに聞こえないようにでしょう? まだ獲物をみつけていない彼らに悟られないように」

ガラスのドアが開き、胸にエリック・ヒュッデンという名札をつけた警察官が出てきた。二人は握手を交わした。そのときフラッシュが光った。

廊下は込み合っていた。現場のヘッシューヴァレンとは大違いだった。ビルギッタは会議室へ案内された。テーブルの上にホルダーやファイルが散らばっていた。どのホルダーにも背に書き込みがあった。ここに犠牲者たちの資料が集められているのだ、とビルギッタは思った。

エリック・ヒュッテデンは座るようにうながし、自ら向かい側に腰を下ろした。彼女は順を追って話した。母親のこと、母親は結婚するまで養父母の名前を名乗っていたこと、どのように自分がヘッシューヴァレンの犠牲者の義理の家族であることを発見したのか。ヒュッテデンは彼女からなにか犯行の手がかりになりそうなことが聞けるわけではないとわかってがっかりした様子だった。

「ほかの情報がほしいのでしょう？　わかります。わたし自身裁判官ですから、複雑な事件の犯人を追うときのプロセスは知っています」

「わざわざ来ていただいて、感謝します」

と言って、ヒュッテデンはペンを置いた。

「しかし……、わざわざスコーネからこれを言うためだけにここまで来られたのですか？　電話で話すこともできたのに」

「捜査の役に立つ情報になるかもしれないと思うことがあるのです。できれば直接ヴィヴィ・スンドベリに会って話したいのですが」

「私に話してくれませんか？　彼女はいま非常に忙しいので」

「じつは電話ですでに彼女と少し話をしているのです。できれば続きを直接話したいのですよ」

ヒュッテデンは廊下に出てドアを閉めた。ビルギッタはテーブルの上のブリッタ／アウグスト・アンドレンと背に書かれたファイルに手を伸ばした。最初に目に飛び込んできたのは凄まじいものだった。現場の写真だ。これを見て初めてビルギッタは事件の規模がわかったと言ってもよかった。刃物でばらばらに切り刻まれ、原形も残っていない人体。女のほうはほとんど人物の見分けがつかないほどだった。顔が正面からまっ二つに割られていた。男のほうは片腕が肩の付け根から皮一枚で繋がっていた。

ファイルを閉じて、押しやった。だが今見た写真の映像が目に焼き付いていた。職業上、これまで彼女は数多くの残虐な証拠写真を見てきたが、いまヒュッデンのファイルの中に見たほどのひどいものは見たことがなかった。

ヒュッデンが戻って来て、いっしょに来るように合図した。

ヴィヴィ・スンドベリは書類が山積みされた机の向こうに座っていた。拳銃と携帯電話がその山の上に無造作に置かれている。ビルギッタを見て訪問者用のいすを示した。

「わたしと話したいそうですね。ヘルシングボリからここまでわざわざいらしたとか。よほど重要な情報をお持ちなのでしょうね」

電話が鳴ったが、すぐに彼女は切った。そして、話を聞きましょうというように見上げた。

ビルギッタは細かいことにはかまわず大筋を話した。いままで裁判官として検事や弁護士、被告人や証人たちの下手な話を聞いてきた彼女だ。話しかたの要点は知っていた。

「もしかして、あなたがたはもうこのネヴァダの話を知っているのかもしれませんが」と言って、話を終えた。

「いままでの捜査会議では一度もこの話は出てきていません。捜査会議は一日二回開かれています」

「わたしがいま話したことをどう思いますか?」

「どう思うかという問題ではないでしょう」

「もしかすると犯人は頭がおかしいとはかぎらない、ということにはなりませんか?」

「いまあなたから聞いた話は、ほかの情報と同じように扱われると言っておきます。アイディアの集積の中に取り込まれます。電話とか手紙とかEメールとかでこちらに入ってくる情報の中には、これから捜査上重要なアイディアとなるものも含まれているかもしれない。どれがそうなるか、まだわかりませんが」

スンドベリはノートを取り出すと、もう一度いまの話をしてくれと言い、ビルギッタに話を繰り返させ、書き留めた。それが終わると立ち上がり、ビルギッタを送り出すために先に立って歩きだした。

ドアの前で、彼女は足を止めた。

「お母さんが少女時代を過ごした家を見たいですか?」

「できますか?」

「遺体はもう運び出されています。そこまで送っていきましょう。あと三十分で現場へ行く用事があるのです。ただ、一つだけ約束してください。なににも触らないこと。遺体が横たわっていた床の一部を切り取って持ち帰るといった奇妙なコレクションをする人間がいるのですよ」

「わたしはそんな人間ではありませんよ」

「ご自分の車の中で待っていてください。そしてわたしの車のあとから来るように」

スンドベリがボタンを押すと、ドアが開いた。ビルギッタは受付にたむろしているジャーナリストたちの目につかないうちに外に出た。

車に乗りキーを回しながら、今日の訪問は失敗だったと思った。ヴィヴィ・スンドベリは彼女の話を重視しなかった。そのうちに捜査員の一人がネヴァダの話をチェックするだろうが、きっとおざなりなものになるにちがいない。

スンドベリのことは責められないと思った。ヘッシューヴァレンとネヴァダの町の間には時間的にも地理的にもとんでもない距離がある。

警察の印のついていない黒い車がゆっくりそばを通った。スンドベリが手を挙げて合図している。

村に着くとスンドベリは家まで案内してくれた。

「わたしはこれから用事があるので、ここはどうぞあなた一人で」

ビルギッタは深く息を吸い込み、家の中に入った。電灯がぜんぶ点いている。

それはまるで舞台裏からまっすぐに舞台に登場したような感じだった。そして、この舞台で、彼女はまったく一人きりだった。

8

ビルギッタ・ロスリンはあたりに漂う死の気配を振り払おうとして、懸命にぼんやりとしか思い描けない少女時代の母親を思った。この村から出ることを願い、その気持ちをだれとも分かち合うことができなかった少女。おそらく良心の呵責《かしやく》なしにその気持ちを自分自身にさえ認めることができなかったにちがいない。とくに養父母が善良な信仰の厚い人たちだったらなおさらのことだ。

玄関に入って、家の中に耳を澄ました。この空っぽの家には静寂だけがある。何者かがこの家からあらゆる音を持ち去ってしまったのだ。時計の音さえしない。

居間に入った。家具、飾りものの布、棚や鉢植えの中に置かれた土色の壺から古いものの臭いが立ちのぼっている。鉢植えの土に触ってみた。台所へ行ってじょうろを探し、家の中にある鉢植えに水を与えてまわった。亡くなった人たちへのせめてもの気持ちだった。それからいすに腰を下ろしてあたりを見回した。この家の中にあるもののうち、どれだけのものが、母親がここに住んでいたときにあったものだろうか。ほとんどがそうかもしれない。ここにあるすべてが古いものに見える。家具はそれを使った人間たちといっしょに年取ったにちがいない。

遺体があった床はまだビニールで覆われていた。階段を上がり、二階へ行った。いちばん大きな寝室のベッドは乱れていた。スリッパが片方だけ、ベッドの下に落ちていた。もう片方はみつからなかった。二階にはほかに二つ部屋があった。西側の部屋の壁には子どもっぽい動物の絵の壁紙が貼られていた。母親がこの壁紙のことを話していたような気がする。ベッドが一つ、タンスが一つといすが一脚、そしてぐるぐるに巻かれた裂き織りの敷きものがいくつも隅のほうに積まれていた。クローゼットを開けると、壁紙は古新聞だった。一九六九年の新聞だ。母親がこの家を出てからすでに二十年以上も経っていたときのものだ。

窓に向かっていすに腰を下ろした。すっかり暗くなっている。湖の向こうの森は見えない。手前の森には明かりがついていて、警察官たちの姿が見える。懐中電灯の明かりだ。警官たちが地面を捜して歩いているのだ。

ビルギッタは不思議な気分だった。いま母親ととても近いところにいるような気がした。子どものときここに母親は座っていたのだ。わたしがまだ生まれるかどうかさえわからなかったときに、ここに、この部屋に、別の時代に。窓枠にナイフのような鋭いもので印がいくつも付けられている。もしかすると、母親が毎日日を数えて付けたものなのかもしれない。

彼女はまた下の階に戻った。台所のすぐ隣にもう一部屋あった。ベッドが一つ、壁に立て掛けてある杖が数本、そして旧式の車いす。サイドテーブルの下には琺瑯《ホウロウ》のおまるが一つ。この部屋はずいぶん長いこと使われていない印象だった。

ふたたび居間に入った。そっと、あたかも家の中のほかの人の邪魔をしないように気を使っているような動きをした。小タンスの引き出しが半分開いていた。一つには小さなテーブルクロスやナプキンが入っていた。もう一つには濃い色の毛糸の玉がいくつも入っていた。三番目の、いちばん下の引き出しには古いノートや手紙などが茶色のホルダーにおさめられていた。ノートの一つを取り出し、開いてみた。名前が書かれていなかった。一ページ目から終わりまで、細かな字でぎっしりと文章が書かれていた。その細かな字を読もうとして、老眼鏡を取り出した。ノートは古いもので、書かれている文体も昔風で、文字の書き方も昔のスタイルだった。これはだれかの日記だ。蒸気機関車のこと、車両のこと、鉄道のことなどが書かれていた。

そのとき、ぎくっとする言葉が目に飛び込んできた。ネヴァダ。体が固まり、息も止まってしまった。大きな変化が起きようとしていると感じた。この空っぽの静かな家が自分にメッセージを送ろうとしているのだ。さらに読もうとして身を屈めたとき、入り口から音が聞こえた。日記を引き出しにしまい、引き出しを押し入れた。ヴィヴィ・スンドベリが部屋に入ってきた。

「遺体がどこにあったかわかりましたね？　わざわざ場所を教える必要はないと思いましたが」

ビルギッタはうなずいた。

「ここの家々は、夜は鍵を閉めます。外に出ましょう」

「この家に住んでいた人たちの遺族はみつかりましたか？」

「それをこれから話すところでした。ブリッタとアウグストには、この村に住んでいた同姓の人たち以外に親戚はいないようなのです。その人たちもまた今回の犠牲者です。明日、この二人の名前も公開します。発表する前に親戚に連絡するのが先なので、いままで控えていましたが」

「それで、彼らの遺体はどうなるのですか？」

「それはあなたが考えるべきことかもしれませんよ。ある意味であなたは遺族と言えるのですから」

「正式には遺族ではないかもしれませんけど、気にはなります」

二人は外に出た。スンドベリは入り口のドアに鍵をかけ、その鍵をそばの柱の釘に吊るした。

「泥棒が入るとは考えていません。この村はいま、ある意味でスウェーデン王族たちと同じくらい厳重に警備されていますからね」

投光器から強いライトが発せられている。ビルギッタはさっきと同じように、まるで舞台に立っているようだと思った。

「明日、スコーネに帰るのですか？」スンドベリが訊いた。

「たぶん。わたしが提供したネヴァダの事件はどうするつもりですか？」

「明日の朝の捜査会議で報告します。その後はほかの情報と同じように扱われるでしょう」

「でも、この二つの事件は関係している可能性がある、いえ、きっと関係している、とは思いませんか？」

「どうかしら。そう言うのはまだ早計でしょう。とにかく、あなたはもうこのことは考えなくていいですよ」

ビルギッタはスンドベリが車に乗り込んで、運転して去っていくのを見送った。暗闇の中で、あの人はわたしの話をまともに受け止めていない、と声に出して言った。わたしが警察官だったら、似たような事件の捜査をなによりも先行するだろう。たとえそれがほかの大陸で起きたことであるにしても。

初動捜査のリーダーである検事と話すことにした。この話の重要性をわかってくれるかもしれない。

動揺していたため、フルスピードでデルスボーまで戻った。ホテルのレストランは例の広告業者たちのパーティーに占領されていたため、彼女はひとけのないバーで食事をさせられた。食事といっしょにワインを一杯注文した。オーストラリア製のシラーズだったが、チョコレートの風味なのか、カンゾウとアニスの風味か、その両方なのかわからなかった。

食事のあと、部屋に行った。動揺はおさまっていた。鉄剤を摂り、あの家でちらりと見た日記のことを思った。スンドベリに日記の中に見たことを話すべきだった。自分はそれを話さなかった。この途方もない規模の事件で、それもまたほかのことと同じようにたくさんの情報の中に埋もれてしまうリスクがある。

彼女は、警察官の中にはカオスの中から重要な情報を見つけ出す才能をもっている者がいることを裁判官としての経験から知っていた。

あのヴィヴィ・スンドベリという人はどんな警察官なのだろうか。一見、肥満気味で頭の回転がゆっくりしているように見えるが、実際はどうなのだろう。

そう考えてすぐに彼女は反省した。こんなことを思うのは正しくない。あの警官についてなにも知らないのに。

ベッドの上に横たわりテレビをつけた。下の宴会場から音楽が響いてくる。

電話が鳴り、彼女は目を覚ました。時計を見て、一時間以上も眠っていたことがわかった。スタファンだった。

「きみはいったいどこにいるんだ？　いまいるところはどこなんだ？」

「デルスボーよ」

「デルスボーなんて聞いたこともないよ」

「ヒューディクスヴァルの西よ。昔、たしか農家の手伝いの若者がナイフで人を殺した事件で有名になった場所よ」

ヘッシュユーヴァレン村を訪ねたことを話した。スタファンの電話の背後からジャズの音色が聞こえてきた。わたしがいなくてのびのびしているんだわ、と思った。わたしがあまり好きじゃないジャズが心ゆくまで聴けるから。

「それで、これからどうするの？」彼女が沈黙したので、スタファンが訊いた。

「それは明日考えるわ。仕事をしなくてもよくて、ぜんぶの時間が自由になるのって、わたし慣れていないから、まだどうしていいか、わからないの。あなたはもう音楽に戻っていいわよ」

「チャーリー・ミンガスだよ」

「だれですって?」

「まさか、チャーリー・ミンガスを忘れたなんてことはないだろうね?」

「ときどき、あなたの言うジャズマンの名前がみんな同じに聞こえるのよ」

「いまのはひどいな。ぼくは傷ついたよ」

「そんなつもりじゃなかったわ」

「ほんとかい?」

「それ、どういう意味?」

「きみは心の底ではぼくの大好きな音楽を軽蔑しているんじゃないかと思って」

「なぜわたしがそう思っていると思うの?」

「その答えはきみだけが知っているだろ」

通話は突然終わった。彼が受話器を叩きつけて切ったからだ。彼女は猛烈に腹を立ててすぐにかけ直したが、彼は応じなかった。しまいに彼女も電話を叩きつけて切った。ヘルシングボリからヘルシングールへフェリーボートで渡ったときのことを思い出した。疲れているのは自分だけではないのだ。わたしが彼のことを、冷淡でちっともわたしのことを考えていないと思うのと同じくらい、彼もわたしのことをそう思っているにちがいない。どうしたらこの悪循環から抜け出せるのか、彼もわたしもわからない。でも、どうしたらけんかや過剰な反応をせずに話をすることができるのだろうか。

このことを歌にすることはできないだろうか。互いを傷つけあう二人のことを。

頭の中で、ソー（傷）というスウェーデン語の発音と韻を踏む言葉を考えた。ボー（担架）、フォー（羊）、ゴー（行く）、ホー（毛）、コー（組織）、ロー（腿）、モール（なになにの気分がする）、ノー（届く）、ロー（なまの）、トー（足の指）、ヴォール（われわれの）。痛みのことを歌う裁判官。でも、ばかばかしい歌になりそう。

ビルギッタは寝る支度をした。なかなか寝つけなかった。翌朝早く、まだ真っ暗なうちに目を覚ました。廊下からドアの閉まる音が聞こえたからだ。体を横たえたまま、さっきまでみていた夢のことを考えた。場所はブリッタとアウグスト・アンドレンの家だった。二人が黒っぽい赤革のソファに座って話しかけてきた。彼女自身は立ったままだった。突然自分が裸であることに気がついた。謝って、その場を出ようとしたのだが、体が動かなかった。足が麻痺《まひ》しているようだった。足元を見ると、両足が床板にはまってしまっていた。

そこで目が覚めたのだ。暗闇に耳を澄ました。酔っぱらいが大声で話しながら廊下を歩き、また静かになった。時計を見た。四時四十五分。まだ夜明けまでは間がある。もう一度眠ろうと目をつぶった。そのとき、考えが浮かんだ。

鍵は釘にかけてある。ビルギッタはベッドの上に起き上がった。もちろん、禁じられていることだし、なによりとんでもない行為だ。小タンスの引き出しの中のものを取りに行く？　いつか奇特な警官があのタンスの中身に関心をもつかもしれない日まで待たずにいま中身を知る？

ベッドから下りて窓辺に立った。ひとけがない。静まり返っている。どうするか。もじかするとわたしはこの事件がスウェーデン最悪の事件、パルメ首相暗殺事件の捜査と同じ憂《う》き目に遭うのを防げるかもしれない。でも自分勝手な行動だと批判されて破滅に陥るかもしれない。小賢《こざか》しい検察官があまり優秀でない裁判官を説得し、わたしが犯罪捜査の邪魔をしたという判決を下させるかもしれない。

それより、わたしは昨晩寝る前にワインを飲んだ。裁判官が飲酒運転で捕まったら最悪だ。飲んでからの時間を数えてみた。アルコールはすでに消えているはずだ。が、はっきりとした自信はなかった。

やってはいけないことだ、と思った。たとえ、現場警備の警官たちが眠っているとしても。こんなことはできない。

ビルギッタは着替えをして部屋を出た。廊下に人影はなかった。廊下沿いの部屋からは人声がして、部屋に戻ってまだパーティーの続きをしている気配があった。

フロントには人がいなかった。カウンターの奥の部屋に金髪の女性の後ろ姿が見えた。外はかなり寒かった。風はなく、雲もない。前の晩よりもずっと気温は低かった。

車の中でもビルギッタはまだ迷っていた。だが誘惑が大きすぎた。あの日記の続きが読みたかった。

国道に車はまったくなかった。一カ所でブレーキを踏んだ。道路脇の雪溜まりにヘラジカが立っていると思ったからだ。だがそれは動物ではなく枯れた木の幹だった。

村の入り口の坂まで来て、ライトを消した。グローブボックスから懐中電灯を取り出し、雪道を歩きだした。ときどき立ち止まってあたりに耳を澄ました。見えない木立の上を風が少し吹いているようだった。坂を下り切ったところで、まだ投光器が二個あたりを照らしているのがわかった。一台のパトカーが村のはずれの家の前に停まっていた。ブリッタとアウグストの家まではだれにも見られずに行くことができる。懐中電灯を消して、隣家の庭を通ってブリッタとアウグストの家の裏手にまわった。パトカーからはなんの動きもない。暗闇の中、釘に吊るされているはずの鍵を探った。手に冷たい金属が触れた。

ビルギッタは震えながら家の中に入った。再び懐中電灯をつけると、上着のポケットからビニール袋を取り出して、小タンスの引き出しを開けた。

そのとき懐中電灯が消えた。ボタンを押しても点かない。暗闇の中で手紙や日記類をビニール袋に移し入れた。手紙の束が一つ床に落ち、彼女は慌てて床をなでまわしてみつけ、袋に入れた。

すぐに車に戻り、まっすぐホテルに戻った。ホテルのフロント嬢は驚いた顔で彼女をみつめた。

そのまますぐに日記を読みたかったが、その前に少し眠るべきだと思った。九時、フロントで拡大鏡を借りてきて、部屋の中の机を窓際に動かした。広告代理店の男たちが車やマイクロバスで出発するところだった。ドアに〈就寝中〉の札を掛けて、日記に向かった。ゆっくり読み進んだ。ところどころ、言葉が、あるいは文章全体の意味がまったくわからない箇所があった。

日記はJ・Aという頭文字の人間が書いたものだった。なぜかその人間は一人称の私という言葉を使わず、つねにJ・Aという略称を使った。最初それがだれかわからなかったが、そのうち、母親の書類の中にあった手紙のことを思い出した。ヤン＝アウグスト・アンドレン。ヤン（Jan）アウグスト（August）の頭文字にちがいない。彼はアメリカ大陸横断鉄道を建設する大きな鉄道会社の工事主任で、ネヴァダ砂漠を東に向かって建設される鉄道の現場監督だった。彼はその仕事の内容を細部にわたって書き綴った。そこには鉄道と枕木のことから、彼を意のままにあごで使う会社のお偉《えら》がたのことまで称賛を交えて書かれていた。長い期間、まったく働けなくなるほどに彼を弱らせた病気のことも詳細に綴られていた。筆跡が震えていた。「高熱と繰り返し襲ってくる、苦痛を伴う嘔吐」とあった。ビルギッタはページから間違えようのない死の恐怖が立ち上がってくるのを感じた。J・Aは日付を書き入れる習慣がなかったらしく、ビルギッタはどのくらいの期間彼が病に伏していたのか推測しかねた。病気で弱っている様子を書いたページのあとに、遺言らしきものが現れた。「良き友ヘルベルトにはいちばんいい長靴と服を、ミスター・ハリソンには猟銃と回転銃を。またミスター・ハリソンにはスウェーデンの親族に私の死去を知らせてほしい。鉄道牧師には立派な葬式を出すようにお願いする。少なくとも二曲賛美歌を演奏してほしい。こんなに早く人生が終わるとは思ってもみなかった。神よ、助けたまえ」

だがJ・Aは死ななかった。突然、日記にはなんの前触れもなく回復している。

J・Aの雇い主はセントラル・パシフィックという名の鉄道会社だった。会社は太平洋海岸から内陸に向けて鉄道を建設している会社で、その鉄道は競争会社が反対側の東海岸から内陸に向けて敷く鉄道と真ん中で繋《つな》がる計画だった。J・Aは「労働者はじつに怠慢なり」と書いていた。厳しく監督しないとすぐ怠ける、と。怒りの対象はアイルランド人だった。彼らは大酒飲みで、そのうえ、朝の仕事に来ない者が多いとJ・Aはこぼしていた。四人に一人のアイルランド人をクビにしているとあった。これが大きな問題を引き起こしていた。アメリカ先住民を雇うことはできなかった。彼らは長時間は働かなかったからだ。黒人たちのほうがまだ簡単だったが、逃亡した黒人や解放された黒人は命令で動くことを嫌った。「ここには働き者のスウェーデンの小作人が大勢必要なり。ずる賢い中国人苦力《クーリー》や酒飲みのアイルランド人の代わりに」とあった。

擦れて消えかかった文字を読み取るため、ビルギッタは目を凝らさなければならなかった。ときどきベッドへ行って、目を閉じ、横たわった。それから三つに縛られた手紙の束に取りかかった。これもまたJ・Aが書いたものだった。同じようにほとんど読めないような筆跡だった。両親宛でアメリカでの暮らしを書いていた。J・Aが日記に書いていることと、両親に宛てた手紙には、奇妙な不一致点がいくつもあった。日記には現実のことを書き、手紙には嘘を書いているのだろうとビルギッタは推測した。日記には月給が十一ドルとあったのに、両親宛の手紙には「上司は私の仕事にいたく満足し、いまでは月二十五ドルの給料を受け取っています。祖国スウェーデンなら地方税務官の月給に相当する金額でありましょう」とあった。ホラを吹いているのだ、とビルギッタは思った。J・Aは故郷から遠く離れているから、ことの真偽を確かめる者はいないとたかをくくったのだろう。

そのまま手紙を読み続け、つぎからつぎへと嘘を発見していった。突然フィアンセがいると両親に知らせている。ニューヨークの良家で育ったローラという女性で料理人をしているとあった。手紙に書かれていた日付から、そのころは彼が死を恐れながら病に伏し、遺書を書いたりしていたころだとわかった。ローラは彼が熱にうかされながら夢に見た女性だったのではないか。

読めば読むほどJ・Aという男は正体がつかめなくなった。嘘に嘘を重ねて、本当の姿がわからなかった。ビルギッタはしだいに苛立って、手紙と日記を読み飛ばしていった。

数時間、苦労して読んだころ、突然目に入ったものがあった。それは日記の中に挟まれていた紙切れで、給料明細書のようだった。そこには一八六四年四月ヤン＝アウグスト・アンドレンは十一ドルの給料を支給されたとあった。これで、この日記の書き手が母親の書類の中にあった手紙の書き手であることが確認できた。

立ち上がって、窓辺へ行った。外で男が一人雪掻きをしていた。遠い昔、ヘッシューヴァレンからヤン＝アウグスト・アンドレンという男がアメリカに移住した。ネヴァダ州の鉄道建設の現場で雇われ、主任となり、彼の下で働くアイルランド人と中国人の労働者を毛嫌いした。手紙の中に突然現れたフィアンセというのは、彼自身が日記に書いていた「鉄道建設現場にたむろする尻軽女たち」の一人かもしれなかった。女たちは鉄道工夫たちの間に性病を流行らせた。彼らに群がる性をひさぐ女たちは規律を乱し問題を起こすと日記にあった。性病にかかった工夫たちはクビにされたし、工夫たちの間ではしょっちゅう女をめぐるけんかや争いが絶えない、と。

いま彼女が半分ほど読んだ日記の中で、アイルランド人のオコーナーという男がスコットランド人鉄道工夫を殺害したため、処刑されるとJ・Aは書いていた。二人は酔っぱらい、女をめぐって殺し合いのけんかになった。オコーナーは首吊りの刑に処されることになり、処刑場は建設中の鉄道の近くの山頂と決まった。J・Aは「酔っぱらってのけんかがどういう結果になるか、よい見せしめになるはず」と書いていた。

アイルランド人工夫の処刑について、彼は「まだひげも生えそろっていないような若者」が首を吊られると、詳細に書いていた。

早朝の処刑だった。朝班の作業が始まる前におこなわれた。たとえ処刑のためであろうとも、枕木を敷き、線路を通す作業に少しでも支障をきたしてはならなかった。すべての工夫が処刑を見るようにとの命令が下され、主任のJ・Aはそのように工夫たちに伝えた。強風が吹いていた。J・Aは口と鼻を布で覆って工夫たちの宿舎をまわって歩き、全員がまちがいなく処刑場に行くように命じた。首吊りの縄は新しくタールを塗った板で作られた高い処刑台の上に用意されていた。オコーナーが死んだらすぐに首吊り縄は外され、タールを塗った処刑台はバラされて枕木として急ぎ鉄道敷設作業の現場へ運ばれる。縛り首の刑に処される若者は、死刑執行人たちに引かれて現れた。牧師もいた。J・Aはその場面をこう書いていた。「処刑場を取り囲んでいた者たちの間から低いうめき声のようなものが漏れた。その声は最初死刑執行人に向けられたもののように聞こえたが、じつはそれは見ている者たちの、首を吊られるのが自分でなくてよかったという安堵のため息であった。その場にいた多くの者は日々の労働を呪っていたが、その日ばかりは重い枕木を持ち上げ、鉄道を敷く仕事ができることがありがたく、天にも昇るような喜びを感じたにちがいない」

ヤン＝アウグスト・アンドレンは処刑の場面を細部にわたって書き記していた。現代の犯罪レポーターさながらだとビルギッタは思った。だが、彼はこれを自分のために、あるいは顔も知らない後世の人々のために書いたのだ。さもなければ、〝天にも昇るような喜び〟という言葉は使わなかっただろう。

恐怖に満ちたドラマが始まった。鎖に繋がれたオコーナーが処刑台の上に引っ張りだされた。最初は眠っているように呆然としていたのだが、首吊り縄の近くまで来ると、突然足を踏ん張り、大声で叫んで抵抗した。見ている者の間からのうめき声が大きくなった。Ｊ・Ａの記述はこう続いた。「この若者が縛り首にされる直前に命がけで暴れまわるのを見るのは辛い経験であった。泣き叫ぶ男は縛り縄まで引きずり出され、彼はなんと、実際に足元の板が割れ、縄が彼の首を絞める瞬間まで叫んでいたのであった。そのとき見物させられていた工夫たちの低いうめき声も止んだ。静まり返った中で、全員自分が縛り首になったように感じたにちがいない」

Ｊ・Ａは人の感情を言葉にできる。作家になれたにちがいないとビルギッタは感じた。

縛り首の縄が外され、絞首台として使われた板はばらばらにされて、鉄道の枕木として使われるために運び去られた。そのとき、見物していた中国人の間でけんかが起こった。縛り首に使われた縄の奪い合いが始まったのだ。J・Aの驚くような文章が続いた。「中国人はわれわれとはちがう。彼らは汚い。自分たちだけで固まり、不気味な呪いの言葉をいつも口にしている。われわれの間にはない魔術を使う。彼らは縛り首に使われた縄を煮立てて魔法の薬を作るのだ」

　これはヤン＝アウグスト・アンドレンという人物がうかがえる初めての文章だ、とビルギッタは思った。「中国人はわれわれとはちがう。彼らは汚い」、これは彼自身の意見にちがいない。

　電話が突然鳴った。ヴィヴィ・スンドベリだった。

「起こしましたか？」

「いいえ」

「下りてきてくれますか。いまフロントにいます」

「なんの用事でしょう？」

「会ったときに話します」

　スンドベリはロビーの暖炉の前で待っていた。

「座りましょう」と言って、スンドベリはロビーの隅のソファを指差した。

「わたしの宿泊先がよくわかりましたね？」

「ええ、調べましたから」

　ビルギッタはいやな予感がした。スンドベリはなにも言わない。冷やかな態度だ。すぐに話を切り出した。

「わたしたちには目も耳もあるんですよ。田舎の警察ですけどね。わたしがなにを言っているか、わかりますよね？」

「いいえ」

「昨日、あなたを連れて行ったあの家で、小タンスの中のものがなくなっているのですよ。なににも触らないようにと注意したはずです。でもあなたは触った。夜中、あなたはあの家に戻りましたね。あの引き出しの中には日記と手紙があったのです。あなたはそれを持ち出した。部屋に戻って、持ってきてください。ここで待ちますから。日記は五冊か、六冊あったはずです。手紙の束もいくつか。とにかくぜんぶ持ってきてください。そうしたら、今回のことは忘れてあげます。わたしがわざわざここまで来たことを、あなたは感謝すべきですよ」

ビルギッタは頬がほてった。まさに現行犯で逮捕されたという気分だった。ジャムの中に指を入れてなめているところをみつかった。一言も言えなかった。裁判官逮捕の巻である。

立ち上がって部屋へ行った。一瞬、いま読みかけの日記だけは残そうかという思いがよぎったが、スンドベリの魂胆がわからなかった。日記帳の数を正確に言えなかったことは知らないためではないかもしれない。こっちの正直さを試そうとしているのかもしれない。ビルギッタはすべてを持ってロビーへ行った。スンドベリは持参した紙袋の中に日記と手紙の束を入れた。

「なぜこんなことをしたんですか？」スンドベリが訊いた。

「関心があったからです。申し訳ありませんでした」

「他にまだなにかわたしに話していないことは？」

「いいえ、なにも隠していません」

スンドベリは見透かすようにビルギッタを見た。ビルギッタはまたもや顔が赤くなるのがわかった。スンドベリは立ち上がった。大柄であるにもかかわらず、その動きは敏捷で軽やかだった。

「警察にお任せください。昨晩あなたがあの家に入り込んだことについて、わたしは騒ぎ立てないつもりです。忘れましょう。あなたは家に帰り、わたしは仕事を続ける。そういうことです」

「申し訳ありませんでした」

「それはもう聞きましたよ」

ビルギッタはスンドベリがホテルの前で待っていた警察の車に乗り込み雪の中を走り去るのを見送った。部屋に戻ってコートをはおり、外に出て、凍った湖に沿って散歩した。殺風景な村を冷たい風が吹き抜ける。ビルギッタはあごを胸につけるほどうつむいて歩いた。裁判官が夜中に、殺された老夫婦の家に入り込み、日記や手紙の束を盗み出したということは、不問にされたわけだ、と考えた。スンドベリは警察官仲間にこのことを話しただろうか、それとも自分の胸にしまい込んだのだろうか。

ビルギッタは湖のまわりを一周し、ホテルに戻ったときは少し汗ばんでいた。シャワーを浴び、着替えてから、起きたことをもう一度初めから考えた。

考えを書き記そうとしたが、うまくいかず、紙を握りつぶしてくずかごに捨てた。自分は母親が育った家を見てきた。母親の部屋も見たし、殺されたのは母親の養父母であることも確認できた。家に帰るときだ、と納得した。

一階のフロントへ行って、最後の宿泊となるその晩の予約をし、車でヒューディクスヴァルの本屋へ行き、ワインについての本を一冊買った。前の日に食べた中国料理の店で食事をするかどうか迷った末、イタリア料理の店に入った。食事のあともゆっくりして、新聞をひっくり返して読んだが、ヘッシューヴァレンの大量虐殺事件についての記事は読まなかった。

携帯電話が鳴った。ディスプレーを見るとシーヴだった。ふたごの姉娘のほうである。

「どこにいるの?」シーヴが訊いた。

「ヘルシングランド県。話したでしょう?」

「ええ、でもそこでなにをしているの?」

「わからないわ」

「ママ、病気なの?」

「ある意味ではね。疾病休暇をもらったの。病気というより、過労ね」

「ヘルシングランドでなにをしているの?」

「旅行よ。気分転換。明日帰るわ」

娘の息づかいが聞こえてくる。

「けんかしたの? また、パパと」

「なぜそんなことを訊くの？」

「どんどん悪くなるばかりじゃない？　家に帰ると雰囲気でわかるわ」

「なにが？」

「ママとパパの仲がよくないってこと。パパから直接聞いたわ」

「え？　パパがわたしたちのこと、あなたに話したの？」

「パパには一つママよりいいところがあるの。訊けば答えるのよ。でもママはちがうわ。そのこと、考えたほうがいいわよ。もう切るわね。バッテリーがほとんど残ってないの」

電話が切れた。娘に言われたことを考えた。胸が痛んだ。しかし、彼女の言ったことは本当だとも思った。自分はスタファンを問題から逃げると言って責めているが、同じことを自分は子どもたちに対してしている。

ホテルに戻り、買ったばかりの本を少し読み、軽い夕食をとり、早めに休んだ。

夜中に電話が鳴った。応えると、相手は電話を切った。ディスプレーには名前が出なかった。いやな気分になった。だれが電話してきたのだろう？

もう一度眠りにつく前に、ドアの鍵を確認した。窓辺に立ち、外を見た。ホテルの前の道には車も人影もない。ベッドに入り、明日は分別のある人間になろうと心に誓った。

家に帰るのだ。

9

七時、ビルギッタ・ロスリンは朝食を食堂でとっていた。湖に面している窓から、強い風が吹いているのが見える。厚着をした子どもたちがソリに乗っている。それを父親らしき男が引っ張って歩いている。ビルギッタは子どもたちが小さかったとき、自分もこんな遊びをしたことを思い出した。あれは自分の経験の中でももっとも奇妙なものの一つだった。形の上ではソリに乗せた子どもたちと戯れ、頭の中ではむずかしい裁判にどのような判決を下すかを考えていた。子どもたちの歓声と笑いと血なまぐさい暴力事件の検証が同時に進行していた。

あるとき、自分が裁判官になってから刑務所に送り込んだ犯罪者の数は、殺人者が三人、殺人未遂者が七人だと数え上げたことがある。それに加えて強姦者、重度の暴行を振るった者たちもいる。彼らが殺人者にならなかったのは偶然としか言いようがない。

思わずぞっとした。自分の人生の業績を、何人刑務所に送り込んだかで測るとは。それが自分の努力の総量か？

ビルギッタは二度、脅迫されたことがあった。そのうちの一回は、ヘルシングボリ警察が警備の必要ありと判断し警官を送り込んできた。それは麻薬取引に関する事件で、悪名高い暴走族とからんでいた。子どもたちはまだ小さかったし、脅迫は彼らの家族生活に不協和音を生じさせた。不愉快な時期だった。夫婦仲も最悪で、ほとんどいつも怒鳴り合う日々が続いた。

食事の間は、ヘッシューヴァレンでの事件報道が満載されている新聞を見ないようにした。代わりに経済新聞を手に取って、株価の報告とスウェーデン経済界における女性リーダーの進出についての記事を読んだ。テーブルについている客は少なかった。コーヒーのお代わりを取ってきて、帰路はほかの道を選ぼうかと考えはじめた。西のほうの道を選ぶか。ヴァルムランドの森の中を走るのも悪くない。

突然だれかに話しかけられた。奥のほうのテーブルに一人で座っている男だった。

「わたしに話しかけているのですか?」

「ヴィヴィ・スンドベリがなにしにきたのかだな」男が言った。

ビルギッタは男に見覚えがなかった。なにを言っているのかもわからなかった。答えを待たずに、男は立ち上がり、寄ってきた。彼女のテーブルのいすを引いて、腰を下ろした。

赤ら顔で年齢は六十歳ほど、肥満気味、息が臭かった。

ビルギッタはすぐに反応した。

「朝食の邪魔ですよ」

「もう食べ終わったじゃないか。質問をいくつかしたいだけだよ」

「名前も知らない人に」

「ラーシュ・エマニュエルソン。レポーターだ。ジャーナリストじゃない。おれはほかのやつらよりも格段上なんだ。いいかげんなことは書かない。ぜんぶしっかり取材して、きちんとした格調高い文章で書く」

「だからといって、朝食を一人で食べたいわたしのプライバシーを侵害していいということにはならないわ」

ラーシュ・エマニュエルソンは立ち上がると、隣のテーブルのいすに腰を下ろした。

「これでいいかい？」

「いいわ。それで、どの新聞に書いているのですか？」

「いや、まだどれにするか決めていない。まずストーリーを書く。それからどこに売り込むか決めるんだ。どこでもいいというわけじゃないんでね」

ビルギッタは男の横柄な態度にますます腹が立った。そのうえ、男の体から何日も風呂に入っていないような臭いが立ちのぼっていた。しつこいジャーナリストの典型のような男だった。

「あんたが昨日ヴィヴィ・スンドベリと話したことは知っている。仲がいいとは見えなかったね。メスの闘鶏《とうけい》が睨み合っているという感じだった。ちがうかね？」

「ちがいますね。あなたに話すことはなにもないわ」

「しかし、彼女と話したことは否定できないだろう？」

「否定はしません」

「さあて。ヘルシングボリの裁判官がここでなにしているかだな。あんたはここの事件となんらかの関係があるにちがいない。ノルランドの寒村で恐ろしいことが起きた。するとスウェーデンの南端のヘルシングボリからビルギッタ・ロスリン裁判官が自らお出ましとなった」

彼女の目がきらりと光った。

「あなた、なにが狙いなの？　なぜわたしの名前を知っているの？」

「ま、なんにでも方法があるってことさ。人生は結果を得るための絶え間ない追求なのさ。裁判官だって同じことだろう。規則や原則、法律や取り決めがあるが、どの手段を使うかは裁判官次第だろう。おれがレポートした犯罪捜査はどれほどあるか、数えきれない。たとえば、パルメ事件。おれは正確に数えれば、三百六十六日この事件を追及した。捜査は失敗すると、おれはかなり早い時点で見抜いた。なぜなら警察も検察も実際に足で捜査しなかったからだよ。テレビカメラにおさまってふんぞり返っていた。また当時、多くの人間がクリステル・ペッテルソンが犯人だと言っていたが、ほんの一握りの賢い捜査官たちは彼はホシじゃないと見抜いてた。どこから見ても彼は犯人ではなかった。だが、彼らの意見に耳を貸す者はいなかった。おれはとにかく、端っこにいて、いろいろなところに首を突っ込んで調べまわるんだ。そうすると、ほかの者たちには見えないものが見えることがあるものさ。たとえば、事件捜査で寝るひまもないはずの捜査官がわざわざホテルまで裁判官に会いにくるなんて場面に遭遇する。あんた、彼女になにを渡したんだ？」

「答える必要ないわ」

「それじゃ、おれは、あんたがこの事件と深く関係があると見る。そのことを書くこともできる。『スコーネの裁判官、ヘッシューヴァレン事件と関わりあり』と書くこともできるんだぞ」

ビルギッタはコーヒーを飲み干すと立ち上がった。男はフロントまでついてきた。

「なにか話してくれたら、いま言ったことを書かないでおこう」

「あなたに話すことはなにもないわ。なにか秘密があるからというのではなく、ジャーナリストに提供するような話などないからよ」

エマニュエルソンは急に悲しそうな顔をした。

「レポーターだ。ジャーナリストでなく。おれはあんたのことを三文役者の裁判官とは呼んでない」

ビルギッタは急に思いついて、訊いた。

「夜中に電話してきた？」

「いいや？」

「そう。それじゃあなたではないってことね」

「電話が鳴ったわけだ？　真夜中に？　あんたが眠っているときに？　それについて、おれは興味をもつべきかな？」

ビルギッタは答えず、黙ってエレベーターのボタンを押した。

「一つだけ教えてやろうか。警察は重要な情報を隠している。人間のことを情報というのは気が進まんが」

エレベーターのドアが開き、彼女は中に入った。

「殺されたのは老人ばかりじゃない。一つの家で、少年が死んでいた」

エレベーターのドアが閉まった。自分の部屋の階まで来ると、彼女は降りず、そのまま〈ダウン〉のボタンを押した。エマニュエルソンはさっきの場所にそのままの姿勢で待っていた。二人はいすに腰を下ろした。エマニュエルソンはタバコを取り出した。

「館内は禁煙ですよ」

「ほかにもなにか注文あるかね?」

テーブルの上の鉢植えの土を灰皿代わりにして、エマニュエルソンは話しはじめた。

「警察が話さないことを探し出すのさ。やつらが隠していることの中に探していることの答えがある。犯人捜しの方向を探るときなどね。今回、殺された人間たちの中に十二歳の少年がいた。警察はどの家にその子がいたのか、彼がそこでなにをしていたのか知っているが、発表していない」

「あなたはそれをどうして知っているんですか?」

「それは秘密だよ。犯罪捜査関係には必ずどこかに亀裂があるもの。そこから情報が漏れるんだ。それを探し出すのさ。あとは耳をぴったりつければいい」

「少年とは?」

「いまのところ、身元を明かすことはできない。名前はわかるが、あんたには教えないよ。その子は親戚の家に遊びにきていた。いつもなら学校へ行っている時期だが、目の手術をしたあと、学校を休んで静養中だった。少年は斜視だった。手術は成功し、まっすぐに見られるようになっていたのに。大人たちと同じ手段で殺された。同じ手段だが、同じようではなかった」

「それ、どういう意味?」

エマニュエルソンはいすの背に寄り掛かった。でっぷりとした腹がベルトの上に乗っかった。なんとも不愉快な男だとビルギッタは思った。彼は人にそういう印象を与えると知っているようだったが、気にも留めない様子だった。

「こんどはあんたの番だ。ヴィヴィ・スンドベリに渡した袋の中身は?」

「犠牲者の中にわたしの遠い親戚がいるのです。スンドベリに渡したのは、彼女に頼まれたもの」

彼は目を細めてうかがうように見た。

「そうかい。それをおれに信じろというんだな?」

「信じるか信じないか、どうぞお好きなように」

「あのノート数冊はなんなんだ? それに手紙の束もあったようだが」

「親族に関する書き付けや書類です」

「親族とは?」

「ブリッタとアウグスト・アンドレン」

エマニュエルソンはゆっくりとうなずいた。吸い殻をぎゅっと鉢植えの中に押しつけた。

「二番目か七番目の家だな。警察は家々に番号をつけた。二番目の家は二の三だ。つまりそれは二番目の家、中で死んでいたのは三人という意味だ」

エマニュエルソンはポケットからしわのよったタバコのパッケージを取り出し、中から吸いかけのタバコを取り出した。

「しかし、それだけじゃ、あんたたち二人がなぜあんなに取りつく島もないほど互いに冷淡だったのかの説明はつかんな」

「向こうが急いでいたんでしょう。男の子の殺されかたが同じようじゃなかったとは、どういう意味ですか？」

「まだぜんぶわかったわけじゃない。正直言って、ヒューディクスヴァル署も、応援部隊のストックホルムから来た連中も驚くほど口が堅い。だが、いままでの情報から考えるに、少年は過剰暴力によって殺されたわけではないらしい」

「過剰暴力ではないって、どういう意味ですか？」

「うーん、それはだな、情報から察するに、ひどい痛めつけられかたで死んだわけではないということだ。苦しんだ末の死ではない。もちろん、そのことからいろんな推測ができる。それはあんたの想像に任せるよ。ま、関心があればの話だが」

もう一度吸い殻を鉢植えの鉢に押し込んで、彼は立ち上がった。

「さて情報集めに出かけるか。またどこかで会うかもしれないな」

ビルギッタは正面のガラスドアから出ていく男の背中を見送った。タバコの煙を払っているところにフロント係がやってきた。

「吸ったのはわたしじゃありませんよ。わたしは三十二歳で禁煙して以来吸ってませんから。あなたが生まれる前のことでしょうけど」

部屋に行ってカバンに衣類を詰めた。だが、途中で手を止めて、外を見下ろし、まだ子どもたちとソリで遊んでいる父親をながめた。あの不愉快なレポーターが言ったことを考えた。あの男はわたしが感じたほど本当に不愉快な男だろうか？　彼は仕事をしただけのことではないか。自分はあまりいい感じで接しなかった。もし自分の態度がちがっていたら、彼はもっと話してくれたかもしれない。

小さな机に向かってメモを書いた。いつもながらペンを持つと考えがまとまる。男の子が殺されたとはどの新聞にも載っていなかった。殺された人々の中で彼は唯一の若者だ。いや、それは警察がほかにも隠していないとすればだが。エマニュエルソンがその少年は過剰暴力を受けなかったと言ったことは、ほかの人間たちは過剰な暴力、もしかすると拷問を受けて死に至ったことを意味する。なぜ少年はそんな目に遭わずにすんだのだろう。まだ子どもだというだけの理由か。ほかに理由があるのだろうか？

すぐに思いつく答えはなかった。それに、その理由を探すのは自分の仕事ではない。ビルギッタは前日のことをまだ恥ずかしく思っていた。自分の行為は弁解不能だ。これがジャーナリストによって暴かれたらと思うと、身が縮まる思いだった。恥をさらしてスコーネに逃げ帰らなければならないところだった。

荷物をカバンに詰め終わり部屋を出ようとした。ふと、どの道を行くにしても天候のことが気になって、テレビをつけた。ヒューディクスヴァルの警察署からの生中継がいきなり目に飛び込んできた。正面に座っている三人の中、唯一の女性がヴィヴィ・スンドベリだった。ドキッとした。まさか、彼女はヘルシングボリから来た裁判官が事件現場からものを盗んだなどと言いはしないだろう。ビルギッタはベッドの端に腰を下ろしてテレビの音量を上げた。話しているのは真ん中のトビアス・ルドヴィグ署長だった。

そのあと、マイクはロベルトソン検事に渡された。一般からの通報がいつにもまして必要であると強調した。見慣れぬ車、この近辺の人間ではない者など、いつもと少しでもちがうことを見かけていたら、通報してほしいと市民の協力を要請した。

検事が話し終わると、スンドベリがマイクに向かった。透明のビニール袋を持ち上げて、会場の報道関係者たちに見せた。カメラがズームアップした。透明な袋の中には赤い絹のリボンが入っていた。スンドベリは、このリボンに見覚えのある人は警察に連絡してほしいと言った。ビルギッタはテレビ画面に顔を近づけた。この赤いリボン、どこかで見たことがあるような気がする。テレビ前の床に膝をついて、大写しになっているビニール袋入りの赤いリボンをよく見た。赤い絹のリボン。どこかで見たことがあると確信した。記憶をたどってみたが、思い出せなかった。

記者会見は質疑応答の時間に入った。生中継は終わり、天気予報の画面に変わった。フィンランドのほうから東海岸にかけて、雪が降り天気は荒れるだろうとの予報だった。

海岸道路はやめて内陸を行くことに決めた。フロントで会計を済ませ、外に出た。風が強かった。後部座席にカバンを置いて地図を見た。イェルヴスーに向けて内陸を走ろう、そのあと南に向かえばいい。内陸の幹線道路に入ってすぐ、彼女は車をパーキングエリアに停めた。テレビ画面に映った赤いリボンのことが頭から離れない。記憶になにか引っかかっているのだが、薄い一枚の膜の向こうにあり、はっきり見えない。せっかくこんなに遠くまで来たのだ、気になることをはっきりさせよう。ビルギッタはヒューディクスヴァル署に電話をかけた。材木を積んだトラックにときどき追い越され、フロントガラスに雪の飛沫が飛んでくる。ワイパーがその雪を掻き払い、視界を開けてくれる。電話が繋《つな》がるのにずいぶん時間がかかった。やっと電話に出た警察署の人間はきりきり舞いの様子だった。ビルギッタはエリック・ヒュッテンに繋いでくれと頼んだ。

「ヘッシューヴァレンの事件のことなのです」と用件を明確にした。

「エリック・ヒュッテンはいま忙しいのです。探してみますが」

あきらめかけたころ、やっとヒュッテンが電話口に来た。忙しく時間がない感じがはっきり伝わってきた。

「ヒュッテンだ」

「覚えていらっしゃるかどうかわかりませんが、わたしは先日ヴィヴィ・スンドベリに会いたいと言って、そちらにうかがった裁判官です」

「覚えてます」

この人はきのうのことをスンドベリから聞いているだろうか、とビルギッタは思った。だが、印象としてはなにも知らないようだ。もしかすると、約束どおり、スンドベリはほかの人たちには話さなかったのかもしれない。もしかすると、彼女もわたしをあの家に一人残したという間違いを犯したのかもしれない。

「テレビで警察が見せたあの赤いリボンのことなのですが」と話を続けた。

「あれを見せたのは、間違いでした」ヒュッデンが言った。

「なぜですか?」

「あのリボンを見たという一般市民からの電話がジャンジャンかかってきているからです。なかにはクリスマスプレゼントの包装テープだと言う人たちもいる始末ですよ」

「わたしはそんなことは言いませんよ。どこかで見たのです」

「どこで?」

「わかりません。でもクリスマスの包装用のテープじゃないことは確かです」

重いため息が聞こえた。ためらっているようだ。

「リボンを見せましょう。いますぐこちらに来てくれれば」

「三十分以内でいいですか?」

「二分だけ、見せます。それ以上は時間がない」

署に着くと、ヒュッデンは鼻をぐずぐずいわせ、咳をしながら出てきた。ビニール袋入りの赤いリボンは彼の机の上にあった。袋から取り出して、白い紙の上に置いた。

「長さはきっかり十九センチ。幅は約一センチです。いっぽうの端に、なにかに留め付けられていたような跡が見える。材料は木綿とポリエステルなんですが、一見絹のように見える。雪の中から警察犬が掘り出したのです」

彼女は一生懸命思い出そうと努力した。たしかに見覚えがある。だが、どこで見たのかが思い出せない。

「まちがいなくどこかで見ているのです。誓ってもいい。ちょうどこれではないかもしれませんが、似たようなものを」

「どこで？」

「思い出せないのです」

「スコーネで見たというのなら、なんの助けにもなりませんよ」

「いいえ。スコーネではなく、こっちで見かけていることはまちがいありません」

ヒュッデンが壁にもたれかかって待っている間、彼女はそのリボンをみつめ続けた。

「どうですか？」

「残念ながら、思い出せないわ」

赤いリボンをビニール袋に戻すと、彼は出口まで送ってきた。

「思い出したら、電話をください。しかし、やはりクリスマスプレゼントのリボンだったというのなら、電話の必要はありませんよ」

外に出ると、エマニュエルソンが待っていた。くたびれた羊皮の帽子を頭からすっぽりとかぶっている。その姿を見るや、彼女は怒りが爆発した。

「なぜわたしのあとを尾《つ》けてくるの！」

「いや、べつに尾けてはいない。さっきも話したように、おれは情報集めをしてまわっているんだ。署の前を通りがかったとき、あんたが中に入っていく姿を見かけた。それで、待つことにしようと思ったまでだ。さあて、こんなに短い訪問の中身はなんだろうな、と考えていたところだよ」

「あなたには絶対にわからないでしょうよ。わたしが本気で怒る前に、さっさと消えてちょうだい！」

歩きだした彼女の背中に声が響いた。

「おれが新聞に書く人間だということを忘れないほうがいいぞ」

彼女はさっと振り返った。

「それ、脅迫？」

「いいや」

「わたしがなぜこの地に来たかはさっき話したとおりよ。ここの捜査に口を挟むつもりはこれっぽっちもないわ」

「大衆は書かれたものを読むんだ。それが真実であろうが、なかろうが」

こんどはエマニュエルソンが背を向けて歩きだす番だった。その背中を睨みつけながら、ビルギッタは二度とこの男には会いたくないと思った。

車に戻った。運転席に座った瞬間、あの赤いリボンをどこで見たのか思い出した。記憶がよみがえった。どこからともなくくっきりと姿を現した。思い違いだろうか。いや、それは見間違いようもなくはっきりと、いつどこで見たものかを彼女に告げていた。

そこはまだ開いていなかったので、彼女は二時間待った。その間、彼女は落ち着きなく町の中を歩きまわった。記憶を確かめるのに二時間も待たされるのが我慢できなかった。

十一時、中国料理店が店を開けた。ビルギッタは中に入り、前回と同じテーブルについた。店の中にぶら下がっているいくつかの提灯《ランタン》を一つひとつ見ていった。ランタンは本来なら手漉《す》きの紙製なのだろうが、薄いプラスティックでできていた。それはシリンダーのように細長いもので、その底の四隅に赤いリボンがぶら下がっていた。

警察署で聞いて、そのリボンの長さはぴったり十九センチと知っていた。リボンの上端はランタンにピンのようなもので留め付けられている。

スウェーデン語があまり話せない、前と同じ若いウェイトレスがメニューを持ってきた。前にも来た客と気がつくと、笑いかけてきた。ビルギッタは空腹ではなかったが、昼食ビュッフェを注文した。メニューから目を上げて、彼女は店の中全体を見回した。店の奥の二人客用のテーブルの上にそれがあった。テーブルの上のランタンにはリボンが三本しかぶら下がっていなかった。

ビルギッタの動きが止まった。

この店の薄暗がりに何者かが座っていたのだ。それからこの店を出て、ヘッシューヴァレンへ行き、計画を実行した。

彼女は店の中を見回した。笑顔のウェイトレス。厨房《ちゅうぼう》からは中国語が聞こえる。事件のことは、自分はもちろん警察にもまだなにもわかっていない。だが、おそらくこれは、謎に満ちた、とらえようもないほど規模の大きな事件にちがいない。
すべてがまだ漆黒の闇の中にある。

第二部　〝ニガー&チンク〟

ローシャン関

西風が激しく吹き
雁が鳴きながら大空を飛んでいく　霜の立つ朝の月
霜の立つ朝の月
馬のひづめの音が響き
らっぱの音がすすり泣く……

毛沢東　一九三五年

10　広東への道

　それは一八六三年のもっとも暑い夏のこと。サンと兄と弟の三人が、海へ向かって広東への長い旅を始めて二日目のことだった。朝早く、三人は分かれ道に来た。そこに竹やりが三本、土に刺さっていた。その先に三つの首がさらされていた。どのくらいそこにあったのかわからない。三人兄弟の末っ子のウーはきっと一週間は経っているだろうと言った。目と頬の大部分がカラスにつつかれて肉がなくなっていたからだ。長男のグオシーは、いや、まだ二、三日しか経っていないだろうと言った。開いている口元に、恐怖が残っていると。

　サンはなにも言わなかった。少なくとも、考えを口に出さなかった。切り落とされた頭は自分たちの行く末を暗示するものかもしれなかった。三人兄弟は命からがらグァンシー自治区から逃げてきたのだった。この三つの首と出合ったのは、これからも彼らの命は脅かされるということ示すものにちがいなかった。

兄弟はその場を離れた。そこはサンがその後〈三首の岐路〉と呼ぶ場所になった。グオシーとウーが、あの三人は山賊だ、いや、地主の機嫌を損ねた小作人にちがいないと言い争っている間、サンは自分たちがこうして道を探しながら旅に出ることになったその原因のことを考えていた。一歩前に進むごとに、彼らはこれまでの生活から遠くなるのだ。兄も弟も心の中ではいつかきっと故郷の村ウェイヘイに戻ることを願っているにちがいない。彼自身はわからなかった。貧乏な小作人とその家族は、もしかすると一生みじめな生活から抜け出すことができないのではないか。広東にはどんな暮らしが待っているのだろう。船にこっそり乗り込んで東へ海を渡ると、鶏の卵ほどの金塊がきらきら光る川のある国に行けるそうな。ウェイヘイのような僻地《へきち》の小さな村にまでその国の噂は伝わっていた。そこには肌の色の白い人間が住んでいて、彼らはとんでもなく金持ちだという。一生懸命働けば、貧乏人の中国人さえとてつもないほどの金持ちになり、威張って歩けるのだと聞いていた。

　サンはどう考えたらいいのかわからなかった。貧乏小作人はいつも地主から命を脅かされない暮らしを夢見ている。彼自身も生まれてからずっとそう願ってきた。地主連中が御簾《みす》を下ろした駕籠《かご》に乗って道を通るとき、地面にひれ伏しながら、こんな暮らしを抜け出したいと強く願った。なぜこれほどのちがいがあり得るのかと不思議でならなかった。

　一度、父親のペイにそれを訊いたことがあった。答えは平手打ちだった。どうしようもないことを訊くな。木々の神、川の神、山の神が人の世をおつくりになったのだ。この摩訶不思議な世の中を保つためには金持ちと貧乏人の両方が必要なのだ。水牛に重い荷物を引かせて歩く小作と、自分の所有する土地を見にきたことさえもない地主の両方が。

それ以来、サンは神さまの絵の前に頭を垂れて祈る両親に、なにを祈っているのかと訊くのをやめた。親たちは終わることのない苦労を背負って同じ場所で一生暮らしてきた。こんなに懸命に働いて、これほど報いのない暮らしをしている人間がほかにいるだろうか。この問いをぶつけられる相手は村には一人もいなかった。だれもが同じように貧しく、村に来もしない地主を同じように恐れていた。地主の代わりに鞭《むち》を持った地主の雇い人が小作人たちの労働に目を光らせていた。サンは村人たちが、生まれてから死ぬまでどんなに働いても終わらない労苦、それどころかどんどん増えていく仕事にひたすら身を削っていく姿を見てきた。それはまるで、まだ歩くこともできない子どもさえ、重い荷物で背中が曲がってしまうような暮らしだった。村人は、夜になるとむき出しの土の床にたった一枚の布を敷いて寝る。枕は硬い竹の幹だ。労働は季節によって異なる。のろのろとしか動かない水牛に土地を耕させ、米を作る。来年はいい天気で米がたくさんとれるように祈る。自分たちの食べる分もありますようにと。収穫が少ないと小作人には自分たちの食べるものがなにもなくなる。米がないと、木の葉を食べるしかないのだ。

あるいはただ横になって死ぬ。小作人は餓死するしかない。

サンは考えから目覚め、あたりを見回した。暗くなっていた。どこか眠る場所をみつけなければならなかった。道の端に木が数本立っていて茂みになっている。西のほうに連なっている山から割れて落ちてきたにちがいない岩がいくつか横たわっている。サン兄弟は筵《むしろ》を敷き、広東まで保たせなければならない干し飯《ほいい》を少しずつ分け合って食べた。サンはそっと兄と弟を観察した。広東まで体力がもつだろうか。どちらかが病気になったらどうする。彼自身はまだ体力があると思う。だが、一人でも病人が出たら、背負って歩き続けることはできないだろう。

三人はほとんど話をしなかった。少しでも体力を消耗しないように、無駄な話はするなとサンが言ったからだ。

「一言に使う力を、先に進む一歩に使うのだ。いまは言葉はいらない。広東に着くために一歩でも先に進め」

兄も弟もなにも言わなかった。サンは彼らに頼られていると知っていた。両親が死んだいま、そして三人兄弟の逃亡が始まったいま、サンがすべての重要な決断を下す役割を負っていた。

三人は筵に横たわった。背中に垂れた弁髪《べんぱつ》を体の脇に押しやり、目を閉じた。最初にグオシーが、つぎにウーが寝息を立てはじめた。二人とも小さな子どものようだとサンは思った。もう二十歳を超えているのだが。彼らにはおれしかいないのだ。おれが兄と弟の面倒をみなければならない。おれ自身、まだ若いというのに。

グオシーとウーは性格がずいぶんちがう。ウーはかたくなで、なにか命じられると素直に従うことができない。両親は彼の行く末を心配し、ほかの人間からなにか言われるたびに食ってかかっていたら、人生はうまくいかないだろうと諭《さと》した。いっぽう長男のグオシーはのんびりした性格で、親に心配をかけなかった。いつも親の言葉に素直に従い、ウーの手本の役割を果たした。

おれはこの二人の性格を少しずつもらっている、とサンは思った。だが、おれはいったい何者なんだ。両親が亡くなったいま、真ん中の息子であるおれが責任を負わなければならないとは？

湿った土の臭いが立ちのぼってくる。仰向けに寝て空の星を見た。

母親はよく夜彼を連れて外に出て、空を仰いだ。そんなとき母親の疲れた顔に笑いが広がることがあった。星が母親の苦しい暮らしをなぐさめてくれた。常日頃、彼女は地面だけを見ていた。地面に米を植え、地面から米を収穫する。すべてが地面でおこなわれ、いつの日か彼女自身地に帰する。だが天を見上げるとき、わずかの間でも彼女は茶色い地面を忘れることができた。

サンは暗い夜空を見渡した。母親は星のいくつかに名前をつけていた。龍のように見える星座の中のひときわ強く光る星はサンという名前だった。

「あれはおまえだよ、サン。おまえはあの星から来た。そしていつかあの星に帰るんだ」

自分は星からやってきたのだと聞いて、彼は怖かった。だがなにも言わなかった。母親がそれをとても喜んでいるように見えたからだ。

サンは自分たちを突然旅立たせた恐ろしいできごとを思った。地主の雇い人の一人で、前歯の間に大きな隙間のあるファンという名前の男がやってきて、両親が日々の責務を果たしていないと責め立てた。父親は背中が痛くて重いものを担ぐ仕事ができないことをサンは知っていた。母親は父親に手を貸したが、それでもじゅうぶんではなかった。ファンは泥でできた小屋の前に立ち大声で責め立てた。ファンの舌はまるで毒蛇のように口から出たり入ったりした。ファンはサンと同じ年ごろの若者だったが、まったく別の世界に属していた。麦わら帽子を手に、頭を地面にすりつけるようにして謝る両親を、まるですぐにも踏みつけて殺してしまうことができる虫けらでも見るかのような目つきで見下ろした。約束した年貢を納めなかったのだから家を追い出す、乞食にでもなれと言い渡した。

夜中、サンは両親が低い声で話しているのを聞いた。両親はいつも横になるなり眠ってしまうので、サンはめずらしく思い、耳をそばだてた。だが、なにを話しているのかは聞き取れなかった。

朝、両親の寝ていた筵は空っぽだった。サンは恐怖を覚えた。小さな小屋の中で、朝はみんなが同時に起きるのだが、今朝は息子たちを起こさないように早く外に出たのだろうか。彼はそっと起き上がり、ぼろぼろのズボンとこれまたたった一枚のシャツを着た。

外に出ると、太陽はまだ上がっていなかった。地平線が淡いあかね色に染まっている。どこかで雄鶏が鳴く声がした。近隣の人が起きだす音が聞こえてきた。両親の姿だけが見えない。外に出て探すと、猛暑の夏に日陰を作ってくれる大木の枝から二人の体がぶら下がっていた。二体は朝の風にゆっくりと揺れていた。

そのあとのことはうっすらとしか思い出せなかった。サンは口を開けてぶら下がっている両親の姿を兄弟に見せたくなかった。父親が畑で使う鉈《なた》で縄を断ち切り、両親の体を地面に下ろした。サンの体の上に二体がどっと重く落ちてきた。まるで彼をいっしょに連れて行こうとするかのように。

村の長老のバオ老人が――目が濁《にご》りブルブルと震えるのでほとんどまっすぐ立っていることができないほど弱っているのだが――近所の人たちに呼ばれてきた。老人はサンをかたわらに呼んで、いますぐに逃げるがいいと言った。ファンは自殺した両親の償《つぐな》いを三兄弟にさせるだろう。牢屋に入れられるか、みつかったらその場で殺されるかもしれない。村には判官はいない。ファンが地主の代わりに人の生き死にまで決めるのだと。

三兄弟は両親の体がまだ焼かれているうちに逃げ出した。いま彼らは星空の下に横たわっている。この先になにがあるのか、サンにはわからなかった。バオ老人は海岸へ向かえと言った。広東という町に行け、そこまで行けばきっと仕事があるだろうと。サンはどんな仕事があるのかと老人に訊いたが、老人には答えられなかった。ただ震える指で東を指差した。

足がすっかりまめだらけになり、口がからからになるまで歩き続けた。死んだ両親のことを思っては泣き、これからなにが起こるのか不安で泣いた。サンは兄と弟を励ましながらも足が遅くならないように注意した。ファンは危険な男だった。馬もある。刀を持った手下の男たちとまだあきらめずに追ってきているかもしれない。

サンは星を見上げた。地主のことを考えた。地主は貧乏人たちが決して足を踏み入れることができないところに住んでいる。決して姿を見せず、闇の中にいて目を光らせているのだ。

やっとサンも眠りについた。夢の中に、あの三つの首が現れて、彼のまわりをぐるぐる回った。冷たい刀の刃先を喉元に感じた。兄と弟はもうすでに殺されている。頭が砂地に転がり、喉元から血がドクドクと吹き出している。ときどき目を覚まし、夢から逃れようとするのだが、眠りにつくとすぐにまた同じ夢を見続けた。

翌朝三人兄弟はグオシーが首から下げていた竹筒から水を少しずつ飲むと、ふたたび歩きだした。その日のうちに水をみつけなければならなかった。石のごつごつした道を足早に歩いた。ときどき畑に出かける百姓や重そうな荷物を頭や肩に載せた男たちとすれ違った。この道に終わりがあるのだろうかとサンは疑いはじめた。もしかすると、海などないのかもしれない。広東という名前の町など存在しないのではないか。だが、兄弟にはなにも言わなかった。言ったら、足取りが重くなるばかりだろう。

いつのまにかあごの下に白い斑点のある小さな黒い犬がついてきた。犬がどこから現れたのか、サンは知らなかった。突然のことだった。追い払っても、すぐに戻って来た。石を投げても無駄だった。すぐに走ってきて彼らに追いついた。

「この犬にダーヤンという名前をつけよう。海の向こうにある大きな町という意味だ」とサンは言った。

一日でいちばん暑いとき、彼らは村はずれの木陰で休んだ。村人から水をもらって竹筒に入れた。犬はサンの足元で舌を出してハアハアと息をしていた。

サンは犬をよく見た。どこか不思議なところがある犬だった。これは母があの世から送り込んできた使者だろうか。死者と生きている者たちの間を行き来する使いの者か。サンにはわからなかった。彼はいつも村人や父母が祈りを捧げる神々のことが理解できなかった。なぜ、答えてもくれない木に祈ることなどできるのだろう。耳も口もない木なのに。野良犬が使者だって？　もし本当に神々がいるのなら、いまこそ助けが必要だというのに。

午後、ふたたび彼らは歩きだした。道はうねうねとどこまでも続いているようだった。

それから三日後、いつのまにか道を行く人々の数が増えていた。イグサやトウモロコシの袋を高く積み上げた荷車が彼らの脇を通り過ぎたり、反対側から空っぽの荷車がやってきたりした。サンは勇気を出して、空っぽの荷車に座っていた男に話しかけた。

「海まであとどのくらいか？」

「二日だな。明日は広東の臭いがするよ。絶対に間違うはずはねえから」

男は笑いながらすれ違った。サンはその姿を振り返って見送りながら、町が臭うとはどういうことなのだろうと思った。

同じ日の午後、彼らは蝶の一群に出合った。蝶の羽は透き通っていて、体は薄い黄色で、羽の音が紙をこすり合わせるように響いた。サンは思わず蝶の雲の中に立ち止まった。まるで壁が蝶の震わせる羽でつくられている家の中にいるようだった。ここに留まりたいと思った。これが戸のない家だったらいいのに。ここに留まって蝶の飛ぶ音を聴きながら地面に横たわって死ねたらいいのに、と思った。

だが自分には兄弟がいる。サンは両手で蝶の群れをかき分けて、兄弟に笑いかけた。彼らを見捨てることはできない。

彼らはその晩も木の下でほんの少しの干し飯を食べて寝た。体を丸めながら、三人とも空腹でたまらなかった。

翌日三人は広東に着いた。犬は相変わらずついてきた。サンはますますこの犬は死の国から母が自分たちを守るために使わした犬だと思うようになった。こんなことはいままで信じたことがなかったのだが、町の入り口に立って、きっとそうにちがいないと確信した。

町に入ると、たしかに悪臭が鼻をついた。サンは通りの群衆の中で兄弟を見失うのではないかと恐れた。そこで長い腰ひもで兄と弟と自分を繋《つな》いだ。こうすれば、ひもが切れないかぎり、離ればなれになることはない。彼らはおそるおそる人の群れの中に入っていった。道の両側には大きな屋敷や寺院が立ち並び、ありとあらゆるものを売る屋台がところ狭しと並んでいた。急にひもが引っ張られた。見ると、ウーが指差している。その先になにがあるのかとサンは目を移した。

男が一人、駕籠に座っていた。ふつうなら中が見えないように御簾が下りているのだが、そのときは御簾が上げられていた。男はまちがいなく死にかかっている、とサンは思った。肌が真っ白だった。まるで真っ白い粉が塗られたような頬だった。いや、その男は悪そのものかもしれないとサンは思った。悪魔はいつも白い顔をした鬼たちをこの世に送り込んでくる。そのうえ男は弁髪ではなかった。長細い醜い顔に大きな曲がった鼻がついていた。

ウーとグオシーはサンにぴったりと体をつけて、あれは人間かそれとも悪魔かと訊いた。サンは答えられなかった。いままでこのような人間は見たことがなかった。悪夢の中でさえも。

そのときさっと御簾が下げられ、駕籠は運ばれていった。サンのそばに立っていた男が駕籠の方向につばを吐いた。

「あの駕籠の中にいたのは？」

「この港に停泊している船を何隻ももっている白人だ」

「病気なのか？」

男は笑った。

「いや、あいつらは初めから白いのさ。死人のように白い。ずっと前に焼かれてしまえばよかったんだ」

三兄弟は汚れた、悪臭の立ち上る町を歩き進んだ。サンは通りの人々を観察した。立派な衣服を着ている者が多かった。自分たちのようにぼろをまとっている者はいなかった。世の中は自分が思っていたようなところではないのかもしれないとサンは思った。

何時間も歩いてから遠くに水が見えた。ウーはひもを腰からほどいて、走りだした。水に飛び込んで飲みはじめたが、すぐにやめて口からその水を吐き出した。塩辛かったのだ。腹のふくれた猫の死骸が浮かんでいた。サンの目に動物の死骸ばかりでなく人間や動物の排泄物が映った。吐き気が腹の底から上がってきた。故郷の村では人間の糞尿は菜園の肥やしに使った。ここでは野菜も畑もないのに、水の中にそのまま人は糞をするのか。

水の向こうに目を凝らしたが対岸は見えなかった。海と呼ばれるものは、きっとものすごく幅の広い川なのだろう。

三人は揺れる桟橋に腰を下ろした。桟橋は木で作られていて、そのまわりには無数の小舟が繋がれていた。あたり一面に人の甲高い話し声や叫び声が聞こえた。これもまた町と田舎のちがいだとサンは思った。ここでは人は叫び合う。いつもなにか話さなければならないことや文句を言わなければならないことがあるらしい。サンが慣れていた沈黙と静けさはどこにもなかった。

三人は最後の米を食べ、竹筒の水を分け合って飲んだ。ウーとグオシーはサンをチラチラと盗み見ている。サンは兄弟の信頼に応えなければならないと感じた。だがこれほど混沌としたところで、どうやって仕事をみつけられる？　どこで食べ物を手に入れ、どこで寝たらいいんだ？　犬は、と見ると、片足を鼻の上に当てたまま眠っていた。どうしたらいいのだろう？考えるために一人になりたかった。サンは立ち上がり、兄弟にここで犬といっしょに待っていてくれと言った。そして、自分たちをおいて、サンが人ごみの中に消えてしまうのではないかと兄弟が心配しないように、こう続けて言った。

「見えないひもでおれたちは繋がっていると思ってくれ。すぐに戻って来る。話しかけられたら、ていねいに答えるんだ。だが、絶対にこの場を動くな。動いたら、みつけることができなくなるから」

サンは網の目のような道に入ったが、しばしば後ろを振り返って、帰り道を確認しながら歩いた。突然目の前の狭い道が開けて、寺院の前の広場に出た。ひざまずいて祈る者、立ったまま手を合わせる者が寺の祭壇の前にいて、その下には供物や線香が捧げられていた。

母だったら、きっと走っていってひざまずいただろう、とサンは思った。父もためらいながら、きっとそうしたにちがいない。おれは父親がためらわずに前に進むのを一度も見たことがない。

いまは彼自身どうしたらいいか、ためらっていた。

寺院の土壁から崩れた石がサンの足元に転がっていた。彼はひざまずいた。暑さでめまいがしたのと、おびただしい人の数、そして最後まで認めたくなかったがひもじさで立っていられなかった。

一休みしてから水辺へ行き、川辺の桟橋に沿って歩いた。重い荷を背負って腰を屈めた男たちが、いまにも壊れそうな薄い板の上を歩いていた。その先に帆を降ろした大きな帆船が見えた。船は橋の下を通って、川のそばまで引き寄せられていた。

サンはそこに立って、荷物を担いだ男たちをながめていた。ある者は大きい荷物、ある者は小さい荷物を背負って運んでいた。陸の側に数人の男たちがいて、陸揚げされる荷物や船に運び込まれる荷物の数を数えていた。荷物を運び終わった者たちはこの男たちからいくらかの賃金をもらうと、通りの人ごみの中に消えていった。

急にわかった。飢え死にしないために、荷物を運ぶのだ。それならおれたちにもできる。兄も弟も、そしておれも昔から重いものを担いできたではないか。ここには畑も田んぼもないが、おれたちは重いものを担ぐことはできる。おれたちは力持ちだ。

彼は急いで桟橋のたもとに体を丸めて寝ていたグオシーとウーのもとに戻った。起こす前に、しばらく彼は体を寄せ合って寝ている兄弟をながめた。

おれたちは犬のようなものだ。ほかの者たちに蹴られ、ほかの者たちが投げ捨てるもので命を繋いでいる。

犬が彼をみつけて走ってきた。

サンは犬を蹴らなかった。

11

その晩三兄弟は寝る場所がみつからず、桟橋で夜を明かした。犬が番犬となり、少しでも彼らに近づくものがいれば、うなり声を上げ、飛びかかった。それでも翌朝目が覚めたとき、彼らは竹の水筒がなくなっていることに気がついた。サンは腹を立ててあたりをきつい目で見回した。貧乏人は貧乏人から盗むのだ。空っぽの竹筒さえ、なにもない人間には盗むに値するものなのだ。

「これはいい犬だが、番犬としては役に立たない」とサンは言った。

「これからどうする？」ウーが訊いた。

「仕事をみつけなければ」サンが答えた。

「腹がへった」グオシーが言った。

サンは首を振った。グオシーは食べ物がまったくなくなったことを百も承知のはず。

「盗みはできない」サンが言った。「そんなことをしたら、あの岐路に吊るされていた三つの首と同じことになってしまう。まず仕事をして、それから食べ物を手に入れよう」

サンは兄と弟を男たちが重い荷物を運んでいるところまで連れて行った。犬もついてきた。

サンはその場所で、陸の側に立って男たちに命令している者たちをしばらく観察していた。それから決心して、小柄な肥った男に近づいた。その男は荷物を運んでいる者たちの動きが緩慢《かんまん》になっても決してぶたなかったからだ。

「おれたちは三兄弟だ。荷物を運ぶのに慣れている」

男は苛立った目をサンに向けた。その目は船底から荷物を肩に背負って運んでくる男たちから離れなかった。

「なんでこんなに貧乏人が広東にやってくるんだ？　おまえら、なんでここに来るんだ？　仕事をくれとしがみつくやつがあとを絶たない。こっちは人手が余ってるんだ。とっとと失せろ」

三兄弟は桟橋を歩いて、つぎの船、またつぎの船と仕事を請うて歩いたが、雇ってくれる者はいなかった。ここ広東では、職のない者はごまんといて、だれも相手にしてくれなかった。

その日、彼らが口に入れたのは、市場のそばの路上でさんざん踏まれた汚い野菜の切れ端だけだった。水は空腹な者たちが列をなしている井戸から飲んだ。その日もまた桟橋で寝た。サンは眠れなかった。腹に固い拳《こぶし》を押し当てて、空腹を我慢した。蝶の群れのことを思い出した。まるであの蝶たちぜんぶが彼の腹の中に入り込んで、無数の飛ぶ蝶が腹を内側から薄く鋭い羽でこすっているような感じだった。

それからまた二日、彼らは仕事を探して桟橋をうろついたが、仕事をくれる者はいなかった。二日目の夜、サンはもう三人ともこれ以上もたないと思った。踏みつぶされた野菜のあと、彼らはなにも口に入れていなかった。水しか飲んでいない。ウーは熱が出て、桶が重ねられている道路脇に横たわって震えていた。

サンは太陽が沈みはじめたとき、決心した。なにか食べなければ、死んでしまう。犬と兄弟を連れて、彼は同じように空腹な者たちが囲んでいるたき火のまわりに行った。

母親がなぜ犬を送ってくれたのか、いまわかった。サンは石を手に持つと、犬の頭を叩き割った。火のまわりの人間たちが押し寄せてきた。どの顔も痩せて引き攣《つ》っている。サンはその中の一人からナイフを借りると、犬の腹を裂き、体を切り分けて大釜の中に放り込んだ。腹が空いていて待てない者たちは、まだ生煮えの肉をがつがつと食いはじめた。サンは火のまわりの者たち全員に同じ分量の肉を分け与えた。

食べ終わると、彼らはまた地面に横たわり、目をつぶった。サンだけは横たわらずにたき火をじっと見ていた。明日はもう食べられる犬はいない。

両親の姿が目の底に焼き付いている。あの朝、木にぶら下がっていた姿だ。あの枝とあの縄は、いま自分の首の近くまで迫っているような気がした。

突然、だれかに見られていると感じた。暗闇に目を凝らす。たしかにだれかが立っていた。白目の部分が闇の中で光っている。男が一人、火のまわりに出てきた。サンよりは年上だが、年寄りというわけではなかった。ほほ笑んでいる。これはひもじい思いでうろついている貧乏人の仲間ではないとサンは思った。

「おれはズィ。あんたたちが犬を平らげたのを見た」

サンは答えず、相手がなにを言い出すのかと身構えた。見知らぬ相手の発するなにかが彼に不安を与えた。

「おれの名前はズィ・キァン・ザオ。あんたはだれだ?」

サンは不安になってあたりを見回した。

「ここはあんたの土地なのか?」

ズィは声を上げて笑った。

「いいや、そんなことはない。おれはただあんたを知りたいだけだ。ただ好奇心をもっただけさ。好奇心のない者によい未来はないからな」

「おれの名前はワン・サン」

「どこから来た?」

サンは人からものを尋ねられることに慣れていなかった。男を怪しく思った。この男、もしかするとおれを取り調べ、刑罰を与える役人なのではないか。もしかするとおれたち三兄弟は、貧乏人に対する目に見えない制限や約束ごとを破った罪で罰せられるのではないか?

サンは適当に反対側をあごでしゃくって答えた。

「あっちから。おれたちは長いこと歩いてきた。二つの大きな川を渡った」

「兄弟はいいものだ。あんたら、ここでなにをしている?」

「仕事を探している。だが、みつけられない」

「むずかしいからな。じつにむずかしい。こぼれた蜜《みつ》に群がるアリのように大勢の人間が町にやってくる。仕事をみつけるのは簡単なことじゃない」

サンは口から出かかっていた問いを呑み込んだ。ズィにはそれがはっきりわかったらしい。

「おれがぼろを着ていないから、なにで食っている人間だろうと疑っているんだな?」

「人の上に立つ人間に対して好奇心をもっているわけではない」

「いいや、べつに、訊いてもいいさ」と言って、ズィはサンの脇に座った。「おやじは小さな平底舟《サンパン》を幾艘かもっていた。ここの川で荷物を載せた舟を渡して商売していた。おやじが死んでからはおれともう一人の兄弟が仕事を受け継いだ。三番目と四番目の弟は海の向こうのアメリカという国に移った。白い人間たちの汚れ物を洗って、財を成したんだ。アメリカってのは、ずいぶんおかしな国だ。ほかのどの国で、人の汚れ物で金持ちになれる?」

「おれはそれを考えていた。その国へ行くことを」サンが言った。

ズィはそう言ったサンの顔を探るように見た。

「それには金がいる。大きな海をただでは渡れない。さて、それじゃ、今日はもうおやすみ。仕事がみつかるといいな」

ズィは立ち上がり、軽く頭を下げると暗闇に姿を消した。すぐにその姿は見えなくなった。サンは横になり、いまのは夢だったのだろうかと思った。自分の影に向かって話をしたのだろうか。まったく別人になった夢だったのか?

三兄弟は人の溢れる町を仕事と食べ物を求めてさまよい歩いた。もうサンは兄弟の腰にひもをまわしはしなかった。自分は二人の子どものいる動物のようだ、群れの中でいつも自分に寄り添ってくる二人の子どもの親のようだと思った。

彼らは港湾でも雑踏の街でもとにかく仕事を求めて歩いた。サンは兄弟に、仕事をくれそうな人の前に行ったら背中を伸ばして立てと言った。

「いいか。おれたちは丈夫に見えなくてはならない。腕や足に力がないように見える者に仕事を与える人間はいない。どんなに疲れて腹がへっていても、強くて丈夫そうに見えなくてはならないんだ」

彼らは人が捨てるものを拾って食べた。人が放り投げた骨を犬と争って手に入れたとき、サンは、自分たちはもう犬と同じだと思った。しっぽと四本足のある動物に成り下がってしまった。腕はないのと同じだ。怠け者ではないのに、仕事がないから腕を使って働くことができない。

蒸し暑い夜な夜な、彼らは桟橋の上に寝転がって寝た。夜、海のほうから町に向かって激しい雨が降ることがあった。そんなとき彼らは桟橋の下にもぐり込んだが、それでもびしょ濡れになった。グオシーとウーの機嫌が悪くなっていることにサンは気がついていた。日を追うごとに元気がなくなっていく。毎日がひもじさとの闘いだ。そしてにわか雨。だれにも必要とされていない、だれにも気づかれない存在になってしまっていた。

サンは日増しに広東は恐ろしい町だと思うようになった。毎朝、仕事を探して町を歩きはじめるとき、どぶ板の上に死人が横たわっている。ときにはネズミや犬が死人の顔を喰いちぎっていることもある。毎朝彼は、自分もまたこの広東の町で行き倒れるにちがいないと思った。

蒸し暑い日がまたもや一日過ぎたとき、サンはもうだめだと思った。空腹がすぎてめまいがした。もはや考えることもできなかった。かたわらで眠り続ける兄弟たちをながめながら、彼は初めてこのまま眠り続けて二度と目を覚まさないのがいいのかもしれないと思った。目を覚ましたところでなんの希望もない。

夜中、彼はまたもや例の三つの首の夢を見た。急にそれらは彼に語りかけてきた。だが、彼にはその言葉がわからなかった。

明け方サンが目を覚ますと、かたわらにズィが座っていた。パイプを吸っている。目を覚ましたサンに笑いかけてきた。

「ずいぶんうなされていたな。いやな夢を見ているようだった」

「切り落とされた首の夢を見た。その一つはおれのだったかもしれない」

ズィはしばらくサンをみつめてから言った。

「雇う人間は相手を選ぶ。おまえもおまえの兄弟もまったく丈夫そうには見えない。腹を空かせているのが見え見えだ。重いものを背負ったり引っ張ったりする仕事に腹を空かせている人間を雇う者はいない。とくにつぎつぎに新しく人がやってくる広東ではな。そのうえ、まだ腹を空かせていない、荷物の中にまだ食べ物をもっている人間がいれば、勝負にもならない」

ズィは話を続ける前に、パイプの中のタバコを叩いて落とした。

「毎朝死人が川に浮かんでいる。疲れ果てた人間たちだ。これ以上生きてもなんの意味もないと悟った者たちだ。シャツの中に石を詰め、あるいは足に重りをつけて川に沈む。広東は自ら命を絶つ人間たちのさまよえる魂でいっぱいの町になってしまった」

「あんたはなぜそんな話をおれにする？　おれはもうじゅうぶんに苦しんでいるのに」

ズィは打ち消すように手を挙げた。

「不安にさせるために言っているのではない。あんたに用事がなければ初めからこんな話はしない。いとこが工場を経営しているんだが、働き手の多くが病気にかかってしまった。もしかすると、あんたと兄弟たちを助けることができるかもしれない」

サンはいま聞いたことが信じられなかった。だが、ズィは言ったことをもう一度繰り返した。約束はできないが、もしかすると、仕事口を紹介することができるかもしれない。

「なぜ、あんたはわざわざおれたちを助けるんだ？」サンが訊いた。

ズィは肩をすくめた。

「人のやることの陰になにがあるかって？　それじゃ、やらないことの陰にはなにがある？いや、おれはたんにあんたを助けたいと思っただけかもしれんよ」

ズィは立ち上がった。

「わかったときに知らせにくる。おれは空約束をしてまわる人間ではない。守られない約束は人を絶望させることもあるからな」

ズィはサンの前に果物を少し置くと、立ち去った。サンは桟橋を歩いて、人ごみの中に入っていくその姿を見送った。

ウーは目を覚ましたときまだ熱があった。額に手をやってみると火のように熱かった。

サンはウーのそばに座った。向かい側にグオシーが腰を下ろした。

「ズィがこの果物を置いていった。この広東でおれたちにものをくれた最初の人間だ。もしかするとズィは神さまかもしれない。母さんがあの世から送ってくれた使者かもしれない。もしこれきり戻って来なかったら、嘘つきだとわかる。それまで、ここで待とう」

「あの男が戻って来るまでに、おれたちは飢え死にしてしまう」グオシーが言った。

サンは腹を立てた。

「文句を言ってる場合か」

グオシーはそれきり黙った。サンは待ち時間が短いことを祈った。

その日の暑さは一段と厳しかった。サンとグオシーは代わるがわるウーのために水を運んできた。サンは市場の地面に捨てられた野菜の根っこをみつけてきた。三人はそれを噛み締めて飢えをしのいだ。

夜になり暗くなってもズィはやってこなかった。そのころにはサンも不安になった。ズィはもしかすると偽りの約束をして人を死に追いやるような人間かもしれない。

そのうち、起きているのはサンだけになった。火の近くに座り、闇の中から聞こえてくるあらゆる音に耳を澄ましていた。ズィが来たことにはまったく気づかなかった。突然彼はサンの後ろに立っていた。サンは驚いて振り返った。

「兄弟を起こせ。仕事がみつかった。すぐに出発しなければならない」

「ウーは具合が悪い。明日まで待てないか？」

「明日ではほかの人間に仕事をとられてしまう。いま行くか、やめるかのどっちかだ」

サンは急いでグオシーとウーを起こした。

「起きるんだ。仕事がみつかったぞ」

ズィが暗い通りを先に立って歩いた。サンはズィが通りに寝ている人間を踏みつけて歩いていることに気づいた。ズィは片手でグオシーの手を握っていた。サンはウーの体に手を回し支えて歩いた。

まもなく海の臭いが鼻をついた。もうだいじょうぶだ、と感じた。

つぎの瞬間、すべてが一変した。闇の中から見知らぬ男たちが現れ、腕を押さえつけ頭から袋をかぶせようとした。サンは殴りつけられて地面に転んだが、抗い続けた。ふたたび押さえつけられたときも相手の腕に嚙みついて身を振りほどいた。だが、それでもしまいには押さえつけられた。

そのときウーの苦しそうな叫びが近くで聞こえた。揺れる提灯《ランタン》の光で、弟が地面に倒れているのが見えた。胸に刃物が刺さっている。男がそれを胸から抜いて、ウーの体を水に放り投げるのが見えた。まもなく体は流れの中に見えなくなった。

弟は殺されたのだとわかった。守ってやることができなかった。その瞬間、後ろから頭を強く殴られ、意識を失った。サンはグオシーといっしょにボートに乗せられ、桟橋の先で待っていた大きな船に乗せられた。

一八六三年の話である。何万人もの貧しい中国の農民が攫《さら》われてアメリカへ連れて行かれた年だった。アメリカは大きな口を開けて彼らを呑み込んだ。彼らを待ちかまえていたのは、いつの日か解放されたいとあれほど願った重労働だった。

大きな海を越えて攫われていった。だが貧しさはどこまでも彼らについてまわった。

12

目覚めたとき、そこは暗闇だった。サンは身動きできなかった。片手でおそるおそる触ってみると、体は竹の籠《かご》の骨に縛り付けられていた。やっぱり地主の雇い人のファンが追いついて、おれは捕まえられたのかもしれない。いま狭い竹籠に入れられて、村に運び戻されるところかもしれない。

いや、それにしてはおかしなところがあった。籠は揺れてはいるが、棒で上から吊るされているようではない。暗闇に耳を澄ますと、かすかに水の音が聞こえた。船だ。船に乗せられているのだ。グオシーはどこだ？　真っ暗な中で、あたりがなにも見えなかった。声を上げようとしたが、低いうめき声しか出せない。口にさるぐつわをはめられていた。パニックに襲われた。狭い籠の中に座らせられていて、足も腕も伸ばすことができなかった。背中を籠の檻に当てて自由になろうともがいた。

突然光がまぶしく入ってきた。何者かが籠の上にかけられていた厚い布を外した。上を向くと籠の上に空があった。青空と雲が見えた。籠の檻に近づいた男の顔には大きな刀傷があった。縮れた髪の毛を後ろで縛っている。つばを吐き、手を伸ばして、サンのさるぐつわを外した。

「さあ、叫べ。海の上じゃ、だれにも聞こえねえぞ」

船乗りの言葉はどこかの方言で、サンにはほとんどわからなかった。

「ここはどこだ？　グオシーは？」

船乗りは肩をすくめた。

「もう少ししたら、陸からじゅうぶんに離れる。そしたら籠から出してやる。そのときはいっしょに船旅をしているおまえの仲間と話ができるぞ。いままでの名前は忘れろ。これからおまえらには新しい名前をやるからな」

「どこへ向かっているんだ？」

「ハハハ、天国だよ、天国！」

船乗りは高笑いし、檻の上にのぼって、いなくなった。サンはあたりを見回した。サンが入れられているのと同じような籠が無数にある。そのどれもが分厚い帆布で覆われている。突然たまらないほどの孤独を感じた。ウーとグオシーはもういない。そして自分は獣のように檻に入れられ、どこか知らないところへ連れて行かれる。自分の名前さえなくなるのだ。

のちに、サンはこのときの時間を生と死を分かつ細い線として思い出す。もう生きる希望はなかった。かといって、自殺することもできなかった。

この状態がどれほど続いたのか、彼にはわからなかった。しまいに頭の上の蓋が開けられ、船乗りたちがロープを伝って下りてきた。帆布を外して檻を開けると、立てと命じた。手足が固まって動けなかったが、サンはしまいになんとか立つことができた。

グオシーの姿が目に入った。船乗りに蹴られて檻から出されている。サンはよろめきながらグオシーの檻のほうへ歩きだした。何本もの鞭《むち》が飛んできた。兄に手を貸したいのだと彼は懇願した。

檻から出された者たちは甲板に追い立てられ、足に鎖をつけられた。サンにはわからないさまざまな方言で話す船乗りたちは、刀を抜いて囚われ人たちに目を光らせた。重い鎖に繋《つな》がれて、グオシーはほとんど立つことができなかった。その額に大きな傷ができていた。一人の船乗りがやってきて、その額に刀の先を当てた。

「兄は頭が痛いんだ。だがすぐによくなる」サンは言った。

「おまえの言うとおりだといいがな。生きていてくれないとこっちが困る。死んだら、二人とも海に放り込むぞ。たとえおまえがまだ生きていたとしてもな」

サンは深く頭を下げた。それから高く巻かれたロープの陰にグオシーを座らせた。

「おれがついている。必ず助けるからな」

グオシーは血走った目で弟を見た。

「ウーはどこだ？」

「眠っている。心配するな」

グオシーはまたうとうとと眠りはじめた。サンはこっそりあたりを見回した。高い帆柱が三本、それに大小の帆がいくつも張られている。まわりは海。陸はどこにも見えなかった。太陽の位置から、船が東に向かっていることがわかった。

長い鎖に繋がれた男たちは半裸で、みんな一様に痩せていた。あきらめながらも、ウーの姿を探さずにはいられなかった。やはりウーはいない。広東で殺されて置き去りにされたのだ。船が進むごとに、広東から遠ざかる。

サンはかたわらの男を見た。片目が腫れ上がり、額が大きくざっくりと割れていた。斧《おの》か刀で斬りつけられた痕だ。話をしてもいいのか、話したら船乗りたちに殴られるのかわからなかったが、鎖で繋がれた者たちが声を落として話をしているのがあたりから聞こえる。

「おれはサンだ」彼は小声で話しだした。「兄弟三人が夜中に襲われて捕まった。目が覚めたときには船の上だった」

「おれはリュー」

「なぜこんな怪我を？」

「ばくちで家屋敷も財産も仕事道具もすべて失った。おれは木彫り職人だ。なにもかもなくなると、やつらが追ってきた。逃げたが捕まえられ、気がついたときはすでに陸を離れていた」

「どこへ向かっているんだ？」

リューはつばをペッと吐き、鎖に繋がれた手で腫れ上がった片目にそっと触れた。

「あたりを見回してわかった。おれたちはアメリカに向かっているんだ。死にに行くってことだ。この鎖から抜け出せれば、海に飛び込むんだが」

「泳いで戻るのか？」

「馬鹿かおまえは。飛び込んで死ぬんだよ」

「骨がみつからないではないか」

「指を一本切り落として中国に持って帰って埋めてくれとだれかに頼むつもりだ。少しだが金を持っているからな。おれの骨がぜんぶ海に沈んでしまわないように金を払って頼むつもりだ」

銅鑼の音が鳴り響き、話が中断した。全員が甲板に座るように言い渡され、米飯の入った器を手渡された。サンはグオシーを起こして、自分のものを食べるより先に食べさせた。古い腐った飯だった。

「臭い飯でも、食べるんだ」リューが言った。「死んだらなにもかもおしまいだ。おれたちは始末される前の家畜と同じだよ」

サンは目を大きく開いた。

「おれたちは獣のように殺されるのか？　知ってるのか？」

「長く生きてきたからな。この先になにが待ちかまえているかがわかるほどの話は聞いてるさ。向こうの陸にはおれたちを買い上げた者たちが待ちかまえているんだ。鉱山へ送り込まれるか、地面に鉄を敷くために砂漠へ送り込まれるかだ。鉄というのは、腹に煮えたぎる大釜を抱えて走る機械のために地面に敷く鉄の道のことだ。いまはこれ以上訊くな。そもそも貧乏小作人のおまえにこんな話がわかるはずもないからな」

リューは体を横にして眠りはじめた。サンは悔しかった。おれが自由な身だったら、決してこんなことを言わせなかっただろう。

夜は風が止んだ。帆が帆柱にたるんでいた。ふたたび腐った飯と水が一杯、そして固くてほとんど歯が立たないパンが手渡された。それから排泄するために船縁《ふなべり》につかまって尻を海の上に突き出した。サンは船縁をつかむグオシーの手を上からしっかり押さえた。あまりにも力が弱いので、手を離した兄が鎖に繋がっているほかの者たちも道づれにして海に落ちてしまうのを心配したからだ。

船乗りの一人は船長で、黒っぽい制服を着た白い肌の男だった。広東の町で見かけた駕籠《かご》に座っていた男と同じように白かった。その男がグオシーにサンといっしょに甲板に残って、ここで寝ろと命じた。彼らは帆柱にしっかりと縛り付けられた。ほかの者たちはまた船底に戻され、船底への蓋が閉められた。

サンは帆柱に寄り掛かって、船乗りたちが鉄の火鉢を囲んでパイプを吸うのをながめた。船はゆっくりときしみ音を立てながら前に進んでいった。ときどき船乗りのだれかがやってきて、サンとグオシーが縄をほどこうとしていないか点検した。

「あとどのくらいだ？」サンが訊いた。

船乗りたちはしゃがみ込んでパイプを吸っていた。甘い香りが漂った。

「わかんねえな。短くて七週間、最悪三カ月だ。逆風だったら、そして悪霊がこの船につきまとっていたらな」

サンは一週間という言葉を聞いたことがなかった。月という言葉も。時間をそのように計る習慣がなかった。村では日と季節で時《とき》を言い表した。それでも、その船乗りがこの旅は長くなりそうだと言おうとしているのはわかった。

船はそれから数日、帆をぶら下げたまま、停まっていた。船乗りたちは苛立ち、理由もなく鎖に繋がれた者たちを殴ったり蹴ったりした。グオシーはゆっくり回復していった。ときにはあたりの状況を訊くほどにはっきりと意識が回復した。

朝夕、サンは陸地を探した。だが、どこまで行ってもそこは大海原で、たまに海鳥が飛んできてはまた行ってしまうだけだった。

彼は毎日、縛り付けられている帆柱に印を刻んでいた。十九の線ができた日、海は大荒れになった。嵐の間、二人は帆柱に縛り付けられたまま大波が襲ってくるのをしのいだ。海の荒れかたはひどく、サンは船がまっ二つに割れて沈没してしまうのではないかと思った。この嵐の間、サンとグオシーは腰に綱を巻いた船乗りが口に突っ込んでくれた乾パンを一度食べたきりだった。船底からは悲鳴とうめき声が続いた。

三日間荒れに荒れた海は、ようやく四日目に静まり、凪《なぎ》になった。一昼夜、船は動かずにいたが、そのうちに風が吹き出し、船乗りたちは大喜びした。帆が張られ、船底からは鎖に繋がれた囚われ人たちが這い上がってきた。

その姿を見て、サンは甲板にいるほうがまだ船底よりはましなのだと思った。船乗りや船長が様子を見にきたら、まだ具合が悪いふりをしろとグオシーに言った。兄のことを訊かれると、額の傷は癒えかけているが、まだ治っていないとサンは答えた。

嵐から数日後、船乗りたちは密航者をみつけた。怒り狂った船乗りたちはその男を甲板に引きずり出した。だがその怒りはすぐに歓声に変わった。それは男の格好をした若い女だった。船長が割って入り、ピストルで威嚇《いかく》しなければ、男たちは女に飛びかかっていただろう。船長はサン兄弟が縛り付けられている帆柱にその女を繋ぐことを命じた。すでに女に飛びついていた男が一人いたが、見せしめに船が上陸するまで毎日鞭で打たれることになった。

女はまだ十八、九の娘だった。夜になってやっと静かになり、甲板に見張りがほとんどいなくなったとき、サンが小声で話しかけた。娘は目を伏せたままほとんど聞こえないような低い声で答えた。スン・ナという名前だった。サンはなにも言わずにグオシーの具合が悪いときにもらった古い毛布を与えた。スン・ナは横になると頭からその毛布をかぶった。

翌日、船長が通訳といっしょにやってきた。スン・ナの方言はサンの言葉に近かった。声が小さくて、彼女の言葉はほとんどサンの耳まで届かなかった。それでも、両親が死んで、親戚から恐ろしい地主の妾《めかけ》に送り込まれると聞き、その地主がそれまで何人もの若い妻たちをいたぶっているのを知っていたので、広東に逃げたということは聞き取れた。アメリカへ行こうとして広東の港に停まっていた船にもぐり込んだ。アメリカにはすでに姉が住んでいる。だれにもみつからずにいままで隠れていた。

「おまえを殺しはしない」と船長は言った。「アメリカに姉がいるかどうかなどどうでもいい。だが、アメリカには中国人の女は少ない」

そう言いながら、船長は銀色の硬貨を弄んだ。

「おまえはこの船旅の特別の収穫だ。おまえにその意味はわからんだろうが、それでいいのだ」

その晩サンはスン・ナにいろいろ尋ねた。ときどき船乗りたちがやってきては好色な目つきで彼女をねめ回したが、彼女はひたすら毛布の下に身を隠していた。そして言葉少なに答えた。出身の村はサンの聞いたことのないものだったが、あたりの景色やその村を流れる川の特別の色を聞いたとき、サンは自分の村からさほど遠くない村だとわかった。

彼女はまるで一度に話すだけの力がないかのように、ぽつんぽつんと話した。話をするのは、あたりが暗くなってからだけだった。日中は毛布の中にひたすら隠れ、男たちの目から逃れた。

船は航海を続けた。サンは帆柱に印を付け続けた。船底に閉じ込められている男たちはしだいに悪臭と狭さのために弱っていった。すでに二人の男が破れた帆布に包まれて海に投げ捨てられた。なんの弔《とむら》いの言葉もなく、死体を呑み込む海に向かって頭を下げる者もいなかった。船の真の進め手は死神だった。風の向き、海流、波の高さ、あるいは船底から運び出され海に捨てられる人間を選び出すのも死神が決めていた。

サンはスン・ナに近寄る者がいないように目を光らせ、夜彼女の耳に顔を近づけて励ましの言葉をかけ続けた。数日後、新たにもう一人、男が船底から運び出された。サンとグオシーは甲板から男が海に放り投げられるのを見ていた。顔は見えなかった。だが、死体が海に沈むと、船乗りがやってきて、小さな包みを差し出した。

「あいつがおまえにとさ」

「あいつって?」

「名前など知るか」

サンはその布の小さな包みを受け取った。開けてみると、中に切り取られた親指が入っていた。死んだのはリューだったのだ。もうだめだと思ったとき、自分の指を切り取って、船乗りに金をやってサンに渡してくれと頼んだにちがいない。

サンは誇りに思った。人間がほかの人間に与えることができる最大の信頼を得たのだ。リューはサンがきっといつの日か中国に戻ると思ったのだ。

サンはしばらく指をみつめていたが、そのうち指に付いている皮膚と肉を、繋がれている足の鎖にこすりつけて少しずつきれいにしていった。そうしているのをグオシーに見られないようにした。

骨だけにするのに二日かかった。雨水で洗って、シャツの縫い目に差し込んで隠した。金は船乗りが横取りしたのだろう。だが、頼まれたことは必ず実行すると心に誓った。

二日後、また一人船上で人が死んだ。今回は船底の囚人ではなかった。死んだのはこともあろうに船長だった。これから向かうところには船長のような肌の白い人間が本当にたくさんいるのだろうかという思いでサンが見ていた人間だ。まるで見えない拳《こぶし》で突然に殴られたかのように、船長ははっと息を呑み込んでばったり倒れ、そのまま動かなくなったのだ。船乗りたちは船首から船尾から駆け寄ってきた。船長の名前を呼び、ゆすり動かしたが、意識は戻らなかった。翌日、船長も海の底に沈められた。だが今回は、船長の体は星と線の模様のついた旗に包まれて静かに海に下ろされた。

船長の死後、風がふたたびぱったり止んでしまった。まるで船の乗組員たちの苛立ちが不安と恐怖に変わってしまったかのようだった。船乗りたちの中には、悪霊が船に取り憑いて船長を殺し、風を止めてしまったのだと言う者もいた。食べ物と飲み物も底をつきはじめた。けんかや殴り合いもしばしば起きた。船長が生きていたときは、そのようなことはすぐさま厳罰に処されたものだ。船長のあとを継いで責任者となった機関士は決断力のない者らしかった。サンは船の中に広がるなんとも言えない不穏な空気に不安を覚えた。帆柱につけた日数を数える跡はどんどん増えていった。どれだけの時間が経ったのだろう。いったいこの海はどれだけ広いのだろう。

凪になった晩、サンは甲板に忍び寄る足音で目が覚めた。数人の男たちがスン・ナの縛られている縄をほどいていた。驚いたことに男たちは彼の目の前で手すりに彼女を連れて行き、着ているものを剥いで、強姦しはじめた。船乗りはつぎからつぎへと増えていく。列をなして自分の番を待っている。サンはなすすべもなく、目を覆うばかりの光景を見ているよりしかたがなかった。

そのとき、グオシーが目を覚ました。なにが起きているかがわかったとき、彼の口から低いうめき声が漏れた。

「目をつぶるんだ。これでまた病気になったりするんじゃないぞ。こんなことを見たら、気が狂わずにはいられないからな」

男たちが終わったとき、スン・ナはまったく動かなかった。男たちは彼女の首に縄をかけて、その裸の体を帆柱に吊るし上げた。足がピクピクと動き、彼女は手を伸ばして縄を緩めようとしたが、力が足りなかった。しまいに動かなくなった。すると男たちは彼女の体を裸のまま海に投げ捨てた。帆布に包むことさえせず、ただ裸の体をそのまま放り投げた。サンはうめき声を食い止めることができなかった。船乗りの一人がその声に気づいた。

「おまえの女が恋しいか？」船乗りの一人が訊いた。

サンは自分もまた海に放り投げられるような気がして怖くなった。

「自分に女などいない」

「凪になったのはあの女のせいだ。船長が死んだのもあの女がかけた呪いのせいだ。女がいなくなったから、風がもうじき出てくるぞ」

「それならば、女を海に投げ捨てたのは正しい」サンが言った。

船乗りはサンのあごをぐいとつかんだ。

「怖いだろう。怖がっているから嘘をつくんだ。だが、おれたちはおまえを海に投げ捨てたりしないから、安心しろ。おまえがなにを考えているのか知らんが、できればおれの男根を切り落としたいと思っているんだろう。おれのだけでなく、おれたちぜんぶのな。帆柱にくくりつけられて動けなければ、とんでもないことを考えているにちがいないからな」

男はせせら笑いながら、スン・ナが身につけていた白い布をサンに投げた。

「においは残っているだろうよ。女のにおい、死のにおいが」

サンは布をたたむとシャツの内側にしまい込んだ。いまサンは死んだ男の親指の骨と若い娘の悲惨な最期のときを刻んだ布を身につけた。これほど重いものはいままで一度も持ったことがなかった。

グオシーは決してそのとき見たことを話さなかった。サンは、このままでは決してこの船は陸まで到達しないだろう、人生はもう終わったも同然だと思うようになった。夢で、顔のない人物が自分の体から肉をはぎ取り、骨だけにして、はぎ取ったぼろぼろの筋などを海鳥に投げ与えているのを何度も見た。目を覚ますと、相変わらず帆柱に縛り付けられていた。あまりに恐ろしい夢のあとで、現実はむしろ安全にさえ感じられた。

風が吹き、船は快適に走っていた。ある日の明け方、見張りのいる帆柱から歓声が聞こえた。その声でグオシーも目を覚ました。

「あの声はなんだ?」グオシーが訊いた。

「あり得ないことが起きたのだと思う」と言って、サンは兄の手を握った。「陸が見えるんじゃないか?」

波の先に一筋横に黒い筋のようなものが見えた。それがしだいに大きくなり、海の上に大地が現れた。

二日後、船は大きな港まで来た。そこには煙を吐き出している蒸気船や彼らがかどわかされて乗せられてきたような帆船が、長い埠頭《ふとう》に無数に停泊していた。囚われ者たちは全員甲板に並ばせられた。大きな浴槽が用意され、石鹸を渡されて、船乗りたちに監視されながら体を洗った。適当に手を抜いたりしようものなら、船乗りたちの手が伸びてゴシゴシと男たちの体を洗った。ひげを剃り、食べ物もそれまでにないほどの量が与えられた。すべての準備が整うと、足の鎖の代わりに手錠がはめられた。

船はまだ港の外にいて、停泊しているわけではなかった。サンとグオシーはほかの者たちとともに甲板の上から広い港をながめた。港の上の丘にある町は決して大きくはなかった。サンは広東のことを思い出した。広東に比べれば、この町はほんの小さな田舎の村のようなものだった。この国の川底は金の砂で覆われているというのは本当だろうか。

夜になると、二艘の小舟がやってきた。船からはしごが下ろされた。サンとグオシーは最後に下ろされた組に入っていた。彼らを迎えた人間はみな白人だった。無精髭を生やし、汗臭かった。中には酒臭い者もいた。気が短く、動きの遅いグオシーを小突いたりした。港に停泊している船には大きな煙突があって、黒い煙を吐いていた。サンは帆柱に日にちを刻んだ船が暗闇の中に遠ざかるのをながめた。これで故郷と少しでも縁のあるものはなくなった。

サンは星空を仰いだ。いま彼の頭上に広がる星空は、故郷の星空とはちがっていた。同じ配置ではあったが、位置がちがう。

天涯孤独という意味がわかったような気がした。頭上の星からさえも見捨てられた気分だった。

「これからどこへ連れて行かれるんだろう?」グオシーが訊いた。

「わからない」

陸に上がったとき、彼らは思わず手を取り合った。足元がぐらぐらした。長い間船に乗せられていたので、動かぬ地面に立ったとき平衡感覚が狂っていたのである。そのまま暗い部屋に押し込まれた。猫の小便の臭いと恐怖感が詰まっている部屋だった。白人のような身なりをした中国人がやってきた。そのそばには二人の中国人が立ち、強力な光を放つ石油ランプを掲げた。

「おまえらは今晩ここに泊まる」白人のような中国人が言った。「明日出発する。逃げるなよ。大声を上げたら、おまえらの口を縛り上げる。それでもまだうるさかったら、舌をちょん切るぞ」

男は手に持った刀を高く上げた。ランプの光がぎらりと反射した。

「おれの言うとおりにすればすべてうまくいく。言うとおりにしないと、ひどい目に遭わせるぞ。こっちには人間の舌が好物の犬もいる」

男は刀をベルトに差し込んだ。

「明日食べ物をくれてやる。心配するな。まもなく仕事を始めることができるからな。ちゃんと働けば、いつか大金持ちになって故郷に戻れるぞ」

男はランプを掲げた手下たちといっしょに部屋を出ていった。暗闇に残された者たちは恐怖から一人として話をする者はいなかった。サンはグオシーにいまは眠るのがいちばんだとささやいた。翌日がどんな日になろうとも体を休めておかなければ。

サンはすぐに眠りに入った兄のそばでしばらく考えた。まわりからは眠っている者たちからも起きて考えている者たちからも、不安そうな息づかいが聞こえてくる。冷たい壁に耳を押し当てて、外の音を聴こうとしたが、壁は厚く、外からの音を通さなかった。

「向かえにきてくれ、ウー」とサンは暗闇に向かって話しかけた。「たとえ死んでいるとしても、兄弟の中でおまえだけが中国に残ったのだから」

翌日、馬車の荷台に詰め込まれ上から布で覆われて、彼らは移動した。上陸した町を見ることもなく、町の名前も知らぬまま離れた。砂地にほそぼそと草ばかりが生えている乾燥地帯に来たとき、銃を持った男たちは馬車を覆っていた布を外した。

日が照っていたが、空気は冷たかった。サンの目に馬車が幾台も連なり、キャラバンとなって乾いた土地を横断しているのが映った。行く手遠くに山脈が見えた。

「どこへ向かっているんだろう?」グオシーが訊いた。

「わからない。何度も訊くなと言っただろう。わかったときに教えるから」サンが答えた。

彼らは山に向かって何日も旅を続けた。夜になると円陣を組んだ馬車の下に寝た。日を追うごとに寒くなっていった。サンは、このまま自分たちは凍え死ぬのかもしれないと思った。

彼の心はすでに凍りついていた。重い、恐怖に張り裂けそうな氷の心臓だった。

13

一八六四年三月九日、グオシーとサンは鉄道を敷くのに邪魔になる岩山を砕破する作業を始めた。鉄道は北アメリカ全土を横断する予定で工事が進められていた。

その冬、ネヴァダ州はかつてないほどの厳寒で、吸い込む空気がもはや空気ではなく氷の塊に感じられるほどだった。

サンとグオシーはそれまでは西で働いていた。土が柔らかく鉄道を敷くにはここより楽だった。前の年の十月、サン兄弟が広東から鎖に繋《つな》がれてほかの連中といっしょに着いた終点には、断髪して白人と同じ格好をし、胸に時計の鎖を下げた中国人ワンがいた。いつもはおとなしいグオシーが突然大声で苦情を訴えたのにサンは驚いた。

「おれたちは襲われ、捕まえられて、船に乗せられたんだ。むりやりここに連れてこられたんだ」

サンは観念した。目の前にいる男は、こんな言葉を聞き逃すはずがない。ベルトに挟んでいる武器を取り出して、おれたち二人を撃ち殺すにちがいない。

だが、そうはならなかった。ワンは、まるでとんでもなくおかしなことを聞いたように笑いだした。

「おまえらは犬と同じだ。ズィは言葉を話す犬を何匹か送り込んできたわけだ。おまえらはアメリカまで来た船賃を払い終わるまでここで働くんだ。船賃だけじゃない、餌《えさ》とサンフランシスコからここまでの運賃もだ。働いて返すんだ。三年働いたら自由にしてやる。だがそれまではおまえらはおれのものだ。この砂漠からは逃げられないぞ。オオカミはいるし、熊もいる。インディアンもな。やつらはおまえらの喉を掻き切り、頭を叩き割ってまるで卵をすするように脳みそをすすって食べてしまうぞ。それでも逃げたら、おれにはおまえらを決して逃さない逃亡者狩り専門の犬がいるということを忘れるな。捕まえたら鞭《むち》打ちだ。そしてもう一年、働かなければならない。わかったか」

サンはワンの後ろに立っている男たちを見た。犬を繋いだ革ひもを手に持ち、もういっぽうの手には長い銃を持っていた。大きなあごひげを蓄えたこれらの屈強な白人男たちが中国人に使われていることにサンは驚いた。ここは中国とはちがうらしい。

深い谷底にテントが張られ、そこで寝起きした。近くに川が流れていた。

川の片側は中国人、もういっぽうはアイルランド人、ドイツ人、ほかのヨーロッパ人の住み処となった。二つの住み処の間には諍《いさか》いが絶えなかった。川の流れが境界線となり、中国人は決してそこを渡ることはなかった。いつも酔っぱらっているアイルランド人は川の向こうから罵声《ばせい》を浴びせ、石を投げてきた。サンとグオシーには彼らの言葉はわからなかったが、飛んでくる石は鋭いものだった。彼らの叫ぶ言葉が石とは別の意味合いをもつとは考えられなかった。

サンたちのテントにはほかに十二人の中国人がいた。同じ船で来た者はいなかった。ワンはきっと以前からいる者と新米を交ぜて、ここの規則やタブーを教え込ませようとしているのだろうとサンは思った。テントは狭かった。寝るときは体を寄せ合わなければならなかった。寒さをしのぐには効果があったが、寝返りを打つこともできず、まるで縛られているのと同じだった。

住み処のボスはクスという、痩せた、歯がぼろぼろの男だったが、みなに一目置かれていた。サンとグオシーに寝る場所を教えてくれた。どこから来たのか、どの船に乗せられたのかと訊いたが、自分のことはしゃべらなかった。サンの隣に寝る男はハオと言い、ハオはサンに、クスは数年前に大陸横断鉄道工事が始まったときから工夫をしているらしいとささやいた。一八五〇年代にアメリカにやってきて、最初は金鉱で働いていたが、噂によれば、クスは川から金を掬《すく》うのには失敗した。代わりに金鉱労働者たちのための掘っ建て小屋を数軒買った。だれもほしがらないような粗末な掘っ建て小屋一軒を二十五ドルで買い上げ、狂気の沙汰だと当時笑いものになった。だが、クスは床に落ちた砂をていねいに掃き集めた。時が経ち、彼はガタのきた床板を剝がし、床下の砂をていねいに漉した。数年間で、こぼれ砂からじゅうぶんな砂金を集め、小金を貯め込み、サンフランシスコに戻った。広東に戻ることに決め、蒸気船の切符まで買った。だが、出発の日までのひまを持て余し、賭博場に出入りし、すっからかんになってしまった。しまいには船の切符まで賭けて取られてしまった。そのときセントラル・パシフィック鉄道会社に行き、第一回の鉄道工夫の一人になった。

これらはすべてハオから聞いた話だった。クスはなにも語らないのに、なぜハオがこれらのことを知っているのかは謎だったが、ハオはこの話は一言一句すべて本当だと言った。

クスは英語を話した。サンはクスの説明で、川の向こう側で叫んでいるアイルランド人たちの言葉の意味を知った。クスは軽蔑に満ちた顔でこう言った。

「やつらはおれたちを〝チンク〟と呼ぶ。侮蔑に満ちた言葉だ。酔っぱらうとおれたちを〝ピッグ〟と呼ぶ。豚という意味だ」

「なぜおれたちをそんなに憎むんだ？」

「おれたちがよく働くからさ。一生懸命働く、酒を飲まない、あきらめない。そのうえ皮膚が黄色い。目が吊り上がっている。やつらは自分たちとちがう人間を憎むんだ」

毎朝、サンとグオシーはそれぞれ手にカンテラを持って峡谷を上っていった。凍って滑る地面から、それまでも谷底まで落下した者がいた。それで足を折った者たちが二人、食事係にまわされていた。サンたちは長い一日の仕事から帰ると彼らの用意した食べ物を食べた。中国人と川向こうの人間たちとは労働する場所が離されていた。両方とも毎朝峡谷の上まで上り、それぞれの仕事場に行った。班長はこの二つのグループが近づきすぎないように目を光らせた。ときに中国人たちが棍棒を持ち、アイルランド人たちがナイフを抜いて川の真ん中でけんかになることもあった。そういうときはあごひげの用心棒たちが馬で駆けつけて二つのグループを引き離した。ときにはひどい怪我をして死ぬ者もいた。アイルランド人の頭を叩き割った中国人はその場で撃ち殺され、中国人をナイフで刺したアイルランド人は鎖に繋がれた。クスはテントに住む中国人たちに、けんかをするな、石を投げてくるアイルランド人たちには近づくなといつも注意した。おまえたちはこの国の住人ではない、まだ客人なのだと口癖のように言った。

「いいか、待つんだ。いつかやつらにおれたち中国人がいなかったら鉄道は絶対に完成しないということがわかる日がくるだろう。いつの日か、きっとすべてが変わる」

夜遅く、テントの中でグオシーはサンに、クスはなにを言おうとしているのだろう、と訊いた。だがサンもクスの真意はわからなかった。

海の近くから乾いた土地へ移動してきたのだが、ここのほうがずっと寒かった。クスのかけ声で朝起きると、彼らは監督の機嫌をうかがいながら仕事に急いだ。少しでも彼の機嫌を損ねると、十二時間という労働時間がもっと引き延ばされるからだ。寒さはどんどん厳しくなっていった。毎日のように雪が降った。

みなに恐れられているワンはときどき姿を現した。最初におまえらはおれのものだと言った男だ。いつも前触れもなくやってきて、いつのまにか突然いなくなった。

兄弟はレールと枕木を敷くための土堤を作る作業を割り振られた。あたりには彼らが作業している姿が見えるように、また凍りついた地面を温めるために火が焚かれ、馬に乗った用心棒がつねに彼らを監視した。筒の長い銃を持った白人の男たち。防寒のため、オオカミの毛皮を着、帽子の上からショールをかぶって首のまわりで縛っていた。クスから、彼らに話しかけられたときはいつも「イエス・ボス」と答えるのだと教えられた。たとえ話がわからなくても。

火は数キロメートル先にも見えた。そこではアイルランド人たちがレールと枕木を敷いていた。ときには蒸気を吐き出す機関車の音が聞こえることもあった。サンとグオシーはこの真っ黒い巨大な機械を龍とみなしていた。母親が話してくれた火を吐く怪物は極彩色だったが、それでもこの真っ黒でぴかぴかに磨き立てられた怪物こそ母親が話していた龍にちがいないと二人は思った。

労働は過酷だった。一日の長い仕事が終わると、谷底まで降りていくのがやっとだった。食べて寝るだけで精一杯だった。サンはグオシーに冷たい水で体を洗おうと誘った。洗わないと自分の体から悪臭が立ちのぼった。だが、冷たい川のほとりまで行って半裸になって震えながら体を洗うのは、ほとんどいつも彼一人だった。ほかに体を洗う者がいれば、それは決まって新参者たちだった。しかし、体を清潔に保ちたいという思いは、重労働の中でしだいに薄れていった。しまいにはサンも体を洗わないまま寝床に倒れ込むようになった。テントの中で、サンは自分たちの体から発する臭いに鼻をつまんだ。自分もまたなんの価値も、希望もない存在にしだいに変わっていくような気がした。うとうとしながら父親と母親の夢を見た。故郷の地獄と異国での地獄。いま彼らは両親でさえも知らなかったような地獄を経験している。おれたちが広東に向かって出発したときに胸に抱いていた夢の結末はこれだったか。貧乏人には逃れる道もないのか。

その晩、眠りに落ちる前、生き延びるには、ここから逃げ出すよりほかないとはっきり思った。毎日、やせ細った仲間が死に、運び出されていくのを見る。

翌日彼は隣に寝ているハオにこのことを話した。ハオは静かに聞いた。

「アメリカは大きな国だ。たしかに大きな国だが、おまえとおまえの兄が隠れることができるほど大きくはない。本気なら、中国まで逃げる覚悟で逃げるんだ。さもなければ、早晩捕まってしまう。そうなったらどうなるかは言うまでもない」

サンはこのハオの言葉をよくよく考えた。この考えを兄に話すのは早すぎる。ときが熟していなかった。

二月の末、ネヴァダ砂漠に大雪が降った。十二時間も降り続き、雪は一メートルも積もった。悪天候が止んだとき、気温はぐんと下がった。一八六四年の三月一日の朝、彼らはテントの上に積もった雪の中から這い出さなければならなかった。凍りついた川の向こう側のアイルランド人たちの被害は少なかった。そこは山の陰になっていて、雪が降り込まなかったのだ。川向こうに立ったアイルランド人たちは、シャベルを持ってテントから雪を払い、谷の上までの道の雪掻きをしている中国人を見て、膝を叩いて笑いこけた。

すべてが不公平だ。雪さえも公平には降らない。

グオシーを見た。疲れ切っている。シャベルを持ち上げることもできないほどだった。だが、サンは決心した。白人たちの新年までは必ず生き延びる、と。

三月のある日、初めて黒人たちが渓谷の鉄道敷設作業場にやってきた。彼らは中国人たちと同じ側にテントを張った。サン兄弟はそれまで一度も黒人を見たことがなかった。薄着の彼らはサンがそれまで見たこともないほど震え、凍えていた。大勢の黒人が数日間に死んだ。体が衰弱していたので、暗闇に倒れたまま、春になって雪が解けてから発見された。黒人は中国人よりもさらにひどく扱われ、蔑称《べっしょう》の〝ニガー〟という言葉は、中国人の蔑称〝チンク〟よりも侮蔑的に吐き出された。鉄道敷設現場で働くほかの労働者のことに関しては決して悪く言うなとふだんから警告していたクスさえも、黒人のこととなると軽蔑を込めて言った。

「白人はやつらを堕ちた天使と呼ぶ。連中には魂がないんだ。死んでもだれも同情しない。脳みその代わりに腐った肉が詰まっているやつらだからな」

未曾有の寒さのその冬、谷間も鉄道のための土堤も凍りついていた。ある晩、飯椀を持っていまにも消え入りそうな火のまわりに座っていたサンたちに、クスが翌日つぎの場所に移動すると伝えた。そこは岩山で、その山を爆破し、掘削して鉄道を通す作業だ。翌日の朝、全員毛布と飯椀と箸《はし》を持ってテントを出るのだという。

翌日彼らは朝早く出発した。サンはそれまでこれほどの寒さを経験したことがなかった。グオシーに前を歩けと言った。兄が倒れてそのまま置き去りにされるのを恐れたのだ。土堤を歩き続け、ついにその終わりまで来た。その先数百メートルで、鉄道の通る道そのものが終わっていた。だが、クスはそのまま前進を命じた。カンテラからの光が揺れた。いまいる場所は白人たちがシエラ・ネヴァダと呼ぶ山のふもとだとサンは気がついた。ここで岩山に穴を開け、鉄道が通れるように自分たちは働かされるのだと悟った。

連なる山の中でもっとも低い山の始まりの地点まで来るとクスは立ち止まった。そこにはすでにテントがあり、火が焚かれていた。谷底から歩き続けてきた男たちは火のまわりに駆け寄った。しゃがみ込み、ぼろ服の中から凍りついた手を出して火にかざした。そのとき、後ろから男の声がした。振り向くと、肩まで髪の毛を伸ばした白人の男が立っていた。布で顔を覆っているので、盗賊のように見える。手には筒の長い銃を持ち、毛皮を着ていた。頭には毛皮で裏打ちされた帽子をかぶり、帽子の後ろから狐のしっぽが垂れていた。その目はかつて自分をじっと見ていたズィの目を思わせた。

白人の男は突然銃を持ち上げると、空に向かって発砲した。火のまわりにいた者たちは飛び上がった。

「立て」クスが言った。「頭にかぶっているものを脱ぐんだ」

サンは眉をひそめてクスを見た。わらや布切れをいっぱい詰め込んだかぶり物を脱げと言っているのか。

「脱ぐんだ」とクスが繰り返した。男のことを恐れているらしかった。「頭にかぶっているものをすぐに脱げ！」

サンは帽子を脱ぎ、グオシーにもそうするように目配せした。銃を持った男は顔を包んでいた布をほどいた。上唇に太い口ひげを蓄えている。男とサンの間には数メートルの距離があったが、それでも男から酒の臭いがした。すぐに彼は警戒した。酔っぱらっている白人は、しらふのときよりずっと危険だということを知っていたからだ。

男はしゃがれ声で話しはじめた。甲高く、怒っている女のような話しかただった。クスは男の言葉を懸命に通訳した。

「おまえらが帽子を脱いだのはおれの話をよく聞くためだ」クスが通訳した。クスの声は銃を持った男と同じようなしゃがれ声になっている。

「さもないと、おまえらの耳は耳クソが詰まっていて、おれの話が聞こえないからな。おれの名前はJ・A《ジェイ・エー》。だがおまえらはおれを〝ボス〟と呼べ。おれが話をするときは必ず帽子を脱げ。おれの訊くことには答えろ。だが、おまえらが訊き返すのは許さない。わかったか?」

サンはほかの者たちと同じようにぼそぼそと返事をした。目の前の男が、中国人を嫌っていることははっきりしていた。

J・Aと名乗った男はしゃがれ声で叫び続けた。

「おまえらの前に石の壁がある。おまえらはこの壁を開くんだ。鉄道が通れるほどのトンネルを切り開く。おまえらは選ばれた者たちだ。よく働く者たちだ。ここにはあのいまいましいニガーはいない。酒に溺れたアイルランド人もいない。この壁は中国人向きの壁だ。だからおまえらはここにいる。そしておれはおまえらがやるべきことを監督するためにここにいる。全力を尽くさない者、怠け者は、生まれてきたことを後悔する羽目になるぞ。わかったか? 一人ひとり返事をするんだ。そのあと、帽子をかぶっていい。ツルハシはブラウンからもらえ。あいつは満月のとき気が狂うぞ。そしたら、生のまま中国人を食う。ふだんは羊のようにおとなしいやつだがな」

全員が返事をした。一人ひとりが心細い声を出した。

ほとんど垂直と言っていいほど険しい山の前に彼らがツルハシを持って立ったときは、すでに夜が明けかけていた。吐く息が白く見えた。J・Aはブラウンに銃をあずけると、岩山の前に立ち、二カ所にツルハシで印を付けた。それがこれから彼らが切り開こうとしている穴の幅だった。自分の背丈の何倍もの大きな穴を開けなければならないのだ。

あたりに岩のかけらや砂利がまったくなかった。この山は硬い岩山だ。この山を砕くのは並大抵のことではないだろう。これからの仕事は石一つ砕くのでさえ、それまでの苦労とは比べものにならないものになるだろう。

ある意味で、試練を与える神々が新たな試練を彼らに与えたと見ることもできる。この広大なアメリカの砂漠で〝チンク〟と呼ばれて終わるのではなく、生き延びて自由になるためには、この岩壁を開いて向こう側に出なければならないのだ。サンは絶望に胸が潰れる思いがした。ただ一つ、彼を支えているのは、いつか必ずグオシーといっしょにここから逃げ出すという思いだった。

目の前の岩壁は、中国と彼を切り離している一枚の壁だと思うようにした。少しこの壁に入れば、寒さは消える。そして桜の花が咲く中国になるのだ。

その朝、彼らは硬い岩山と取り組みはじめた。新しい監督者はまるで鷹のように鋭い目で彼らを見張った。背を向けているときさえ、手を休めている者がいればわかるのだ。拳《こぶし》はつねに革ひもでぐるぐる巻きにされていて、怠け者がいれば、容赦なく鉄拳が頬に飛ぶ。数日も立たないうちに、いつも銃を携え、すぐに体罰を与えるその男は、中国人工夫全員から激しく憎まれた。殺害を企てる者もいた。サンはJ・Aとワンの力関係を探った。ワンが彼を雇っているのか、それともＪ・Ａがワンのボスなのか？

Ｊ・Ａはまるで毛筋一本、涙一筋も落とさないように固く身を引き締めているようだった。あたかも硬い花崗岩と一体になっているようだった。Ｊ・Ａが決めたトンネルの入り口を砕いて切り開くのにほとんど一カ月かかった。その時点ですでに一人、工夫が死んでいた。夜中、音もなく起き上がりテントから出て、服を脱ぎ、全裸になって雪の上に横たわり凍死したのである。朝になって氷になったその男を見たＪ・Ａは激怒した。

「自殺者を悼むことを禁ずる」Ｊ・Ａはしゃがれ声で叫んだ。「おまえらはやつの分まで岩を砕かなければならなくなったことを悲しめ」

夜、岩山から戻ると、死体はなかった。

数日後、岩山はニトログリセリンで爆破されることになった。寒さがもっとも厳しい時期になった。工夫の中に危険な爆発物の取り扱いの経験のある者が二人いた。ジャンとビンだった。二人は籠に乗せられて、綱で引き上げられ、ニトログリセリンを岩の割れ目に差し込む役目をさせられた。そしてつぎの瞬間、起爆剤に火をつけ、かごが急いで引き下ろされると、外に走り出る。二人の爆発物仕掛人がほとんど逃げるのが間に合いそうにないこともたびたびあった。ある朝、火をつけたあと、かごが途中で岩に引っかかってしまったことがあった。ビンはかごから飛び降り、硬い岩盤で足を挫いてしまったが、翌朝はまたかごに乗せられた。

ジャンとビンは特別な扱いを受けていると噂する者もいた。金を支払われているというのではない。Ｊ・Ａがそんなことをするはずはない。ただ、船賃などの借金を支払うという名目の束縛期間が短くなるというのだ。そんなことを聞いても、彼らと代わってもいいと言う人間は一人もいなかった。

五月のある朝、恐れていたことが起きた。ジャンが仕掛けた起爆剤の一つに火がつかなかったのだ。通常はそれでも時間がずれて爆発することがあるので、一時間待つことになっている。それからあらためて新しい起爆剤を筒に詰めて仕掛けるのだ。だが、そのとき馬で乗り付けたJ・Aが、一時間待つ必要などないと言い放った。ジャンとビンにすぐにまたかごに乗って、もう一度仕掛けろと命じた。ジャンはもう少し待たなければと説得しようとしたが、J・Aは馬から下りると、ジャンとビンの顔を殴りつけた。あごと鼻が砕ける音がサンの耳まで聞こえた。J・Aは自分の手で二人をかごに押し込めると、おまえら、荒野に追い出すぞ、凍死してしまう前にこのかごを上げるんだ、とクスに命じた。半分気を失っている男二人はかごで引き上げられた。その速度が遅すぎると腹を立てたJ・Aは、手に持っていた銃を宙に撃ち放した。なにが起きたのか、だれにも理解できなかった。その瞬間ニトログリセリンが爆発し、かごに乗った二人は跡形もなく吹き飛んでしまった。爆発のあとには、肉片一つ残らなかった。だが、J・Aはすぐさま新しいかごを用意させ、サンともう一人が指差され、かごに乗せられた。クスからニトログリセリンの使い方は聞いていたが、それまでサンは一度も爆発物を仕掛けたことはなかった。

ガタガタ震えながら、サンはかごで上まで引き上げられた。サンはすでに死ぬ覚悟を決めていた。だが、かごがふたたび下の岩盤に着いたとき、彼は一目散に走り、爆発前に物陰に隠れることができた。

その晩、サンはグオシーに計画のことを話した。荒野にどのようなことが待ちかまえているにせよ、ここよりはましにちがいないと言った。そのまま中国に着くまで足を止めないで逃げ通すのだと。

四週間後、二人は逃亡した。夜中、音もなく二人はテントを抜け出し、土堤を伝って、鉄道の資材倉庫で馬を二頭盗み、そのまま西へ向かった。シエラ・ネヴァダの山脈が遠くに見えるところまで来たとき、初めて二人は馬を下りて火を焚いて休み、それからまた馬を走らせた。川に出ると、川の中へ馬を歩かせて足跡を消した。しばしば立ち止まって後ろを振り返ったが、人影はなく、追跡者の姿はなかった。

ためらいがちに、もしかすると、本当に中国まで帰れるかもしれないとサンは思いはじめた。だが、その望みはまだ薄い氷の上にあり、いまにも砕けそうだった。

14

サンは黒い線路の下にある土堤に横たえられる枕木は、人間の肋骨だという夢を見た。もしかすると、彼自身のものかもしれない。肺に空気を吸い込んでいるわけでもないのに、肋骨がへこんでしまっている。体を押さえつけている重い力から逃れようともがいたが、どうしても動けなかった。

サンは目を開けた。グオシーが寝ている間に暖かさを求めて彼の体の上で寝ていた。サンはそっと兄をそばに下ろして毛布で包んでやり、体を起こして座った。硬くなった体を揉み、石で囲んだ炉で燃えている火に枝をくべた。

両手を火にかざした。岩山の作業場から抜け出し、あの恐ろしいワンとJ・Aから逃げ出してから三日経っていた。脱走した者の運命がどんなものかと話したワンの言葉を決して忘れてはいなかった。逃亡して捕まった者は、一生、死ぬまで岩山を砕いて過ごすのだ。

追跡者の姿はない。きっとやつらは、おれたちが馬を使ったとは思っていないのだろう。いままでも馬泥棒はいたが、おれたちのようなウスノロは馬を使ったりせず、まだ近くをウロウロしているにちがいないと近くを探しまわっているのだろう。

だが、問題が起きてしまった。一頭の馬が突然死んだのだ。サンが乗っていたインディアン・ポニーで、グオシーの乗っていたブチ模様の馬同様、丈夫なことで知られた種類だった。突然なにかにつまずいたように転んでしまった。体が土に倒れたときにはすでに死んでいた。サンは馬のことはなにも知らなかったが、きっと人間と同じように突然心の臓が止まったのだろうと思った。

死んだ馬の背中の肉を大きく切り取って、彼らは一頭だけで逃走を続けた。追っ手をまくために、それまでよりも南のほうに方向を変えた。サンはグオシーの後ろから数百メートルの間、足跡を消すために木の枝を地面に引きずって歩いた。

夕方、腰を下ろし、火を焚いて馬の肉を焼き、腹がいっぱいになるまで食べた。余った肉で三日は食物に困らないと思った。

サンはいまどこにいるのか、海まであとどのくらいあるのか、まったくわからなかった。ずいぶん馬で走ったのだから、あの岩山からはかなり離れたはずだった。人間を二人乗せることができない馬といっしょだから、いまは足並みは遅くなっている。

サンは暖をとるためにグオシーの体にぴったりと身を寄せた。夜の闇の中から野生の動物の遠吠えが聞こえた。狐か、それとも野犬か。

頭を砕かれるような激しい揺れで目が覚めた。左耳に痛みを感じながら目を開けると、ずっと恐れていたその顔が目の前にあった。遠くシエラ・ネヴァダの山頂がかすかに赤く染まりはじめていたが、まだあたりは暗かった。J・Aは硝煙の出ている銃口を向けて立っていた。たったいまその銃でサンの耳をかすめて撃ったばかりだ。

J・Aのほかにも追っ手がいた。ブラウンとブラッドハウンド犬数匹を連れたインディアンが数人。J・Aは猟銃をブラウンにあずけると、こんどは連発銃を取り出し、サンの頭に狙いを定めた。それから少し銃口を動かし、サンの右耳のすぐそばに弾を撃ち込んだ。サンは立ち上がったが、J・Aが口を動かしているのが見えるばかりで、なにを言っているのかまったく聞こえなかった。頭の中に大きな爆音が広がっていた。J・Aはこんどはグオシーの頭を狙った。兄の顔に恐怖が浮かんだが、サンにはどうすることもできなかった。こんども耳のそばに二発銃弾が撃ち放された。グオシーの顔が苦痛で歪んだ。

逃亡は終わった。ブラウンは兄弟の両手を後ろに縛り上げたあと、首に縄をまわした。そして東に向かって戻りはじめた。サンは、戻ったらこんどは自分たちがいちばん危険な仕事をさせられると思った。もしワンがその場で縛り首にしろと命じないかぎり。だれも同情しないだろう。逃亡し、捕まった者は鉄道工夫の中でもいちばん蔑まれる。人間の誇りをもつことさえ許されない。死ぬまであそこで働き続けるしかないのだ。

夜になっても、サンもグオシーもまったくなにも聞こえなかった。頭が割れるように痛かった。サンはグオシーの視線をとらえてなぐさめようとしたが、グオシーはまるで死んだような目をしていた。兄をここで死なせてはならない、自分がしっかりしなければ、とサンは思った。ここで兄を死なせてしまったら、自分を決して許せないだろうと思った。彼はいまでも弟ウーの死に責任を感じていた。

岩山まで戻ると、Ｊ・Ａは逃亡者二人を鉄道工夫全員の前に立たせた。首に縄を巻き付けられ、両手は後ろで縛られたままの姿で。サンはワンを目で探したが、姿が見えなかった。二人ともまだ耳が聞こえなかったので、馬上のＪ・Ａがなにを言っているのかわからなかった。話し終わると、Ｊ・Ａは馬から下りて二人の前に近づき、固く握りしめた拳《こぶし》で顔を殴った。サンは立っていることができず、飛ばされ、地面に倒れてしまった。一瞬、このまま死んでしまうかと思った。

しまいになんとか立ち上がることができた。

逃亡に失敗した二人には、サンが予測したとおりの仕事が待ちかまえていた。縛り首にはならなかったが、硬い岩石の山を吹き飛ばすとき、ニトログリセリンを仕掛けるのはサン兄弟の仕事になった。二人は、中国人工夫たちが呼ぶところの〝死のかご〟に乗せられて上まで引き上げられた。一カ月経っても、サンたちの聴覚は戻らなかった。サンはこのまま一生耳が聞こえなくなるのかもしれないと思いはじめた。彼らに用がある者は大声で耳元で叫ばなければばならなかった。

乾いた暑い日々が続く夏がやってきた。毎日彼らはツルハシで岩盤を砕くか、危険な爆薬を積んだかごに乗せられ上まで引き上げられた。延々と続く工夫たちの苦役で、岩山は毎日ごくわずかながら削られていった。硬い岩石は一ミリとて簡単に剝がすことができない。毎朝サンは今日一日生き延びられないかもしれないと思った。

サンはJ・Aを憎んだ。その思いは日々強くなっていった。最悪だったのは肉体的に暴力を振るわれることではなかった。〝死のかご〟に乗せられて命からがら起爆剤に火をつけ、逃げ隠れることでもなかった。サンのJ・Aに対する憎悪は、同じ工夫たちの前に首に縄を巻かれて動物のように立たされたときに芽生えた。

「おれはあの男を必ず殺す。あの男を殺してからでなければ、この山を下りない。おれはあの男とあの男のまわりの者を全員殺してやる」と彼はグオシーに言った。

「そんなことをしたら、おれたちも死ぬことになる」グオシーが首を振った。「白人の用心棒たちを殺すのは、自分の首に縄を巻き付けるのと同じだぞ」

サンはグオシーの言葉に耳を貸さなかった。

「時節《とき》がきたら、おれはあの男を殺す。それまで待つ。だが、そのときがきたら、必ず殺す」

日増しに耐えられないほどの暑さになった。彼らは燃えるような暑さの下で、朝から晩まで岩を砕いた。日照時間が長くなるにつれて、労働時間も長くなった。日射病になる者も出てきた。ほかにも、力つきて死ぬ者もいた。だが、死人が出ても作業が途絶えることはなく、つぎからつぎへと中国人工夫は送り込まれてきた。

馬車が何台も連なって彼らを運んできた。新人が運び込まれると、彼らは質問攻めに合う。どこから来たのか。どの船に乗せられたのか。祖国のことを訊く声は絶えることがなかった。あるときサンは大きな歓声を聞いた。そのあと早口の言葉が聞こえてきた。テントの外に出ると、一人の男が新参者の腕や頭や胸を叩いて喜んでいた。いとこが突然現れたのだ。それが大騒ぎの原因だった。

なるほど、こんな場所でも家族が再会することがあるのだ、とサンは思った。

サンはウーのことを思い出した。悲しみが襲ってくる。弟が馬車の荷台から現れて、腕を広げて駆け寄ってくることはないだろう。

サン兄弟の聴力はようやく戻りつつあった。夜になるとサンはグオシーと語り合った。それはまるで、どちらか片一方がいつ死ぬかわからないからいまのうちにと言わんばかりの語り合いだった。

この暑い時期、J・Aが発熱し、監督の仕事を休んだ。ある朝、ブラウンがやってきて、ボスがいない間、ほかの者たちがかごに乗って作業をするようにと言った。サン兄弟をその仕事から外す理由をブラウンは説明しなかった。もしかするとボスがいつもブラウンに対して中国人と同じように侮蔑的な扱いをしていたせいかもしれない。目立たないように注意深く、サンはブラウンに近づいた。機嫌をとりに近づいていると思われないように気をつけた。ほかの者たちに悪く思われるからだ。貧しく、虐《しいた》げられた者たちには余裕がない。一人ひとり、命がけで自分のことを考えなければならないのだ。岩山では、正義などというものはない。それぞれが苦痛をできるかぎり少なくするように生きなければならないのだ。

サンは赤茶色の肌に黒い髪の男たち、ときどきその髪に鳥の羽根を飾っている男たちは自分たちに似ているような気がした。中国とこの大陸の間には大きな海があるが、おれたちはかつて兄弟だったのではないか。顔の形も似ているし、同じように吊り上がった目をしている。だが、インディアンがなにを考えているか、彼には読めなかった。

ある晩、サンはブラウンに訊いた。ブラウンは少し中国語が話せた。「おまえらと同じようにな。おれには、おまえらに共通するのはそれだけのように見える」

「インディアンはおれたちを憎んでいる」ブラウンが言った。

「それでも、やつらがおれたちを見張っている」

「あいつらには食べ物と銃を与えているからな。やつらにはおまえたちよりも一段上の格を与えている。もちろん、ニガーたちよりは二段格上だ。インディアンは自分たちをえらいと思っている。が、本当をいえば、みんな同じく奴隷なのさ」

「みんな？」

ブラウンは首を振った。最後の問いに、サンは答えを得なかった。

二人は暗闇に座っていた。ときどき、パイプの火が二人の顔をぼんやり照らした。ブラウンは自分の古いパイプとタバコをサンに与えていた。サンは決して警戒を解かなかった。ブラウンが代償になにを求めてくるかわからなかった。もしかするとJ・Aがいないいま、たんに話し相手がほしかっただけかもしれない。あんな相手でも、いないよりはましなのか。

しまいに、やっとサンはJ・Aのことを訊いた。

逃亡者を必ず探し出し、耳が聞こえなくなるまで痛めつけるあの男はだれなんだ？　人を痛めつけることに喜びを見出すあの男は、いったい何者なんだ？

「おれが聞いたことはあくまで噂話だ。嘘か本当かはわからない。だがあるときあの男は、鉄道に投資しているサンフランシスコの金持ちたちの前に現れた。金持ちたちはあの男を用心棒として雇い入れた。逃亡者を捕まえる仕事だ。インディアンと犬を手先として使った。それでボスになったのさ。だがときどき、おまえらのときがそうだったように、あいつはいまでも逃亡者を自分で追いかける。いままであいつから逃れられた者は一人もいないそうだ。砂漠で自殺した者は別だが。自殺者をみつけたときは両手を切り落とし、頭蓋骨を割った。そうだ、インディアンのやるようにな。自分が逃亡者をみつけたという証拠に。あの男には超自然の力があると信じている者も大勢いる。インディアンたちは、あの男には暗闇が見えると言う。だからやつらはあの男を〈夜目がきく長いあごひげ男〉と呼ぶんだ」

サンはしばらくこの話を考えた。

「あいつはあんたのような話しかたをしない。ちがって聞こえる。どこから来たのか?」

「よくわからないが、ヨーロッパのどこかだ。ずっと北のほうの国だとだれかが言っていた。スウェーデンとか聞いたが、確かじゃない」

「自分ではなにも話さないのか?」

「まったくなにも。ずっと北の国だというのだって、たしかな話じゃない」

「イギリス人だろうか?」

ブラウンは首を振った。

「あの男は地獄から来たんだ。いつかきっとそこに戻っていくだろうよ」

サンはもう一つ訊きたいことがあったが、ブラウンはそれをさえぎるように手を上げた。

「あいつのことはもういい。もうじき帰ってくるぞ。熱が下がって、もう下痢もおさまったようだ。あいつが戻って来たら、おまえらがまたあのかごに入れられて死神とダンスをさせられるのをおれは止められないからな」

数日後、J・Aが戻って来た。顔色が悪く前よりも瘦せていた。そしてもっと残忍になっていた。すでに最初の日に、サンとグオシーといっしょに働いていた工夫二人を意識がなくなるまで殴った。J・Aが馬に乗ってやってきたときの彼らのあいさつのしかたが気に食わないというのが理由だった。自分のいない間の仕事の進み具合も気に食わなかった。ブラウンはこっぴどく叱りつけられた。工夫を集め、これからはさらに速く、さらに長時間働いてもらうと言い渡した。この命令に従わない者は、水も食べ物もなく砂漠に追放されると。

J・Aが戻って来た翌日、サン兄弟はかごに入れられ爆発物をしかけに上に送られた。もはやブラウンの目こぼしはなかった。ボスが戻って来てからは、彼は打たれるのを恐れる犬のようにしっぽを丸めて小さくなっていた。

彼らはただひたすら働いた。爆破させ、ツルハシで岩を砕き、岩のかけらを運び、硬い石を砕いて鉄道の線路を敷く土堤を作った。辛抱に辛抱を重ねて彼らは一歩一歩岩山を征服していった。線路と枕木と労働者を運んでくる黒い蒸気機関車が遠くに見えることもあった。サンはグオシーに、まるで獣が首元まで迫っているようだと言った。だが二人は決してあとどれだけ死のかごに乗るだけの力が残っているかは語り合わなかった。死は、人が口にするときにやってくるもの。沈黙することによって少しでも遠ざけたいと願っていた。

秋になった。蒸気機関車はますます近くまで来た。J・Aは酔っぱらっていることが多くなった。そういうとき、彼は見境なくまわりにいる者を殴りつける。馬に乗っているときさえ、酔っぱらって、たてがみにつかまったまま眠ってしまうこともあった。それでもみな、彼を恐れた。眠っているときさえも。

ときにサンは、岩山が日が経つにつれて逆に大きくなっていく夢を見た。山がまだ砕かれていない最初のときのままの姿で立っている夢だ。工夫たちがツルハシで砕き、爆破させ、怒り狂うボスに怒鳴られ殴られながら、東へ向かって初めの一歩から岩山を切り開く作業をやり直す夢。

ある朝、年寄りが一人落ち着いた足取りで、岩山を素足でゆっくりと上っていった。高みまで行くと、彼はそこから身を投げ、地面に叩きつけられて死んだ。サンはその老人の生の終わらせかた、その尊厳を決して忘れることはないだろうと思った。

死はいつも身近にあった。ある者はツルハシで自分の頭を砕き、ある者は砂漠にただ歩いて消えていった。ボスはインディアンたちと犬にそのあとを追わせたが、みつからなかった。彼らがみつけることができるのは逃亡者たちだけで、死ぬために自ら砂漠に消えていく者たちをみつけることはできなかったのだ。

ある日ブラウンは地獄門と呼ばれていたそのトンネルで働く者たちを集め、一列に並ばせた。そのあとJ・Aが馬でやってきた。しらふで、服まで取り替えていた。いつもなら酒と小便の臭いをさせているのに、その日にかぎって体まで洗っていた。馬に乗ったまま、怒鳴らずに話をした。

「今日、ここに客が来る。大陸横断鉄道に金を出しているお偉《えら》がたが、おまえらの仕事ぶりを見にくるのだ。おまえらにはふだん以上に懸命に働いてもらいたい。元気なかけ声や歌もよろしい。話しかけられたら、頭を下げてなにもかもうまくいっていると答えるのだ。仕事もいいし、食事もいい、テントの住み心地も満点で、ボスのおれも素晴らしいとな。おれがいま言うとおりにしないやつは、お偉いさんがたが帰ったら、ひどい目に遭わせるから覚悟しておけ」

数時間後訪問者たちがやってきた。幌馬車に乗り、武器を携帯した制服姿の男たちを伴っていた。客は三人で、黒いフロックコートに山高帽子の姿で怖々《こわごわ》と岩が砕かれたトンネル入り口の地面に降り立った。三人の後ろにはそれぞれに黒人が傘を掲げて紳士たちに太陽が直接当たらないように日陰を作っていた。その召使いの黒人たちまでも制服を着ていた。サンとグオシーは紳士たちがやってきたとき、かごの中で爆発物の用意をしているところだった。紳士たちは、サンたちが起爆剤に火をつけ、かごを下げるように大声で声をかける前にその場から離れた。

爆発が終わってから、フロックコートの一人がサンに近づき、話しかけた。中国人の通訳がそばに立った。サンは青い目をした柔和な顔の男を見上げた。男は声を荒立てることなく、静かに一つひとつ質問した。

「名前はなんという？　ここではどのくらい働いているのか？」

「サン。一年ほど」

「仕事は危険か？」

「言われたことをしている」

男はうなずき、懐から金貨数枚を取り出してサンに与えた。

「いっしょにかごに乗った男と分け合いなさい」

「あれは兄のグオシーです」

一瞬男の顔が陰った。

「きょうだいか？」

「はい」

「きょうだいで同じ危険な仕事を？」

「はい」

男は考え深げにうなずき、さらに数枚の金貨を取り出してサンに与えた。それからその場を離れた。サンは黒い服を着た男に話しかけられたその短い時間、初めて生きているという気がした。

三人の客が馬車に乗って帰ったあと、J・Aが馬から下りてサンに金貨を渡せと命じた。

「金貨など、おまえがいつ使うというんだ？」

J・Aは取り上げた金貨を胸のポケットにしまうと、ふたたび馬に乗った。

「さあ、仕事をしろ」と言って、岩山を指差した。「おまえが逃げ出したりなどしなかったら、金はとっておけと言ったかもしれんぞ」

サンの中で憎しみが煮えたぎった。この憎むべき相手をつかまえていっしょに空中で爆発してやるか。

ふたたび仕事が始まった。秋が深まり夜は冷え込むようになった。そのころサンが恐れていたことが起きた。グオシーが病気になったのだ。ある朝彼は激しい腹痛で目を覚まし、テントから駆け出した。

腹の病気がうつるのを恐れ、同じテントで寝るのを嫌がる者が出てきて、グオシーは一人、別のテントに寝ることになった。サンが水を飲ませにそのテントに行くと、ホスという年寄りの黒人がグオシーの下の世話をしていた。ホスは死の床に伏す工夫の付き添いを長年してきたので、もはやなんの病気も彼にはうつらないと言われていた。ホスには片腕しかなかった。もういっぽうの腕は掘削機に挟まれてもぎ取られてしまったのだ。残された片腕で、彼はグオシーの額の汗を拭いて、死の訪れを待っていた。

突然、忌まわしいボス、J・Aがテントの入り口に姿を現した。汚物にまみれてぐったり横たわっているグオシーを見て言った。

「おい、まだ死なないのか?」

グオシーは起き上がろうとしたが、力がなかった。

「このテントが要るんだ。中国人ってのは、死ぬのにも時間がかかりやがる、厄介なやからだ」

その晩、ホスはサンにボスの言ったことを伝えた。グオシーが苦しんでいるテントの外で二人は話をした。グオシーは砂漠の中からだれかこっちに向かって歩いてくるのが見えるとうわ言を言った。ホスは落ち着くように声をかけた。死に際《ぎわ》の人間の世話を何度もしてきたので、こういうことはよくある、迎えがやってきたのだとサンに言った。死にかかっている者を迎えに砂漠の中を渡ってくる。父親であることもあるし、神、あるいは友、あるいは妻であることもある。

ホスは名前も知らない中国人の枕元に座って世話をした。名前などどうでもいいことだった。死ぬ者に名前はいらない。

グオシーは死にかけていた。サンは途方にくれた。日がどんどん短くなった。秋が終わりかけていた。まもなくふたたび冬がやってくる。だが、奇跡が起こった。グオシーが回復したのだ。ゆっくりとよくなっていったので、ホスもサンさえも気がつかなかった。だがある朝、グオシーは立ち上がった。死神は彼の命を奪うことなく引き揚げたのだ。

それを見て、サンは新たに決心した。グオシーと二人で必ず故国に帰ると。自分たちのいるべき場所は祖国だ。この砂漠ではない。

この山で、奴隷契約が終わるまで、歯を食いしばってしのぐのだ。その後はどこへ行こうと自由だ。ここを生きて出るのだ。J・Aであろうがだれであろうが、命令する者たちの言葉に従って耐えるのだ。おまえらはおれのものだと言ったワンさえも、彼のこの決心を覆すことはできない。

事故と病気にだけは気をつけなければならなかった。それからしばらく、彼はグオシーに気を配った。死神が彼から引き揚げてくれたのなら、二度と取り憑くことはないだろうと思いながら。

サンらは岩山で仕事を続けた。砕き、爆破し、トンネルを掘った。ニトログリセリンで吹き飛ばされる者、自殺する者、はやり病にかかって死んでしまう者が出る中、サンとグオシーはひたすら生き延びることだけを念じて働き続けた。二人の背後にはいつもJ・Aの影が大きく立ちはだかっていた。あるときは、ただむかっ腹が立つというだけで工夫を撃ち殺し、あるときは体の弱い者病気の者をもっとも危険な作業につかせた。彼らが力つきて死ぬのが目的だった。

サンはJ・Aが近くにいるときはいつも少し離れるようにした。憎しみだけが彼の生きるエネルギーとなった。サンは兄が死にかけていたときのJ・Aの言葉を決して許さなかった。鞭《むち》で打ち据えたより、いやそれ以外のありとあらゆる仕打ちよりも過酷な言葉だった。

二年ほど経ったころ、ワンが来なくなった。サンは、ワンが賭博《とばく》でインチキをしたために撃ち殺されたという噂を小耳に挟んだ。真偽のほどはまったくわからなかったが、たしかにワンは現れなくなった。それからさらに半年が経ったころ、噂は本当なのかもしれないとサンは思った。

ワンは死んだのだ。

そして彼らにもとうとう奴隷労働が終わる日がやってきた。自由の身になって鉄道敷設の奴隷仕事の現場から出ていくことができる日だ。サンはいまや働かなくてもよくなった時間のすべてを、眠る時間まで惜しんで懸命に中国へ戻る方法を探すことに費やした。もっとも簡単なのは、彼らが船で連れてこられた港町まで同じ道を戻ることだった。だが、自由の身になる数カ月前、サンはサミュエル・エイクソンという白人が、馬車で大陸を東へ向かう、その旅で料理と洗濯ができる人間を探しているという噂を耳にした。賃金も払うという。ユーコン河で砂金を大量に採取して大金持ちになったという男だ。そしていまニューヨークに住むたった一人の親族である姉に会いに大陸を横断するという。

エイクソンはサンとグオシーを雇った。二人ともエイクソンの下で働くことにしたことを悔いはしなかった。エイクソンは肌の色のちがいに関係なく彼らと接した。

大陸は果てしない大草原《プレーリー》で、横断するにはサンが思っていたよりもずっと時間がかかった。エイクソンは二度病気になり、数カ月寝床に伏したままになった。それは身体的なものではなく、精神的なもので、調子が悪くなるとテントの中の寝床に横になったまま、よくなるまで決して外に出てこなかった。一日に二度、サンは食事をテントに運び込んだが、主人は寝床に伏し、顔をそむけたままだった。

広大なプレーリーで、サンは夜になると大地に横たわり星空をながめた。昔母から聞いたように、父親、母親、そしてウーの星を探した。

ついにニューヨークに着いた。エイクソンが姉と再会するのを見届け、賃金をもらったのち、サンはイギリスまで乗せてくれる船を探しはじめた。イギリスへ渡る方法だけが故国中国へ戻る唯一の方法であると知ったからだ。ニューヨークからは広東へも上海へも直行便がなかった。そしてついにリバプール行きの客船の三等船室の切符を手に入れた。

それは一八六七年三月のことだった。サン兄弟がニューヨークの港を離れたときは濃い霧が立ちこめていた。霧笛があたりに響く中、二人は手すりに寄り掛かってデッキに立った。

「故郷に帰るのだな」グオシーが言った。

「ああ、やっと故郷に帰るのだ」

小さな身のまわり品の中にぼろ切れに包まれたリューの指の骨が入っていた。アメリカからサンが持ち帰ると約束した唯一のものだ。その約束だけはなにがあっても必ず果たすと心に誓っていた。

サンはしばしばJ・Aの夢を見た。岩山から離れても、J・Aが彼らの心から消えることはなかった。

サンはJ・Aが自分たちの人生からいなくなることはないと知っていた。決して、一生涯、死ぬまで。

羽根と石

15

一八六七年七月五日、サン兄弟は客船ネリーでリバプールを出発した。

乗船してからまもなくサンは、船客で中国人は自分たち二人だけであることを知った。彼らには船首のスペースが与えられたが、そこは風通しが悪く腐ったような臭いがした。客船ネリーには、サン兄弟がかどわかされて運ばれた船と同じように、個々の乗客の占有スペースがあった。壁こそなかったが、乗客たちはそれぞれ自分のスペースというものを承知していた。同じ船に乗ってはいるが互いの占有スペースは侵さないという暗黙の了解ができていた。

船が出発する前、サンは二人の金髪の男がある時刻に甲板にひざまずいて祈っていることに気づいた。周囲で忙しくロープを引き上げる船員たちや、大声で命令を伝える機関士たちの慌ただしさにはまったく影響されない様子だった。二人の男は祈りに深く沈み、終わると静かに立ち上がった。

彼らは突然サンのほうを見ると、深々と頭を下げた。サンはまるで脅されたかのように、驚いて飛び上がった。それまで一度も白人にお辞儀をされたことなどなかった。白人は中国人に頭を下げたりしない。尻を蹴り上げるだけだ。彼は急いでグオシーと寝る場所へ引き揚げ、あの男たちは何者だろうかと思いをめぐらせた。

答えはみつからなかった。金髪の男たちの態度は彼にとってはまったく不可解なことだった。午後遅く、船は碇《いかり》を上げ、帆を張って出航した。強い北風を帆に受けて船は東へ向けて勢いよく進みはじめた。

サンは手すりにつかまり、気持ちのよい風に吹かれた。サン兄弟はついに地球の反対側から家路に向かっていた。いまはただ、船旅の間病気にかからないことだけが大事だった。中国に戻ったらどうするか、サンには皆目見当もつかなかった。あの極貧にだけは沈みたくない。それだけははっきりしていた。

顔に風を受けながら、サンはスン・ナのことを思った。彼女が死んだことはわかっていたが、それでもいま彼女が自分のそばに立っているような気がした。だが、手を伸ばしても、そこにはだれもいなかった。ただ、指の間を風が吹き抜けるだけだった。

出帆してから数日後、金髪の男たちがサンを訪ねてきた。船の乗組員の一人で中国語ができる男がいっしょだった。サンは兄か自分がなにか間違いを犯したのだろうかと心配になった。だが、ミスター・モットという乗組員は、二人はスウェーデン人宣教師で、中国へキリスト教の布教に行くところだと言った。彼らの名前はミスター・エリィストランドとミスター・ロデイーンだと紹介した。

ミスター・モットの中国語は聞き取りにくかった。けれども、サンとグオシーはこの二人の若い白人たちは中国のキリスト教宣教師会に奉仕するために中国へ渡るところだということまでは、なんとかわかった。これから彼らは福州市《ふくしゅう》でキリスト教の布教を始めるのだという。中国人を正しい教えに導くために。異教とたたかい、全人類にとって正しい最終目標である神の国へと導くのだと。

おまえたちはこのかたがたに中国語を教えてくれないか？　非常にむずかしいと言われる言語、中国語を。お二人は少し中国語を学んできた。この船旅で、もしサンたちが教えてくれるのなら懸命に学ぶ。中国の地を踏む前に少しでも話せるようになりたい、とミスター・モットが通訳した。

サンは考えた。金髪の男たちは報酬を払ってまで中国語を習いたいと言う。断る理由はなにもなかった。中国に戻ってからの資金にもなるだろう。

彼は頭を下げた。

「グオシーと私にとって、お二人に中国語をお教えすることはこのうえない喜びです」

翌日からさっそく授業が始まった。エリィストランドとロディーンは自分たちの部屋に来てほしい様子だったが、サンは断った。船首のほうが気楽だった。

宣教師たちの教師になったのはサンのほうで、グオシーはそばに座って授業を聴いていた。二人のスウェーデン人はサンとグオシーにまるで平等な身分の者であるかのように接した。

その親切な振る舞いに、懐疑的だったサンでさえしまいには完全に警戒を解いた。仕事をみつけるためとか、強制されて行くのではなく、自ら進んで外地へ赴く二人を、サンは驚きの目で見た。この若者たちは本気で中国人を改宗させ、地獄へ堕ちるのを救おうと思っているのだ。その信仰のために命を捧げるつもりなのだ。エリィストランドは貧しい農民の出身、ロディーンのほうは父親が過疎地《かそ》で牧師をしていた。二人は地図を取り出してサンに見せた。出身を隠すことなく、素直に話した。

その地図を見て、サンは自分たちのおこなった旅は、片道だけの旅としては最長のものであることを知った。

二人の宣教師は勤勉だった。一心に勉強し、めきめき上達した。船がスペイン北部のビスカヤ湾沖を通過したころには、授業は規則正しく一日に二回、朝と午後遅くにおこなわれるようになっていた。サンは二人の信仰について知りたかった。彼らの信ずる神について真剣に耳を傾けた。母親のときにはわからなかった、神を信じるということを知りたかった。母はキリスト教の神のことなどなにも知らなかったが、目に見えない神に祈っていたし、偉大な力を信じていた。いま、自分の信じる神にほかの人々を帰依させるために命を捧げようとしている人間がいるとは、どういうことなのだろう?

話すのはたいていエリィストランドだった。彼の信仰において重要なのは、すべての人間は罪人であるが、罪人は救われ、天国へ行くことができるということだった。

サンは自分がズィと、幸いにしてもう死んでいるワン、そしてこの二人よりもさらに強く感じているＪ・Ａに対する憎悪のことを思った。エリィストランドはキリスト教では人間の犯すもっとも重い罪は殺人であると言った。

サンは動揺した。自分の分別によれば、エリィストランドとロディーンは間違っている。二人の宣教師はいつも死後の話をしている。生きているうちに人生がどのように変わり得るかについての話は決してしない。

エリィストランドは何度も何度も人間はみな同じ価値なのだと話す。神の前では、人はすべてあわれな罪人だと。だがサンには理解できなかった。彼自身とズィとＪ・Ａが審判の日に同じ条件のもとで会うなど、あってたまるか。

サンの戸惑いは大きかった。だが同時に、自分とグオシーに対してこの二人のスウェーデン人が見せるかぎりない親切とやさしさに目を見張った。またときどきロディーンと二人きりで引きこもって話をする兄のグオシーが、神の話に明らかに喜びを感じているらしいこともわかった。そのため、サンは白人の神について自分がどう思っているか、兄と話すことはなかった。

エリィストランドとロディーンは食事をサンとグオシーと分け合って食べた。彼らの神についてサンはよくわからなかったが、それでもこの二人の白人が、教えどおりに生きているということには疑いの余地がなかった。

三十二日間の航海のあと、客船ネリーはケープタウンのターフェルバークの港に碇を下ろし、それからまた南に向かって航海を続けた。

喜望峰をまわりかけたころ、船は強い南風に襲われた。ネリーは帆をたたんで四日間、荒波に耐えた。サンは船が沈没するのではないかと恐怖を感じたが、それは船員たちも同じらしかった。まったく冷静だったのはエリィストランドとロディーンだけだった。もしかすると、彼らはそれを上手に隠していただけだったかもしれないが。

サンの感じたのが恐怖だったとすれば、兄のグオシーはパニックに陥った。甲板が高波に襲われ、船が傾いたときなど、ロディーンはずっとグオシーのそばにいた。嵐がおさまったとき、グオシーは床にひざまずき、宣教師二人がこれから中国で布教活動に専念しようとしているキリスト教に、自分も帰依したいと申し出た。

サンは、取り乱すこともなく嵐の日々を祈って過ごした若い宣教師たちのことがますますわからなくなった。だが、グオシーのようにひざまずいて、いまだ謎の多い、正体不明の神に向かって感謝の祈りを捧げることもできなかった。

喜望峰をまわったあと、船は順風を受けてインド洋の大海原を進んだ。気候も暖かくなり、気持ちのよい航海になった。サンは中国語を教え続け、グオシーはますますロディーンと親密に引きこもるようになった。

だが、明日のことはわからないもの。ある日、グオシーが急に具合が悪くなった。夜中、サンを起こして、血を吐いたと告げ、死人のように真っ白い顔をしてガタガタと震えた。サンは夜警の船員に宣教師たちを呼んでくれと頼んだ。その船員は、父親が白人、母親が黒人のアメリカ人だったが、ぐったりしているグオシーを見て言った。

「中国人のクーリーの具合が悪いからと言って、宣教師のかたがたを起こせと言うのか？」

「そうしなかったら、明日の朝、あんたは罰せられるぞ」

船員は眉をひそめた。貧しい中国人クーリーが船の乗組員にこんな話しかたをするとはなにごとだと憤慨したようだ。だが、宣教師たちがこの中国人らといつもいっしょに過ごしていることは、彼も知っていた。

結局彼はエリィストランドとロディーンを連れてきた。二人はグオシーを担ぐと、自分たちの船室へ運んだ。ロディーンは医学の知識があるらしかった。グオシーにいくつもの薬を与えた。サンは狭い船室の出口にしゃがみ込んだ。提灯《ランタン》の明かりが揺れて壁に影が躍っていた。船は帆をふくらませ、大きく前進していた。

終わりはあっけなくきた。グオシーは明け方亡くなった。最期の息を引き取る前に、エリィストランドとロディーンは、いままで犯した罪を告白し神に許しを請えば必ず天国へ昇ることができると約束した。二人はグオシーの手を両側から握りしめていっしょに祈った。サンは一人、部屋の隅にいた。なにもできなかった。いま、もう一人、きょうだいが死んでしまった。だが、サンは宣教師たちがグオシーに信頼と安心感を与えたのはまちがいないと思った。彼は兄がそれまで見たこともない安らかな顔で死んでいくのを目の当たりにした。

サンはグオシーの最期の言葉がよく理解できなかった。おそらく、自分は死ぬのが怖くないということを伝えたかったのだろうと思った。

「サン、おれはいま逝く。イエスのように、おれは水の上を歩いていく。ほかの、もっといいところへ。そこでウーが待っている。おまえもいつか来るところだ」

グオシーが死んだとき、サンは頭を膝に伏せ、両手で耳を塞いだ。エリィストランドの話しかけには、首を振って拒んだ。ひとりぼっちになったというどうしようもない寂しさは、だれにも癒すことができなかった。

サンは船首のもとの場所に戻った。船員二人が古い帆布でグオシーを包み、錆びた大きな鉄片を重しに入れて縫い合わせた。

エリィストランドはサンに、二時間後船長が海上葬儀をとりおこなうと伝えた。

「兄と二人きりで最後のときを過ごしたい」とサンは言った。「海に沈められるまでの時間、甲板に横たえるのだけはやめてほしい」

エリィストランドとロディーンは自分たちの船室にグオシーの遺体を運び入れ、サン一人を残して出ていった。サンはかたわらにあった小型ナイフを手に取って、縫い合わされた帆布を開けた。そしてグオシーの左足を切り落とした。床に血の跡が残らないように気をつけた。切り取った部分をきつく布で巻き、切り取った足を布に包んでシャツの中に隠した。そして帆布を縫い合わせた。開かれた跡はまったくわからなかった。

おれには二人の兄弟がいた。おれは彼らの面倒をみてやるはずだった。だがいまおれの手元に残っているのは兄の片足だけだ。

船長と乗組員が甲板に集まり、帆布に包まれたグオシーの遺体は板の上に置かれた。船長が帽子を脱いで聖書を読み上げ、賛美歌を歌った。エリィストランドとロディーンは澄んだきれいな声でそれに和した。船長が乗組員にグオシーを乗せた板を海に流し込むようにという合図を送ろうとしたそのとき、エリィストランドが手を上げた。

「ワン・グオシーというこの中国のささやかな一市民は、亡くなる少し前にキリスト教に帰依しました。いま彼の体は海の底に消えようとしていますが、その魂は自由になり、すでにわたしたちの頭上にあります。死者を迎え入れ、その魂を解き放つ神に祈りを捧げましょう。アーメン」

船長が合図したとき、サンは目をつぶった。遺体を包んだ帆布が海面と接したときの音がかすかにサンの耳に届いた。

サンは兄と二人分の寝床のある場所に戻った。グオシーが死んだことがまだ信じられなかった。グオシーの生命力が増したと思ったとき、とくに二人の宣教師に出会ってそれまでよりずっと元気になったときに、原因不明の病気で死んでしまうとは。

人生を悲しんでいたせいだ、とサンは思った。悲嘆と長年の苦労が彼の命を奪ったのだ。咳でも熱でも寒気でもなく。

葬式が終わった夜、サンは切り取ったグオシーの足から皮膚と筋、筋肉などを取り払う作業を始めた。道具は甲板でみつけた錆びた鉄ネジしかなかった。この作業は人目を避けて、暗い中でおこなった。骨から取り去った筋などは甲板から海に捨てた。骨だけになると、乾いた布できれいに磨き、衣類袋の中に隠した。

翌週、サンは一人で過ごした。いちばん簡単なのは、暗くなったら一人甲板に出て、人目につかないように海に沈むことのように思えた。だが、彼には遺骨を故郷に持ち帰るという大事な仕事が残されていた。

ふたたび中国語の授業を開始したとき、彼はこの二人の宣教師がどれほど兄のグオシーにとって大切な存在だったかを考えないわけにはいかなかった。兄は死に瀕したとき恐怖で叫ぶようなことはなかった。それどころか落ち着いていた。エリィストランドとロディーンは兄になによりも貴重なものを与えた。死ぬ勇気だ。

残りの旅はジャワの近くでふたたび嵐に遭ったが、あとは広東まで一気に船は進んだ。この間、サンはおびただしい問いを宣教師二人に投げかけた。死にかかっている者をなぐさめる神、金持ちであろうが貧乏であろうが、すべての人間に天国を約束する神について。

しかし、もっとも聞きたかったのは、なぜ神はあれほどの苦難を克服して、いままさに故郷に戻ろうというときに、兄を死なせたのかという問いに対する答えだった。エリィストランドもロディーンも満足な答えを言うことができなかった。キリスト教の神の道は不可知である、とエリィストランドは言った。それはどういう意味か、とサンは訊いた。生きるということは、死後にくるものを待つだけの意味しかないのか？　信仰とは謎なのか？

広東に近づくほどに、サンはますますわからなくなってしまった。いままでの苦労を忘れることなどできはしない。彼はいま、文字を習おうとしていた。死んだ兄弟といっしょにくぐってきた苦難を書き留めておきたかった。あの朝、両親が木にぶら下がっていたあのときから始まる苦難の道を。

船が中国の海岸に到着する数日前、エリィストランドとロディーンはデッキでサンに話しかけた。

「広東に着いたら、どうするつもりかね？」ロディーンが訊いた。

サンは首を振った。答えることができなかった。

「われわれとしては、きみを失いたくないのだ」エリィストランドが言った。「この旅で、私たちは親しくなった。きみがいなかったら、私たちの中国語はいまよりもっと乏しいものだったろう。いっしょに来てくれないか。給料を払うから、われわれが中国でキリスト教を布教する手伝いをしてほしい」

サンはしばらく考えた。決心がつくと、彼は立ち上がり、宣教師たちに向かって二度深く頭を下げた。

サンは彼らについて行くことにした。もしかすると、いつの日か、グオシーの最後の日々のような心境に達するかもしれない、という思いがあった。

一八六七年九月十二日、サンはついにふたたび故国の土を踏んだ。衣類袋には死んだ兄の足の骨と、リューという男の指の骨が入っていた。そして、あのネヴァダの岩山を砕いた石と。長い旅から戻って来た彼が持っていたものはそれだけだった。

広東の港の桟橋で、ズィの姿、そしてウーの姿を探したが、もちろんみつからなかった。

数週間後、サンはスウェーデン人宣教師たちといっしょに船に乗り、福州市へ向かった。沿岸の景色を見ながら、ゆっくりと旅をした。グオシーの骨を埋める場所をみつけなければならなかった。

それは自分一人でしなければならないことだった。自分と両親や祖先の霊との約束ごとだった。エリィストランドとロディーンがこの古い慣習に彼が従っていることを知ったら、おそらくいい顔はしないだろう。

船はゆっくりと北へ向かった。岸辺でカエルが歌っていた。

サンはついに故国に戻った。

16

一八六八年秋のある晩、サンは小さな机に向かっていた。ろうそくが一本燃えている。これから自分たち三人兄弟の人生を書きはじめようとしていた。サンとグオシーがズィの手下にかどわかされて船に乗せられアメリカに連れて行かれてから五年、そしてグオシーの左足の骨を衣類袋に隠して広東に持ち帰ってから一年が経っていた。一年前、サンはエリィストランドとロディーンに従って福州《ふくしゅう》市にやってきた。つねに二人のそばにいて仕えてきた。エリィストランドとロディーンは文字を教えてくれる教師を彼のために雇ってくれ、おかげでいまではサンは文字を書くことができるようになっていた。

サンが過去のことを書きはじめたその晩、外は激しい風が吹いていた。彼は筆を持ったままその音に耳を傾けた。風の音が、船旅を思い出させた。

そのころには、サンは自分の経験の規模と重さが把握《はあく》できるようになっていた。彼はすべてを細部にわたって書くことに決めていた。なに一つ省略せずに書くのだ。文字や言葉がわからなくなったら、なんでも訊いてくれと言ってくれているペイ教師に尋ねればいい。だが同時にペイ教師はサンに、あまり時間がないとも言った。もうじき土に戻りそうだ、これからあまり長くは生きないだろうとサンに打ち明けた。

福州市に来て、エリィストランドとロディーンが買ったこの家に落ち着いてから、サンの頭には一つの問いが生まれた。いまから書く物語を、自分はだれのために書くのだ？　故郷の村には決して戻るつもりはなかったし、自分のことを知っている者はまったくいないというのに？

読んでくれる者がいないのに書く。それでも書きたい。もし、生きている人間と死んだ人間を支配する神が本当にいるのなら、きっとこれを読みたいと思う人間の手に渡してくれるだろう。

サンは書きはじめた。強風が吹き荒れる中、部屋にこもり、心を込めてゆっくりと、座っているいすをそっと前後に揺らしながら書きはじめた。まもなく床が揺れだし、部屋は船に変わっていった。

机の上にはいくつか書類の山があった。川底をあとずさりするザリガニのように、彼は過去にさかのぼって書こうと思っていた。両親が木からぶら下がって風に揺れていたあの朝まで。だが、いっぽうで、いま自分がいるところからその旅を始めるのがいいと思った。それはいちばん新しい旅であり、記憶がいちばん鮮明な旅だった。

広東に着いたとき、エリィストランドとロディーンは恐れと期待の入り交じった様子だった。人々の喧噪《けんそう》と雑踏、いままで嗅いだこともない臭い、広東独特の畳み掛けるような話しかたに彼らは圧倒された。彼らの到来は待たれていた。ドイツの教会関連会社で働く、聖書の中国語版を普及させる仕事をしているというトーマス・ハムベリというスウェーデン人宣教師が彼らを迎えた。ハムベリは自分の住居と事務所のある、ドイツ人所有の建物に彼らを住まわせた。サンは無口な奉公人になりきる決意をしていた。荷物運びの人足や洗濯や掃除のために雇われた召使いなどを取り仕切り、昼夜の別なくエリィストランドとロディーンに仕えた。なにも言わずに背後に控えながら、彼の耳はすべてを聞いていた。ハムベリの中国語はエリィストランドとロディーンよりもずっと達者だった。会話の練習のため、ハムベリはエリィストランドとロディーンとはたいてい中国語で話した。ある日半開きのドアの陰で、ハムベリがロディーンにサンを雇ったいきさつを訊いているのを聞いた。驚いたことに、そして苦々しいことに、ハムベリはロディーンに中国人召使いには決して心を許してはならないと忠告したのだ。

サンはそれまで宣教師が中国人のことを悪く言うのを聞いたことがなかった。そして、エリィストランドとロディーンはきっとハムベリの言葉に左右されはしないだろうとサンは思った。彼らはほかの者たちとはちがう。

数週間忙しく準備を続けたあと、広東を出発し、海岸沿いに移動を続け、しまいに閩江《びんこう》を上って白い仏塔《パゴダ》の町とも称される福州市に到着した。ハムベリの計らいで宣教師たちは町の高位の官吏に紹介された。その官吏は以前からキリスト教宣教師に好意的な人物だった。サンにとって驚いたことには、エリィストランドとロディーンは一瞬のためらいもなく床にひれ伏し、額を床にすりつけてその高級官吏にあいさつをしたのである。官吏は彼らに活動許可を与え、まもなく彼らは目的にふさわしい場所を手に入れた。それは何軒もの家からなる大きな屋敷だった。

その屋敷に引っ越した日、エリィストランドとロディーンは地面に額をつけてその地所を祝福した。そこは彼らの活動の土台となるところだった。サンもまたひざまずいた。だが彼は祝福の言葉は口にしなかった。まだグオシーの足の骨を埋めるにふさわしい場所をみつけていなかった。

数カ月後、サンは夕日がゆっくりと影を落としてあたりがやわらかく暗くなっていくよい場所を川のほとりにみつけた。サンはその場所を数度にわたって訪れ、大きな岩に背をもたせかけて座り、心に安らぎを覚えた。川は平野の下方を流れている。その川辺には秋だというのに花々が咲いていた。

ここならいい。ここで兄や弟と語り合うことができる。ここでなら三人はまたいっしょになれる。死者と生きている者の間の境界線を越えることができる。

ある朝早く、サンは人目を避けて川のほとりへ降りていった。地面に深い穴を掘り、グオシーの足とリューの親指の骨を埋めた。その上に土を戻し、掘った跡がわからないようにした。そして最後にアメリカの砂漠から持ち帰った石をその上に置いた。

宣教師たちから習った祈りをここで捧げるべきだろうか。だが、骨こそないがここにはウーもいっしょにいる。ウーはキリスト教の祈りなどまったく知らない。サンは祈りの言葉は口にせず、ただ彼らの名前だけをつぶやいた。彼らの霊に羽をつけ、大空に飛び立つ手伝いをした。

エリィストランドとロディーンは驚くほど勤勉だった。サンはしだいに、障害をものともせず、布教活動の本拠地を築くために人々を説得する二人の一徹な心に感動を覚えた。もちろん、宣教師たちには金があった。それは布教のためにはなくてはならない絶対条件だった。エリィストランドはスウェーデンから資金を運ぶために福州市に定期的にやってくる、イギリスの船と契約を結んだ。サンは宣教師たちの不用心ぶりに驚いた。泥棒どもが宣教師たちが金をもっていることを知ったら、殺してでも奪うことを知らないのだろうか。エリィストランドは眠るときは枕の下に金を置く。ロディーンといっしょに外出するときは、サンにその金を任せるのだ。

あるときサンは革袋に入っているその金を数えたことがある。大金だった。一瞬、その金を盗って行方をくらまそうかという思いが胸をよぎった。この金があれば、北京へ行き、一生利子で暮らすことができる。

だが、グオシーのことを考えたとき、その誘惑は消えた。亡くなる前に宣教師たちが懸命に尽くしてくれたことを思えば、それはできなかった。

サンは以前なら想像することさえできなかったような暮らしをしていた。自室があり、寝台がある。清潔な衣服、いつでも食べるものに不自由のない暮らし。最下層の人間の暮らしから、いまではこの家で働く大勢の使用人の頭《かしら》だった。厳しく容赦なかったが、間違いを犯した者に体罰を与えることは決してなかった。

福州市に居を構えてから数週間後、エリィストランドとロディーンは白人がなんの用事でこの町に来たのだろうと物珍しげに好奇心を抱く近隣の人々に門を開いた。内庭に人が身動きもできないほど集まった。背後に目立たぬようにたたずむサンの耳に、エリィストランドがたどたどしい言葉で息子を十字架に送り込んだ摩訶不思議な神について語った。ロディーンは人々にキリストの絵を分け与えた。

エリィストランドが話し終わると、人々は急いで家に帰っていった。だが翌日もそれは繰り返され、前の日に来た人に誘われた人々まで来て、しだいにその数は増えていった。福州市の町中が移り住んできた変わり者の白人たちの話で持ち切りだった。中国人にとって、合点がいかなかったのは、エリィストランドとロディーンがなんの商売もしていないことだった。売りたいものも買いたいものもなく、ただそこに立って、下手な中国語ですべての人を平等に扱う神について話すだけ。

この時期、宣教師たちの努力には際限がなかった。屋敷の入り口には、〈真の神の住まい〉という中国文字が掲げられた。二人の宣教師は眠るひまもなく働いた。サンはときどき、二人が中国語で下賤な信仰と呼ぶ中国人の信仰といかにたたかうべきかと話しているのを耳にした。この二人の宣教師たちは、中国人が何世代にもわたって信仰してきた神を捨ててキリスト教に帰依すると本気で思っているのかと、サンは不思議に思った。息子を十字架に釘付けにさせた神が、どうして貧しい中国人に慰めと生きる力を与えられるというのだろう?

サンには福州市に移った最初のころから仕事が山ほどあった。エリィストランドとロディーンが目的にかなった家をみつけ、売り手の言い値で買い上げてからというもの、奉公人をみつけるのはサンの仕事になった。仕事を求めてやってくる人間は大勢いたので、サンの仕事は人物を見て雇うことだけだった。具体的には経験を尋ね、どの人間がもっとも適しているかを推し量って雇うのだ。

ある朝、その家に移ってから数週間後のこと、そのころにはサンの朝一番の仕事になっていた重い閂《かんぬき》を引き抜いて門を開けたとき、若い女が門前に立っていた。深く頭を下げて、女はルオ・キーと名乗った。閩江沿いの水口という町の近くの小さな村から来た娘で、家が貧しく、両親は彼女を南昌市に住む七十歳の金持ちの妾《めかけ》として売ることに決めた。キーは必死にやめてくれと父親に頼んだ。老人はそれまで何人も妾を囲っていて、飽きると殺してしまうと伝え聞いていたからだ。だが、両親は彼女の頼みを聞こうとしなかった。それでキーは逃げ出した。上流の鼓山《こざん》で出会ったドイツ人宣教師が、福州市まで行けばキリスト教布教所があるから、雇ってくれと頼んだらいいと教えてくれた、と娘は言った。

話し終わった彼女を、サンはしばらく観察した。なにができるかを訊き、それから門の中に入れた。しばらくの間女たちの手伝いと食事係を手伝う名目で臨時に雇うことにした。もしこの間よく働けば、そのままいてもいいということになるかもしれないと。

その顔に表れた喜びを見て、サンは心を動かされた。そんな影響力を自分がもつなどということは夢にも思ったことがなかった。ほかの人間に喜びを与える。しかも、働くことによって底なしの貧しさから逃れ出るのだ。

キーはよく働いた。サンは彼女をそのまま雇うことにした。ほかの召使いの女たちといっしょの部屋に住み込み、よく働き、仕事のえり好みをしない彼女はやがてみなに好かれるようになった。サンは彼女が台所で働いているときや、使い走りをするとき、立ち止まってよく彼女を見た。ときどき目が合うこともあったが、彼は決して特別に話しかけることはなく、ほかの奉公人と同じように扱った。

クリスマスという時期が始まる少し前、エリィストランドはサンに、舟を借りて漕ぎ手を数人用意してくれと言った。川を下って、ちょうどいまロンドンから着いたばかりのイギリス船を訪ねたいという。福州市にあるイギリス領事館からその船に彼ら宛の荷物があるという知らせがあったという。

「おまえにいっしょに来てもらいたい」と言って、エリィストランドはほほ笑んだ。「金がぎっしり詰まったカバンを受け取るときには、私の右腕にそばにいてほしいのだ」

サンは港で漕ぎ手をみつけた。翌日エリィストランドとサンは舟に乗り込んだ。その前に、サンはエリィストランドに、イギリス船から引き取ってくるカバンの中身についてはいっさい漕ぎ手たちには口外しないようにと忠告した。

エリィストランドは笑った。

「私はたしかに人を信じやすいかもしれないが、おまえの思うほど、この国の人は悪くないよ」

三時間ほど漕いで、舟は沖合のイギリス船に到着した。エリィストランドはサンといっしょに縄梯子《なわばしご》を上った。迎えに出たのは、ジョン・ドゥンという禿げ頭の船長だった。漕ぎ手たちを見下ろして、いやな顔をした。それから同じ目つきでサンを見て、サンにはわからない言葉でなにか言った。エリィストランドは首を振りながら、サンに向かって、ドゥン船長は中国人をあまり信用していないようだと言った。

「おまえたちはみんな泥棒で、簡単に裏切ると言っている。いつか、間違っていたと気がつくだろうよ」と言って、エリィストランドは笑った。

ドゥン船長とエリィストランドは船長室に姿を消した。まもなく船室から出てきたエリィストランドは革カバンをこれ見よがしに高く上げてサンに渡した。

「ドゥン船長は私がおまえを信用するなど、狂気の沙汰だと言っている。残念なことに船長は船や航海のことはよく知っているかもしれないが、人間のことはなにもご存知ないようだ」

二人はまた船を降りて小舟に戻った。岸に着いたとき、あたりはすでに暗かった。サンは漕ぎ手の頭《かしら》に手間賃を払った。暗い町なかを歩きながら、サンは不安でならなかった。広東の町でズィの仲間に襲われたときのことがしきりに思い出された。だが、その晩はなにごとも起きなかった。エリィストランドは革カバンを持って部屋に引き揚げ、サンは門を閉め、居眠りをしている門番を揺り起こした。

「おまえは警備のために雇われているんだぞ。居眠りするためじゃない」

門番がすぐにまた眠りに入ってしまうのはわかっていたが、サンの口調はやさしかった。男には子どもがたくさんいて、そのうえ妻は数年前に煮え湯を浴びて全身に火傷《やけど》を負って家で寝たきりになっていた。

おれは召使いの頭《かしら》だ。地面に座っている。J・Aのように馬上から命令を叫んだりはしない。

そのうえおれはいつも番犬のように片目を開けて眠る。

サンは門から自室へ向かった。途中、女の奉公人たちの部屋から光が漏れているのが見えた。彼は眉を寄せた。火事の心配があるので、ろうそくは灯してはならないと厳しく禁じているのだ。窓に近づいて、日よけ布の隙間から中をのぞいた。部屋には女が三人いた。いちばん年上の女は眠っていたが、いっしょに寝ているキーとナは寝台の上に座ってしゃべっていた。ろうそく立てが一つ、そばの卓にあった。暑い夜だったので、キーは前を開いて胸をあらわにしていた。サンは魔法にかかったようにその姿に惹きつけられた。話は聞き取れなかった。年上の女を起こさないように二人は小声で話していた。そのとき突然キーが窓のほうに目を移した。サンはすぐに後ろに下がった。見られただろうか？　暗闇に身を潜め、しばらくは動かなかった。だがだれも日よけ布の隙間を閉めには来なかった。サンは窓辺に戻り、ナがろうそくを消して部屋の中が暗くなるまでそこにたたずんでいた。

サンは動かなかった。夜に庭に放たれている番犬がサンのそばにやってきて、手をなめた。

「おれは泥棒じゃない。女を見ていただけだ。いつかいっしょになるかもしれない女を」

そのときから、サンはキーに近づきはじめた。怖がらせないように気をつけた。またほかの奉公人に気どられないように用心した。奉公人の間での噂はすぐに広まるものだと知っていた。

サンが発するかすかな合図をキーが受け止めるのにしばらく時間がかかった。なにも言わないとナに約束させてから、二人はキーの部屋の前の暗がりで会いはじめた。口止め料にサンはナに靴を贈った。ほぼ半年ほどしてから、キーはサンの部屋でときどき眠るようになった。キーがかたわらで眠るとき、サンはいつも彼を包んでいる苦労や苦しい思い出の影から解放される思いがした。

サンもキーも、一生いっしょに生きていこうと思う気持ちは変わらなかった。

サンはエリィストランドとロディーンに話して、結婚の許可をもらうことに決めた。ある朝、彼らが一日の仕事に取りかかる前に、サンは二人に話をしに行った。用件を話すと、ロディーンは沈黙し、エリィストランドがサンに問いかけた。

「なぜあの女と結婚したいのだ？」

「親切で、やさしい女です。よく働きます」

「あの女は下賤な女で、おまえの能力に釣り合わない。キリスト教の教えにもなんの関心も示さない」

「まだ若いのです」

「彼女は盗みをするという」

「奉公人の間の噂です。なんの噂もされない者はいません。だれもがなんらかの悪口を言われます。私はなにが真実でなにが嘘か知っています。ルオ・キーは盗みません」

エリィストランドはロディーンに向かってなにか言った。知らない言葉で、なにが話されたのかサンにはわからなかった。

「もう少し待つべきだと私たちは思う」エリィストランドが言った。「結婚するなら、キリスト教のしきたりに従っておこなってほしい。そうすればそれはわれわれがここでおこなう最初の結婚式になる。だが、おまえたちは二人ともまだ未熟だ。結婚はもう少し待つべきだ」

サンは頭を下げて部屋を出た。失望感は大きかったが、エリィストランドはだめだとは言わなかった。いつかきっと、キーと自分は結婚する。

それから数カ月後、キーは妊娠しているとサンに告げた。サンは大きな喜びを感じ、男の子だったら、グオシーと名づけることに決めた。同時にこの展開は新たな問題となると思った。エリィストランドとロディーンはキリスト教布教所にやってくる人々に説教するときに、繰り返し語ることがあった。とくに二人がしばしば説教をしていたのは、結婚前に子どもを作ってはいけないということだった。結婚前に性交渉をもつことは大きな罪として教えられていた。サンはどうしていいかわからず、長い間迷い続けた。まだもう少し、腹が目立つようになるまで時間がある。だが、真実がほかから暴かれる前に、サンは宣教師たちに言わなければならなかった。

ある日サンは、川の上流にあるドイツ人宣教師のもとを訪ねるために、船の漕ぎ手を探すようにロディーンに命じられた。船旅にはいつもサンが同行することになっている。旅と滞在で四日はかかる。出発の前夜サンはキーに、この旅の間にどうするか結論を出すと告げた。

四日後、ロディーンとともに戻ると、サンはエリィストランドに呼ばれた。エリィストランドは自室で机に向かっていた。いつもなら座るようにいすを勧めるのだが、その日はなにも言わなかった。サンはなにかが起きたのだと悟った。

話しはじめたとき、エリィストランドの声はいつもよりもやさしかった。

「旅はどうだったかね？」

「すべて予定どおりにいきました」

エリィストランドはゆっくりうなずき、見透かすようにサンを見た。

「私は失望している。最後の最後まで、噂は噂にすぎないとして信じまいとしたが、とうとう対処しなければならなくなった。なんの話かわかるね？」

サンはわかったが、首を振った。

「これでますます私はおまえに落胆した。嘘をつく人間の中には悪魔が巣くっているものだ。もちろんいま私が話しているのは、おまえが結婚したいと言っていた女が妊娠した件についてだ。さあ、もう一度訊く。いま正直に話しなさい」

サンは頭を上げたが、なにも言わなかった。動悸が激しく体中に響いた。

「船の中でおまえに会い、ここまでいっしょに来て以来、今回初めて私はおまえに失望した。ブラザー・ロディーンと私は、おまえのおかげで、中国人といえども高い精神の世界に引き上げることができると思っていた。この数日間はじつにむずかしい日々だった。私はおまえのために祈った。そして、おまえをここに残す結論に達した。だが、おまえはいままで以上によく働き、われわれに共通する神にすべてを捧げなければならない」

サンは頭を下げたまま、つぎの言葉を待ったが、エリィストランドはここで話を終えた。

「それだけだ。下がってよろしい」

ドアから出かけたとき、後ろからエリィストランドの声がした。

「もちろん承知のことと思うが、ルオ・キーはここに残ることはできなかった。彼女は出ていったよ」

庭に出たとき、彼は呆然としていた。兄のグオシーが死んだときとまったく同じ状態だった。またもや地面に叩きつけられたと感じた。それから台所に走り、そこにいたナを髪の毛をつかんで引きずり出した。サンは初めて奉公人に対して暴力を振るった。ナは悲鳴を上げて、地面にひれ伏した。すぐにナが裏切ったわけではなく、キーとナの話を盗み聞きした年上の同室の女が告げ口をしたことがわかった。サンはそのままその女も捕まえようとしたが、ようやく自制することができた。それをしたら、ここにはいられなくなると思ったからだ。ナを連れて自室へ行き、いすに座らせた。

「キーはどこだ?」

「二日前に出ていきました」

「どこへ行った?」

「知りません。とても悲しんでいました。走って出ていきました」

「どこに行くか、聞かなかったのか? 」

「どこに行ったらいいのか、わからなかったと思います。川の近くにでも行って、そこであなたを待つつもりだったのではないでしょうか?」

サンはいきなり立ち上がると、部屋を飛び出し、門を走り出て、川辺へ向かった。だが、みつけることはできなかった。そのあとところかまわず彼女のことを訊いてまわったが、見た者はいなかった。船の漕ぎ手たちにも訊いたが、キーの姿を見かけた者は一人もいなかった。もし見かけたら知らせると彼らは約束してくれた。

宣教師のところに戻ると、すでにエリィストランドは昼間話したことなどとうに忘れた様子だった。翌日に話す説教の準備をしながら、サンに話しかけた。

「庭を掃除する必要があるとは思わんかね？」その口調はやわらかかった。

「明日の朝早く、人々が集まる前にきれいに掃き清めるように手配します」

エリィストランドはうなずき、サンはお辞儀をした。キーは恐ろしい罪を犯したのだからしかたがない、これでいいのだとエリィストランドは思っているのだろうとサンは推測した。人間の中には神の許しが得られない者もいるのかとサンは大きな疑問を感じた。その犯した罪が、人を愛するということであっても？

そのとき宣教師事務所の前に立って話をしているエリィストランドとロディーンの姿が見えた。彼は彼らの姿をしばらくながめた。

初めて彼らをまともに見たような気がした。

二日後、船の漕ぎ手の一人から知らせが入った。サンは川辺へ急いだ。人垣をかき分けて前に出ると、そこにキーが戸板の上に横たわっていた。腰のまわりに重い鉄の鎖が巻き付けられていたにもかかわらず、水面に浮いたのだ。鎖が舵にからまり、それに引っ張られて水面まで浮かんできたものと思われた。肌は青白く目は閉じられていた。その腹の中に赤ん坊が宿っていたことがわかるのはサンだけだった。

またもやサンは一人取り残された。

サンは知らせをくれた男に金を与えた。簡単な火葬をするにはじゅうぶんな金だった。二日後、サンはグオシーの眠っている穴の中にキーの灰も入れた。

これが、おれが人生で得たことなのだとサンは思った。おれは墓を建て、中を満たしていく。すでにここには四人が眠っている。そのうちの一人は生まれてさえこなかった。

地面にうつぶせになり、額を何度も地面にぶつけた。悲しみが体中に広がり、抑え込むことができなかった。キーを死なせてしまったことを思い、のたうちまわった。こんな絶望感はいままで経験したことがなかった。かつては二人の兄弟の世話をすると誓った自分だったが、いまでは身も心も破れた無力な人間になってしまった。

夜遅く帰ると、エリィストランドが探していたと門番が告げた。サンはエリィストランドが仕事をしている事務所のドアを叩いた。エリィストランドはろうそくの明かりで書きものをしていた。

「どうしたかと心配していたよ。おまえは一日中いなかったね。神さまに、無事でありますようにと祈ったところだ」エリィストランドが言った。

「なにごともありません」とサンは答え、頭を下げた。「歯が痛んだので、治療してもらいに行っていたのです」

「それはよかった。私たちはおまえなしにはやっていけないのだから。さ、行って休みなさい」

サンはエリィストランドとロディーンには、キーが自殺したことを決して知らせなかった。新しく一人若い女が雇われた。サンは悲しみを胸に秘め、それからも宣教師たちのかけがえのない僕《しもべ》として働いた。頭の中にある考えのことも、いまでは宣教師たちの説教を別の思いで聞いていることも、決して話さなかった。

自分ときょうだいの話を書くのにじゅうぶんな文字を習得したいま、いよいよ日記を書きはじめるときがきたと思ったのもこの時期だった。依然としてこの話をだれのために書くのかはわからないままだった。たんに風に向かって書くのかもしれない。もしそうだとしても、風にはちゃんと耳を傾けさせたい。

書くのは夜遅い時間だった。睡眠が短くなったが、そのために仕事をおろそかにすることはなかった。つねに親切で、人の手伝いをし、決断し、奉公人を束ね、エリィストランドとロディーンの奉仕の手助けをした。

福州市に来てから一年が経った。宣教師たちの夢見る神の国を築くには、長い時間がかかるようだとサンは観察した。十二カ月でキリスト教に帰依したのは十九人だけだった。

彼はずっと書き続けた。つねに故郷の村から逃亡した原点に立ち返りながら。

エリィストランドの事務室を掃除するのはサンの仕事だった。その部屋に入るのを許可されているのもまたサンだけだった。ある日、彼が事務室のほこりをそっと払っているとき、エリィストランドが広東に住んでいる宣教師と勉学のために中国語でやりとりしている手紙が棚の上にあった。

エリィストランドはその友人にこう書いていた。「中国人は貴殿も周知のようにきわめて勤勉で、まるでロバやラバのように貧乏をものともせずに働く。しかし、同時に忘れてはならないのは、彼らがどうしようもない嘘つきで裏切り者であること。大胆で、貪欲で、動物的欲望の持ち主で、私はときにそれが鼻についてしかたがない。中国人はたいてい救いようもない人間だ。ただ望むのは、いつの日か神の愛が彼らの頑さと残酷さを突き抜けて彼らに届くことのみ」

サンはその手紙をもう一度読み返した。それから静かに掃除をし終えて部屋を出た。

それからの日々、彼はなにごともなかったように仕事を続けた。夜は書きものをし、昼間は宣教師たちの話に耳を傾けた。

一八六八年の秋のある晩、サンは宣教師たちのもとから姿を消した。質素な布袋にわずかな身のまわりのものを入れて。外は雨で、風が吹いていた。門番は眠っていて、サンが塀の外に出たことに気づかなかった。門の敷居をまたいだとき、彼は頭上に掲げてあった〈真の神の住まい〉と書かれた板を剝がし、門の前の泥土の中に捨てた。

通りに人影はなかった。

サンの姿は暗闇に呑み込まれ、いなくなった。

17

　エリィストランドは目を覚ました。窓のすだれを通して朝日が部屋の中に差し込んでいる。庭を掃くほうきの音が聞こえてくる。ほうきの音は、この国に来てからさまざまなことがめまぐるしく起こり、変わる中で、変わらない日常の一つだった。

　いつものように、その日も彼は目を覚ますとしばらくベッドの中で過去のことを思い浮かべ、考えにふけった。子ども時代を過ごしたスウェーデンのスモーランド地方の思い出がひっきりなしに浮かんでくる。子どものころ、将来神に奉仕するようになるとは、そして唯一無二の神の信仰の布教に異国にまで出かけるようになるとは、夢にも思わなかった。

　ここに来たのはずっと昔のようでもあるし、つい最近のことのようにも思える。とくにその日、彼はまた川を舟で下ってイギリスの船まで行き、郵便物や布教のための資金を受け取ることになっていたので、自分が異国で布教活動をしていることが現実に感じられた。これが四度目の受け取りになる。ロディーンとともに福州《ふくしゅう》市に来てから早くも一年半になる。眠るひまもなく布教の仕事にいそしんでいるのだが、まだまだ多くの問題があった。もっとも頭を悩ませているのは、信者が増えないことだった。キリスト教を信じると誓ってくれた者は大勢いるのだが、お人好しのロディーンとちがって、彼は新しい信者たちの信仰はいいかげんなもので、もしかすると信じたらなにか物がもらえるのではないかとか、ここに来れば食べ物がもらえるのではないかといった現実的な願望にすぎないのではないかと疑っていた。

不満を大きく感じることもあった。そのようなとき、彼はそれを日記に書き綴った。中国人の欺瞞と日常生活の中で信じている唾棄すべき偶像崇拝はどうしてもやめさせることができない。説教を聞きにくる中国人たちは文字も読めず、食うや食わずの極貧層だった。スウェーデンで彼が会った貧しい農民たちよりももっとひどい暮らしをしていた。豚に真珠を与えるなどという聖書の言葉が新たな予期せぬ意味合いをもった。だが、もっとも苦しい時期はなんとか越えることができた。ロディーンとも話をしたことだが、布教活動を支えてくれる故郷の人々には、困難な布教活動のことは隠さずに伝えることにした。しかし、そのたびに、忍耐が肝要であるとも書いた。キリスト教発祥の地でさえ、教えが広まるまで何百年もかかったのだ。巨大な、そして未開の国中国へ布教活動に派遣される者たちにも同じような忍耐をもって応援してほしいものだ。

エリィストランドは起き上がり、顔を洗って、ゆっくりと着替えをした。午前中は、イギリス船を訪ねたときに手渡す手紙をいくつか書くことに費やした。とくに歳をとって記憶が定かでなくなってきた母親への手紙をていねいに書いた。いつものように彼は母親に、息子がキリスト教の布教というもっとも崇高な任務に携わっていることを誇りに思ってほしいと書いた。

そっとドアを叩く音がした。開けると、そこに朝食の盆を用意した召使いの娘が立っていた。

机の上に盆を置くと、音もなく退室した。上着の袖に手を通しながら、掃き清められたばかりの内庭をながめた。空気が湿っていた。暖かく、雨になりそうな気配があった。川下りには雨具が必要だと思った。少し離れたところで眼鏡を拭いているロディーンに手を上げてあいさつした。

彼がいなかったら、この任務の遂行はむずかしかっただろうとエリィストランドは思った。ロディーンは世間知らずで、あまり頭がいいとは言えないかもしれないが、心根がよく、勤勉だ。聖書にある幸せな愚か者という一面がある。

エリィストランドはすばやく食事の際の祈りを済ませて食べはじめた。頭の中には、今日の川下りの漕ぎ手は手配してあるだろうかという心配があった。

そういうとき、サンがいないことを思い出す。ここにサンがいたころはいつも漕ぎ手を探し用事を言いつけるのは彼の仕事だった。彼はいつも仕事をきちんとやり遂げた。あの秋の夜サンが忽然《こつぜん》と姿を消してから、代わりの人間をみつけることができないでいた。

茶を注ぎながら、彼はまたもや、サンがやめた理由はいったいなんだったのだろうと考えた。唯一思いつくのは、サンが思いを寄せていた召使いの娘が彼といっしょに行ったのだろうということぐらいだった。エリィストランドはいつもサンのことを高く評価していたので、サンが理由も言わずにいなくなったことに傷ついていた。一般の中国人に落胆させられるとか騙《だま》されるのは我慢できた。中国人はずる賢い国民だと思っていた。だが、サンが、あれほど気に入っていたサンが同じような人間だったことは、福州市に来てからいちばん大きな驚きと落胆だった。サンを知っていた人間すべてに行方を訊いたが、門の上の看板が吹き飛んだあの嵐の晩に姿を消したサンの行方を知る者は一人もいなかった。看板はまたもとの位置に掲げられたが、サンは依然としてみつからない。

それから数時間を、エリィストランドは手紙を書くことと、中国での布教を支援してくれる同胞たちへの報告書作りに費やした。活動があまりうまくいっていないことを書くのは、彼にとっていつも辛い仕事だった。午後一時、最後の封筒を閉じて、空模様をながめた。相変わらずどんよりとしている。雨の気配があった。

小舟に乗ったとき、漕ぎ手の何人かに見覚えがあるような気がしたが、はっきりとはわからなかった。宣教師たちが腰を下ろすと、頭《かしら》のスィンという男が低い姿勢で、舟を出しますとあいさつした。宣教師たちは舟の中で日頃のさまざまな問題を話し合った。宣教師の人数を増やすことが必要だという意見で一致した。エリィストランドの夢は、閩江《びんこう》沿いにキリスト教布教所をたくさん建てることだった。布教所が増えることがわかったら、息子を十字架に送り込む神に疑問を感じていたり、迷ったりしている中国の人々を説得できるにちがいない。

だが布教所を増やすための金はどこから調達するか？　それにはエリィストランドもロディーンも答えが見出せなかった。

エリィストランドは沖合で待っていたイギリス船を見て驚いた。それは以前と同じ船だった。宣教師たちが縄梯子《なわばしご》を上ると、甲板にドゥン船長が待っていた。エリィストランドがロディーンを紹介すると、船長は二人を船長室に通した。ドゥン船長は強い酒を取り出し、宣教師たちがそれぞれ二杯飲み干すまで話を切り出さなかった。

「宣教師さん、あなたはまだここにいたわけだ。驚いたな。よく我慢できるものだ」

「神の思し召しですから」

「どうだね？　それで、うまくいってるのかね？」

「なにがですか？」

「そりゃあ、キリスト教に帰依させることに決まっているじゃないか。中国人をキリスト教に帰依させるのに成功しているのかね？　それともやつらは相変わらず香を焚いて、わけのわからない神に祈っているのかね？」

「一つの宗教からほかの宗教に替えさせるには時間がかかります」

「ふん。国全体の人々の宗教を替えるにはどのくらいの時間がかかると思う？」

「私たちはそのようには数えません。私たちは一生の時間をここで過ごします。私たちが死んだら、代わりの人間が来ますから」

ドゥン船長は見透かすようにしげしげと二人の宣教師たちを見た。エリィストランドは前に来たとき、ドゥン船長は中国人について否定的な意見だったことを思い出した。

「時間ねえ。それはあるだろうな。だが時間は指の間から漏れてしまう。どんなに固く指を閉じていても無駄なことだ。それでは距離はどうだ？　距離を測る機械を発明するまでは、われわれ人間は距離を測れなかった。それは人間の臆測に任されていた。目のいい船乗りが陸まであとどれくらい、向かってくる船との距離がどれくらいと、経験から推測していた。あなたたちは距離をどう測るのかね？　私のいう距離とは、神と、あなたたちが改宗させようとしている中国人との間の距離のことだ」

「忍耐と時間もまた距離と見ることができます」

「いや、えらいものだ」ドゥン船長が言った。「えらいとは言いたくないのだが、やはりえらいと思うよ。船長は、神に祈ることで暗礁や渦をみつけることはできない。われわれにとって大事なのは知識だ。それだけだ。それでは、われわれは互いに別の帆をもっている、ということにしようではないか」

「このあたりは美しいですね」と、それまで黙って話を聴いていたロディーンが言った。

ドゥン船長はかがみ込み、ベッドのそばに置いてあった木箱の中から手紙を取り出した。中にはかなり分厚いものもあった。そしてつぎに紙幣とコインの入っている包みを取り出した。あとで福州市にいるイギリス人両替屋に中国の流通貨幣に換えてもらうものだ。

ドゥン船長はエリィストランドに一枚の紙を渡した。そこに金額が書いてあった。

「金を数えて確認してほしい」

「必要ありますか？　中国人をキリスト教に改宗させるために、故郷の貧しい農民が貯めて預けた金を、船長が盗むとは思っていませんよ」

「あなたがどう思うかなど、はっきり言って、どうでもいい。私にとって大切なことはあなたたちが自分の目でこの金額をたしかに受け取ったと確認することだ」

エリィストランドは言われたとおりに金を数え、書かれていた金額とつきあわせた。ぜんぶ数え終わると、彼はその紙に署名した。船長は受領書を木箱にしまい鍵をかけた。

「中国人のために、ずいぶんたくさんの金を使うものだ。彼らをキリスト教に帰依させることはよっぽど大事にちがいないな」

「そのとおりです」

下船して小舟に乗り換えたときはすでにかなり暗くなっていた。ドゥン船長は甲板に立って彼らを見送った。

「それでは、お別れだ。また会うかもしれんが」

小舟は走りだした。漕ぎ手たちが櫂を規則正しく漕いでいく。エリィストランドは急に高笑いして、ロディーンに言った。

「あのドゥンという船長、変わっているな。きっと本当はいい人間なのだろうが。一見、無愛想で神を信じていないように見えるけれども」

「あのような意見は、べつに彼が特別というわけではなく、ほかでも聞いたことがありますよ」

そのあと二人は沈黙した。いつもなら小舟は川岸に沿って進むのだが、今晩の漕ぎ手たちは川の真ん中を走らせていた。ロディーンはすぐに眠りに落ちたが、エリィストランドはうとうとしていた。が、突然目を覚ました。暗がりから数艘の小舟が現れ、櫂を彼らの乗っているボートに伸ばしてきたのだ。あまりにも急だったので、なにが起きているのかわからなかった。事故だ、と彼は思った。なぜいつものように川岸の近くを舟が走らないのか?

それからすぐ、事故ではないとわかった。覆面の男たちが彼らの小舟に乗り移ってきた。ロディーンが目を覚まし、立ち上がろうとしたが、頭を殴られて意識を失った。乗っていた小舟の漕ぎ手たちはエリィストランドを守ろうとも、舟のスピードを上げようともしなかった。エリィストランドはこの奇襲は計画的なものにちがいないと思った。

「キリストの名において言う。私たちは宣教師だ。あなたたちに危害を加える者ではない」

覆面の男が一人、彼の前に立った。手に斧《おの》か槌のようなものを持っていた。男の視線とエリィストランドの視線が合った。

「殺さないでくれ」エリィストランドが懇願した。

男が覆面を外した。暗かったにもかかわらず、エリィストランドは目の前の男はまちがいなくサンであるとわかった。無表情のまま斧を振り上げ、エリィストランドの頭をまっ二つに割った。サンはエリィストランドの体を川に放り投げ、水の中に沈むのを確かめた。手下の一人がロディーンの首を絞めようとしているのを見て、サンはやめさせた。

「生かしておけ。この話を伝える者が必要だ」

サンは金の入ったカバンを持つと、ほかの小舟に乗り移った。エリィストランドとロディーンを乗せてきた小舟の漕ぎ手たちもそうした。残されたのは、意識を失ったロディーンだけだった。

川は静かに流れ、盗賊の跡形はどこにもなかった。

翌日、意識を失ったままのロディーンを乗せた小舟が発見された。福州市のイギリス領事がロディーンを保護し、回復するまでの間、彼を自宅に住まわせた。ロディーンが激しいショックから幾分回復したとき、領事は暴漢たちの顔を見たか、見覚えがあったかと訊いたが、ロディーンはただ首を振るばかりだった。暗かったし、暴漢たちは覆面をしていた、エリィストランドになにが起きたのかもまったくわからなかったと答えた。

イギリス領事は、暴漢たちがなぜロディーンを生かしておいたのか腑に落ちなかった。中国の川賊はふつう全員を皆殺しにする。だが今回は、不可解な例外となった。

領事は福州市の高級官吏にこの事件のことで強く抗議した。官吏は責任をもって追及すると約束した。そして賊は閩江の上流の北西にある寒村の出身であることを突き止めた。盗賊たちは不在のまま、親族たちが罰せられた。全員縛り首にされ、村は焼き払われた。

事件はキリスト教布教活動に大きな衝撃を与えることになった。ロディーンは激しいうつ症状に陥り、イギリス領事館から一歩も出ようとしなかった。スウェーデンに帰国できるまで回復するのに相当な時間がかかった。スウェーデンの宣教師会は当分の間新しい宣教師を送り込むのは見合わせることにした。エリィストランド牧師に起きたことは、送り込まれた地での殉教であると関係者の目には映った。それでもロディーンが元気で復職したならば、ことはちがった展開を見せたかもしれない。だが、泣いてばかりいて、一歩も外に出ようとしないので、とても新たな普及活動の礎石になれはしなかった。

キリスト教布教活動の拠点は閉鎖された。十九人の改宗者たちは閩江の上流にあるドイツ人宣教師の拠点とアメリカ人宣教師の拠点を訪ねるようにと知らされた。

倉庫にはエリィストランドが日々書き留めた布教活動の記録が残されたが、それを見る者はいなかった。


ロディーンがスウェーデンへ引き揚げてから数年経って、立派な服装の男が一人、下僕を連れて広東の町にやってきた。それはほとぼりが冷めるまで武漢《ぶかん》に身を隠していたサンだった。

途中、サンは福州市に立ち寄った。下僕を宿で待たせて、サンは川辺へ行き、グオシーとルオ・キーを埋めた場所でしばらく静かに祈った。香を焚き、美しいその場所にしばらく留まり、低い声で死者たちに語りかけ、いまの暮らしを報告した。答える者はいなくても、必ず自分の言葉が届いていると信じた。

広東に着くと、サンは中心部から離れたところに一軒の小さな家を借りた。そこは外国人居留地からも貧しい中国人の居住地からも離れた場所だった。そして質素にひっそりと暮らしはじめた。サンのことを知りたい者は、下僕から、仕事をしているわけではなく、もっぱら読書と書きものをしているという答えを得た。サンはつねにまわりの者に礼儀正しかったが、決して交わることはなかった。

サンの家ではいつも夜遅くまで明かりが灯されていた。彼は両親が首をくくってからの日々を詳細に書き記していた。一つも書き漏らさずに。働く必要はなかった。エリィストランドのカバンに入っていた金は、質素な暮らしをしているかぎりじゅうぶんに足りた。

それが宣教のための金だということが彼に特別の満足感を与えた。長い間、彼らに騙されていたことに対する報酬だと考えた。キリスト教の宣教師らはすべての人間を平等に扱う神がいると信じ込ませようとしたのだ。

しばらくしてサンはある娘に心を惹かれた。ルオ・キー以来初めてのことだった。いつものように広東の町の中を散歩していたとき、父親に従って通りを歩いている娘を見かけた。彼はそのあとをつけ、住んでいる家を突き止めると、信頼している従者にその父親の身元を調べよと命じた。国の高位の官吏の下で働く公僕だとわかった。父親は自分を娘にふさわしい求婚者とみなすにちがいないとサンは推測した。慎重に近づき、しかるべき筋から紹介してもらい、父親を広東でも屈指の茶屋に招いた。しばらくすると、こんどは公僕の家に招かれ、初めて正式に娘と会った。名前はティエと言った。心根のいい娘だった。何度か会ううちに賢いこともわかった。

さらに一年経ち、一八八一年五月にサンはティエと結婚した。翌年の三月、男の子が生まれ、サンはグオシーと名づけた。彼は飽きることなく赤ん坊をながめた。生きる喜びを感じるのはじつに久しぶりのことだった。

しかしながら、彼の怒りは消えることがなかった。白人を中国から追い出す秘密結社に所属し、歳とともにますますその活動に力を入れるようになっていた。国が貧しく国民が悲惨な暮らしを強いられているのは、商業活動のほとんどを白人が支配しているからで、同胞を恐ろしい阿片で毒しているからだと確信していた。

時が経った。サンは歳をとり、大家族の主《あるじ》になった。夜は一人部屋に閉じこもり、それまで書いてきた膨大な日記を読むのが日課になっていた。いつの日かこの長年書き綴ってきた日記を子どもたちに読んでほしいというのが、唯一の願いだった。

一歩外に出れば、以前と変わらず広東の貧しさが町中を覆っていた。ときはまだ熟していない。が、いつの日かすべては大きな波にさらわれるだろう。その日はいつかきっと来る、と彼は信じていた。

サンは質素な暮らしを続けた。そして子どもたちに愛情を注いだ。

だが、広東の町を歩くとき、サンの目はいつもズィを探し、衣の下には鋭く研ぎすました刀を携帯していた。

18

ヤ・ルーは夜オフィスに一人でいるのを好んだ。北京の中央にある高層ビルに会社を構え、ガラス張りの壁から北京市全体が一望できる最上階の全フロアが彼専用のオフィスになっていた。入り口に秘書の部屋があり、シェン夫人という秘書がつねに控えている。真夜中であろうが明け方であろうが、ヤ・ルーがオフィスにいるときは必ずその陰にいた。

二〇〇五年のその日、ヤ・ルーは三十八歳の誕生日を迎えた。彼は、ある西洋の哲学者が男は三十八歳で人生の真ん中に立つと書いているのは本当だと思っていた。四十歳に近づくと、首筋に後ろから冷たい風が吹きつけるような心細い気分になると言う友人が何人もいるが、ヤ・ルーにはそんな心配は皆無だった。上海の大学で勉強していたころから、年齢のことで悩むのは時間とエネルギーの無駄と思っていた。歳をとることは人にはどうしようもないことだからだ。ときがどのように流れるかは不可知で謎に満ちていて、人がどうこうできるものではない。人はときを広げることと、うまく利用することはできるが、決して止めることはできないのだから。

ヤ・ルーは冷たい窓ガラスに鼻を当てた。広い彼の部屋はつねに低い温度に保たれていた。

その部屋の調度品はすべて黒と深紅に統一されている。室内温度は寒波の冬であろうと灼熱の夏であろうとつねに十七度に設定されている。それが彼の適温だった。冷たい中でものを考えるのを好む。商売の戦略、あるいはなにか政治的な決断を下すことは戦いのようなものだった。そこでは合理的で冷静な計算だけが意味をもつ。彼が〝鉄のように強く冷たく冷酷な男〟と呼ばれるのも理由のないことではなかった。

彼のことを危険な男だと言う者たちもいた。たしかに、以前、激怒にかられて何度か暴力を振るったことがあった。いまではそんなことはしない。人に恐れられるのはかまわなかった。それよりも、感情が高ぶっても決して怒りを爆発させないことのほうが大切だった。

ときどき朝早くヤ・ルーは御殿のようなアパートの裏口からそっと抜け出し、近くの公園へ行って年寄りたちに交じり、気功という昔から伝わる体操をした。そういうときは、自分が膨大な数の同胞の中に交じっている小さな人間であると感じた。公園には彼が何者であるか、彼の名前を知る者もいない。気功をすると清められたような気がした。家に帰り、いつもの生活に戻ると、体に力が満ちているように感じられた。

すでに時刻は真夜中に近かった。その晩彼は二人の客を待っていた。彼に用事がある者、彼が会ってもいいと思う人間を、彼は自分の望む時間に事務所に呼びつけた。たいてい真夜中か明け方だった。自分が指定する時間に人を呼びつけることで、優位に立つことができる。明け方、冷えきった部屋での会見で、彼はたいてい相手を意のままにすることができた。

パノラマのように見渡せる大窓から、彼は下界を見下ろした。真っ暗な中に町の光がきらめいている。このきらめく光の町のどこかで、一九六七年、文化大革命のまっただ中に彼は生まれた。父親は母のそばにいなかった。大学の教授だった父親は紅衛兵の粛清の対象になり、農家の豚の世話係として農村に下された。ヤ・ルーは一度も父親に会ったことがなかった。父親はその後行方不明になり、二度と姿を現さなかった。大人になってから、ヤ・ルーは部下を父親の送り込まれた地方に派遣し、徹底的に探させたが、父親の行方はまったくわからず、彼のことを知る者さえもはや存在しなかった。混沌としたその時代は役所の記録さえも残っていず、ヤ・ルーの父親は毛沢東が開始した大革命の波に呑み込まれてしまった。

母親は苦労して、女手一つでヤ・ルーと姉のホンクィを育てた。ヤ・ルーの幼いころの記憶では、母はいつも泣いていた。ぼんやりとした記憶だったが、彼は決してその姿を忘れなかった。のち、一九八〇年代の初めごろになると、状況は改善され、母親は北京の大学で理論物理学を教えるようになった。そのころには、ヤ・ルーにも自身の生まれた文化大革命の時代が少しはわかるようになっていた。毛沢東はまったく新しい宇宙を築こうとしたのだ。宇宙が誕生したときのように新しい中国が、毛沢東が引き起こした凄まじい変化の中から生まれようとしていた。

ヤ・ルーはすでに若いときから、権力がどこに、だれによって握られているかを見極めなければ出世はかなわないということを学んでいた。政治と経済に通じていない者に未来はない。そのような人間たちにはいま彼のいる位置までたどり着くことができない。

だからおれはいまここにいるのだ、と彼はうなずいた。市場が開放されはじめたとき、おれにはすでに用意ができていた。おれは鄧小平が言うところの猫だった。おれは黒猫でも白猫でもない、ネズミを取りさえすればよかった。いまおれは、同世代の者たちの中では五本の指に入る金持ちと言っていいだろう。おれはしかるべき筋を通して、共産主義の中核人物たちが支配する新しい時代の紫禁城の奥深くまで入り込んでいる。おれは彼らの外国旅行の費用を支払い、有名デザイナーを彼らの妻たちに送り込む。権力者の子弟のためにアメリカの有名大学籍を用意する。権力者の親たちのために家を建ててやる。その代償として、おれはこうして自由を手にしている。

考えをやめ、時計を見た。まもなく真夜中の十二時になる。最初の訪問者が来る時間だ。机まで行って、スピーカーのボタンを押した。シェン夫人が即座に応えた。

「来訪者がある。あと十分ほどで来るはずだ。十分ほど待たせて、私が連絡したら通してくれ」

ヤ・ルーは机に向かった。前日に帰宅するとき、いつもすっかり片付け机の上にはなにもない状態にしておく。毎日、なにも置かれていない、ぴかぴかに磨かれた机で新しいことに挑戦するのだ。

いま机の上には、あちこちが補修されたぼろぼろの厚い帳面が何冊も置かれていた。ヤ・ルーはいままで何度もこの古い帳面を器用な職人に頼んで丈夫に補修してもらおうかと考えたが、いまではこのままにしておこうと思っていた。帳面がすっかりぼろぼろになっていて、紙が傷んで触ればすぐに破れるほどに薄くなっていても書かれている内容はまったく古びていない。

そっと帳面をそばに押しやると、机の下のボタンを押した。低い機械音とともに机の上にパソコンが一台現れた。キーボードを叩くと、明るいモニター画面に大きな木の絵が現れた。それは彼の家系図で、これを作成するために多くの時間と金を費やした。枝と幹はそれでもまだ欠落しているところがある。中国の血と暴力に満ちた歴史の中で、失われたのは文化遺産だけではない。それよりもっと恐ろしいのは記録が破壊され消滅してしまったことだ。いまヤ・ルーが見ている家系図の中には、枝のまったくない部分があり、それらは決して埋めることができないものになってしまっている。

それでもここにはもっとも重要なものが記されている。なにより、いま彼の机の上にある日記を書いた人物が書き込まれている。

ヤ・ルーはその人物がろうそくのもとで日記を書いていた当時の家を探したが、それは跡形もなくなっていた。ワン・サンが生活したその家の跡地には自動車道路が通っていた。

ワン・サンは日記に、風と子孫にこれを読んでほしいと書いていた。風に読んでほしいとはどういうことか、ヤ・ルーにはまったくわからなかった。もしかするとサンはロマンチックな想像力をもつ人物だったのかもしれない。その人生は過酷で、サン自身つねに復讐を心に誓っていたにもかかわらず。だが、彼には子どもがたくさんいた。中でも一八八二年に生まれたグオシーという息子は、中国共産党の初代のリーダーの一人だったが、抗日戦争で戦死している。

ヤ・ルーは、サンの日記は自分のために書かれたものだという気がしてならなかった。日記が書かれてから百年以上も経っているにもかかわらず、読むと、サンが直接自分に語りかけてくるような気がするのだ。百年前に先祖が感じた憎しみは、息子のグオシーに受け継がれ、そしていま自分が激しく感じている。

一九三〇年代の初めごろに写されたグオシーの写真があった。山岳地帯を背景にして数人の男たちといっしょに立っている。ヤ・ルーはその写真をスキャンしてパソコンに取り込んでいた。それをよく見ると、グオシーはぐんと身近に感じられた。グオシーは顔に大きなほくろのある人物のすぐ後ろに立っていた。その写真を見るとサンは、グオシーは権力の中枢近くにいたのだといつも思う。その子孫であるおれもまた権力の中枢近くまで来ているとヤ・ルーは心の中でつぶやく。

机の上にあるスピーカーからかすかに音が聞こえた。シェン夫人が最初の客が来たことをさりげなく伝えているのだ。だが、ヤ・ルーは来訪者を待たせるつもりだった。かなり前のことだが、彼は政治指導者が押し寄せる客をどのくらい待たせるかでランクを知らせたと読んだことがあった。客たちは待ち時間を比較して、自分が指導者からどの程度好まれているか、疎まれていたかを推測したという。

ヤ・ルーはパソコンを閉じ、ボタンを押して、机の中に自動的にしまい込んだ。机の上のカラフから水を一杯グラスに注いだ。カラフはイタリア製で、特別注文したものだった。その会社は彼が株を所有する世界各地のフロント企業の一つだ。

水と油。今、おれの関心は液体にある。今日は油だが、明日はさまざまな川や海の利権を手に入れることになるだろう。

ヤ・ルーはふたたび窓辺に行った。そろそろ町中の明かりが消える時間だ。あとは街灯と公の建物の正面だけに明かりが残される。

紫禁城のほうに目を向けた。彼はときどきそこを訪ねて友人たちに会う。彼らの金を管理しているのだ。もちろん、儲けさせてもいた。現代中国に皇帝はいないが、この国の権力はいまでもここ、皇帝の城の中にある。鄧小平がいつか、昔の皇帝たちが現在の中国共産党の絶大な権力を知ったらどんなにうらやましがっただろう、と述懐したことがある。現在世界に中国のような強大な国家権力をもつ国はない。世界人口の五人に一人が、この絶対権力をもつ皇帝のような指導者たちによって支配されているのだ。

ヤ・ルーは自分が好運だったと知っていた。もしも、現在自分が手に入れた地位を当然だと思ったら、その瞬間に、彼は影響力もいまの繁栄も失ってしまうことだろう。彼は現在中国で表に現れない灰色の権力者の一人だった。もちろん中国共産党のメンバーであり、最重要課題を決定する機関に属するごくごく少数のエリートたちの一人だった。同時に彼は彼らのアドバイザーでもあり、どこに落とし穴があるか、どの航路が安全かを知るための触角も張り巡らしていた。

その日、彼は三十八歳になった。いま中国は文化大革命以来、最大の岐路を迎えているというのが彼の考えだった。つねに国内にしか注意を向けなかったわが国が、いまや国外に、世界に目を向けはじめている。どの方向に進むかについて政治局が劇的な抗争を展開しているけれども、結果がどうなるか、ヤ・ルーにはだいたいの見当がついていた。中国が目指している新しい路線が変わるはずはない。国民は日々、以前よりもよい暮らしをするようになっている。都市住民と地方住民の暮らしの格差は明らかにあったが、それでもこの変化は最下層の貧しい人々にまで浸透しはじめている。この発展を過去の状態に巻き戻すことはあり得なかった。ゆえに、これからは外国の市場と外国からの原料輸入を拡大していかなければならない。

ヤ・ルーは巨大なオフィスの窓に映る自分の顔をまじまじと見た。自分の風貌はワン・サンに似ているにちがいないと思った。

サンが日記を書きはじめた時代からすでに百三十五年が経っている。サンは現在の中国の繁栄を夢想だにできなかったにちがいない、とヤ・ルーは思った。だが、自分にはサンの時代の悲惨さがわかる。彼の怒りの原因が理解できる。彼が日記を書いたのは、子孫が彼と彼の両親や兄弟が被った不正を忘れないようにという戒めのためだ。当時中国全体を覆っていた大いなる不正を。

ヤ・ルーはふたたび時計を見、ここで考えを中断した。まだ三十分も経っていなかったが、机に行き、ボタンを押して訪問者を通していいと知らせた。

隠し扉が開き、姉のホンクィが入ってきた。ホンクィは非常に美しい女性だった。どこから見ても美しい。だれもが美しいと認める姉だった。

ホンクィの姿を見ると、ヤ・ルーは途中まで行き、抱擁した。

「ヤ・ルー。また一歳歳をとったわね。いまにわたしを追い越すんじゃないの?」と姉は冗談を言った。

「いいや、そんなことはないでしょう」と弟は応じた。「しかし、いまの時代、どっちが長生きをするかは、わかりませんがね」

「今日が誕生日だというめでたい日に、なぜそんなことを言うの？」

「賢い人間ならだれでも、死はいつでも近くにあると知っているのでは？」

ヤ・ルーは姉を大きな部屋の一隅にあるソファセットへ案内した。姉はアルコールを飲まないと知っていたので、金色のティーポットから茶を注いで勧めた。彼自身はそれまでどおり、水を飲んだ。

ホンクィは弟を見上げてほほ笑んだ。だが、その顔が突然引き締まった。

「プレゼントがあるのよ。でもその前に、わたしの耳に入った噂が本当かどうか、教えてほしいの」

ヤ・ルーは両腕を広げた。

「私はしょっちゅう噂されている。力のある男は、いや女もそうだが、みんなそうでしょう。あなたもそうじゃありませんか、姉さん」

「わたしはただ、あなたがいままでにおこなった中でも最大規模の建設契約を結ぶために贈賄《ぞうわい》したという話が本当かどうか、知りたいだけよ」

そう言うと、ホンクィは茶の器を音を立ててテーブルに置いた。

「賄賂《わいろ》を贈るということがどんな意味をもつか、あなたにはわからないの？」

ヤ・ルーは急にホンクィと話す気がしなくなった。姉との話は、いままではたいてい面白いものだった。姉は頭がよく、辛辣《しんらつ》で、話をしていて愉快だった。彼女との言葉のやりとりで、自分の表現を磨くこともできた。だが姉はいまではもう意味をもたない古い理想を崇拝している。連帯などもはや、ほかのすべてのものと同様、交換可能なモノにすぎないというのに。古典的な共産主義は、昔の理論家にはとうてい理解できなかった現代社会の問題や衝突をまったく解決できなかった。政治にとって経済がそもそもどういう意味をもつかにかぎって言えば、カール・マルクスは正しかった。あるいは、毛沢東が最貧層の農民でさえ蜂起することができることを証明したからといって、いま中国の前に横たわっている巨大な問題が、いままでどおりの古典的な方法で解決できるわけはないではないか。

ホンクィは未来からあとずさりする馬に乗っている。ヤ・ルーには姉が間違っていることがはっきりわかっていた。

「姉さんとは決して敵味方にはならない。私たちの祖先は中国が貧困と没落から立ち上がろうとしたときのパイオニアだ。私たちは用いる方法が異なるだけだ。もちろん私は贈賄などしていない。私自身が収賄していないのと同じように」

「あなたは自分のことばかり考えている。ほかの人はどうでもいいのよ。いまの答えはとても信じられないわ」

ヤ・ルーの堪忍袋の緒が切れた。

「十六年前、天安門広場で、年寄り連中が学生たちを戦車で轢《ひ》き殺させたときに、姉さん、あなたは拍手したじゃないか？　あなたはあのとき、なにを考えていたんだ？　おれ自身があの中の一人であり得たということがわからないのか？　おれはあのとき二十二歳だった」

「あれはそうせざるを得なかったのよ。国全体の治安が脅かされていたのですから」

「わずか数千人の学生によって？　ずいぶんいいかげんなことを言うね、ホンクィ。あんたらが恐れたのは、ぜんぜんちがうものだったはずだ」

「ちがうもの？」

　ヤ・ルーは姉に顔を近づけてささやいた。

「農民だ。あんたらは農民が学生たちに同調するのを恐れたんだ。この国の将来を考えてほかの道を選ぶことができたときに、あんたらは武器に頼った。問題を解決するのではなく、隠そうとした」

　ホンクィは答えなかった。弟から目を離さず、睨み続けた。ヤ・ルーの頭の中には、これが数代前ならおれたちは高級官吏の目を見て話すことさえできない最貧層の出身なのだ、という考えが浮かんだ。

「オオカミに向かって笑ってはだめよ。戦いを望んでいるとオオカミは思うから」

　ホンクィは立ち上がり、机の上に赤いリボンで結んだ小箱を置いた。

「ヤ・ルー、わたしはあなたがどこへ向かっているのかが心配なのよ。あなたのような人がこの国をとんでもない方向に導き、わたしたちみんなが後悔し恥ずかしく思うようなものにしてしまうのではないかと恐れているの。そんなことが起きたら、わたしは命をかけて阻止するわ。大きな階級闘争がまた始まることになる。あなたはどっちの側に立っているの？　あなた自身

た。

「さあて。オオカミとは、いま、どっちのことかな?」

ヤ・ルーは姉の頰にキスしようとしたが、姉は顔をそむけた。きびすを返し、出口に向かって歩きだした。壁まで行くと立ち止まった。ヤ・ルーは机へ行ってボタンを押し、ドアを開けた。

ドアが閉まると、スピーカーに顔を近づけ、低い声で言った。

「今晩はもう一人訪問者が来ることになっている」

「お名前をお訊きしてよろしいでしょうか?」シェン夫人が訊いた。

「名前のない人物だ」ヤ・ルーが答えた。

「承知しました」

机の上にあるホンクィのプレゼントを開けた。

ヒスイでできている小さな箱だった。中に白い羽根と石が一個入っていた。

姉のホンクィと、二人だけにわかる謎やメッセージを込めたプレゼントを交換することはよくあった。姉がこのプレゼントでなにを伝えたいか、彼にはすぐにわかった。これは毛沢東の語ったことを表しているのだ。羽根はむげに葬られた命を意味し、石はなんらかの意味のある命と死を意味する。

ホンクィはおれに忠告しているのだ。いや、それともこれは挑戦か? おれがこれからどの道を選ぶか見ているのと忠告しているのか?

姉のプレゼントにほほ笑み、彼はこんどの姉の誕生日には象牙《ぞうげ》で造らせた美しいオオカミを贈ることに決めた。

姉の一徹さに敬意を感じることもある。二人は性格や意志の強さはよく似ていた。これからもきっと彼女は弟に反対し続けるだろう。弟だけでなく、彼女が同意しないこの国の指導者たちにも。だが、姉は間違っている。中国がふたたび世界一の強力な国になる道を否定する一部の頑迷な指導者たちと同じだ。

ヤ・ルーは机に向かい、照明をつけた。そしてゆっくりと白い木綿の柔らかい手袋をはめた。それからワン・サンの日記を開き、そっとページをめくった。サンの子孫が代々読んできた日記だ。ホンクィも読んだはずだが、ヤ・ルーのように深い感動は受けなかったようだ。

日記の最後のページを開いた。ワン・サンは八十三歳になっていた。病気にかかっていて、まもなく死ぬところだった。日記に書かれた最後の言葉は、兄弟たちに約束したことをすべてやり遂げずに死ぬのが心残りだ、というものだった。

「死ぬには早すぎるのだ。たとえ千年生きたとしても、家族の名誉を挽回することなく死ぬのであれば、早すぎるのだ。私にできることはすべて為した。が、じゅうぶんではなかった」

ヤ・ルーは日記を閉じて机の引き出しに戻し、鍵をかけた。手袋を外し、別の引き出しを開けると、中から分厚い封筒を取り出した。それからスピーカーのボタンを押すと、シェン夫人がすぐに応えた。

「客は来たか?」

「はい、ここにおいでです」

「中に通してくれ」

壁のドアが開いた。部屋に入ってきた男は背が高く、痩せていた。厚い絨毯《じゅうたん》の上をやわらかな軽い足取りで歩いてきた。ヤ・ルーの前まで来ると、深く頭を下げた。

「出発のときがきた。必要なものはすべてこの封筒の中にある。二月、わが国の暦の正月には戻ってくれ。西洋歴の一月の初めに仕事をするのがいいだろう」

ヤ・ルーは封筒を男に渡した。男は頭を下げたまま受け取った。

「リュー・シンよ。いまおまえに命じた仕事は、いままでの仕事の中で、もっとも重要なものだ。私の人生のすべてと家族の名誉がかかっている」

「命じられた仕事を必ず遂行します」

「おまえがそうしてくれることはわかっている。だが、もし失敗したら、戻って来るな。おまえを殺さなければならなくなる」

「失敗はいたしません」

ヤ・ルーはうなずいた。話が終わった。リュー・シンと呼ばれた男は音もなく開いたドアから姿を消した。ヤ・ルーはその晩最後の言葉をシェン夫人にかけた。

「いま男が一人、私の部屋から出た」

「静かな、やさしそうなかたでした」

「その男は今晩私に会いにこなかった。いいね」

「はい、わかりました」

「来たのは姉のホンクィだけだ」

「はい、いらしたのはお姉さまだけで、ほかにはどなたもいらっしゃいませんでした。訪問者の名簿にもお姉さまのお名前だけが書かれています」

「今日はもう帰りなさい。私はこれからまだ一、二時間仕事をする」

スピーカーを切った。それでもシェン夫人は自分が帰るまでは帰らないとヤ・ルーは知っていた。一人暮らしで、彼のために働くことだけが彼女の生活だった。シェン夫人は彼のオフィスの前に据えられた守護神だった。

ヤ・ルーはまた窓の前まで戻り、寝静まっている町を見下ろした。時刻は真夜中をだいぶまわっていた。体中に力がみなぎっていると感じた。よい誕生日だった。姉のホンクィとの話は思っていたようなものにはならなかったが。姉はもう世の中のことはわからなくなってしまっている。新しい時代を見ることを拒んでいるからだ。これからちがいはさらに大きくなるだろうと思うと気が重くなった。だが、しかたがないことだった。この国のために。いつか、彼女にもわかる日がくるかもしれない。

しかし、今晩重要だったのは、姉と会ったことではない。いままでの準備、調査のすべてと綿密な計画が一段落したことだ。過去のことを調べ上げ、計画を練るのに十年の歳月がかかった。何度も挫折しそうになった。過ぎた歳月があまりにも長すぎて、調べられないことがたくさんあったからだ。だが、そんなときワン・サンの日記を読むと、新たな力がわいた。百五十年近くも前のサンの怒りがそのままの形でヤ・ルーに伝わってきた。いまヤ・ルーにはなんでも為すことができる権力がある。それはサンにはなかったものだ。

日記の最後の数ページにはなにも書かれていなかった。すべてが終わったときに、ヤ・ルーはそこに書き込むつもりでいる。為すべきことを為すために、彼はわざわざ自分の誕生日を選んでリュー・シンを送り込んだ。いま心が軽くなっていた。

地下の駐車場にいつも待機させている車に乗り込むと、運転手に天安門広場で停まるように伝えた。人目をさえぎる黒いシャドーウィンドーから見える天安門広場には緑色の制服姿の衛兵を別にすれば人影はまったくなかった。

ここで昔毛沢東は新しい中国の誕生を宣言したのだ。ヤ・ルー自身はまだ生まれてもいないときのことだ。

これから起きる大変化が、世界の中心であるこの中華の国の広場で宣言されることは決してないだろう。

その動きがもはやだれにも止められないほどになったとき、新しい世界は深い沈黙の中から大きく姿を現すのだ。

第三部　赤いリボン（二〇〇六年）

戦いのあるところに犠牲者あり
死は当たり前のこととなる。
しかし、われわれの心にあるのは、人民の望みと
多くの人々の苦しみ。
そして人民のためにわれわれが死ぬとき
その死は尊い。
だが、われわれは最善を尽くさなければならない
不必要な犠牲者を出さないために

毛沢東　一九四四年

19

中国料理店のテーブルの一つで、ビルギッタ・ロスリンは探しているものをみつけた。テーブルの上の提灯《ランタン》の四隅からぶら下がっている赤いリボンが一本なくなっていた。

体を硬くし、息を詰めてみつめた。

何者かがこのテーブルに座っていたのだ。店の奥の薄暗い一隅に。それから店を出て、ヘッシューヴァレンへ向かったのだ。

それは男にちがいない。絶対に女ではないだろう。

店内を見回した。若いウェイトレスはにっこりと笑顔を見せた。厨房《ちゅうぼう》からは中国語でやりとりしている声が大きく聞こえてくる。

この事件はいったいどういうものなのか、自分はもとより地元の警察もまったくわかっていない。もしかすると、自分たちが思っているよりもずっと規模が大きく、底の深い、謎に満ちたものなのかもしれないという気がした。

　自分たちはなにもわかっていないのだ。テーブルにつき、ビュッフェテーブルから皿に取ってきたものをつついた。まだ店に客は彼女しかいない。ウェイトレスを手招きして、ランタンを指差した。

「リボンが一本なくなっているわ」

　ウェイトレスは最初、なにを言われているのか、わからない様子だった。ビルギッタはもう一度指差した。ウェイトレスの顔に驚きの表情が浮かんだ。リボンが一本なくなっていることにそれまで気づいていなかったのだ。それから腰を屈めてテーブルの下をきょろきょろと見た。床に落ちているかもしれないと思ったようだ。

「ない。いままで気づかなかった」

「いつからなくなっているのかしら？」ビルギッタが訊いた。

　ウェイトレスは眉を寄せて見返している。問いの意味がわからなかったのかと思い、ビルギッタは繰り返して訊いた。ウェイトレスは苛立って、ちがうちがうというように首を振った。

「それ、知らない。でも、このテーブルに座るのがいやなら、ほかのテーブルに移る？」

　ビルギッタが答えようとしたとき、入り口に団体客がにぎやかに現れた。ウェイトレスは急いで迎えに行った。役場の職員たちだろうと、ビルギッタは推測したが、彼らの話に耳を澄ますと、ヘルシングランド県の高失業率解消のための会議の参加者たちらしい。店内がいっぱいになってもビルギッタは慌てもせずに食べ物をつついて時間をつぶしていた。若いウェイトレスだけでは手が足りず、厨房から助っ人が一人出てきて、皿を片付け、テーブルを拭いてまわった。

二時間後、ようやく客足が引いた。ビルギッタはやっと食事を終えて、緑茶を注文した。食事の間彼女は、ヘルシングランドに来てからのことを、順を追って考えた。そして最後に、このレストランのランタンについていた赤いリボンが、なぜヘッシューヴァレンの谷間の村で雪の上に落ちていたのかというところまできたが、どう考えても答えはわからなかった。

ウェイトレスがふたたびやってきて、まだなにか注文があるかと訊いた。ビルギッタは首を振った。

「あなたにいくつか訊きたいことがあるのよ」

まだ店内には二、三人の客がいた。ウェイトレスは厨房の男に声をかけると、彼女のもとにやってきた。

「ランタンがほしいのなら、訊いてみるよ」と言って、ほほ笑んだ。

「ランタンはいらないわ。この店、正月も開いていたのかしら？」

「うちの店はいつでも開いてる。中国人の商売のこつ。ほかの店がしまっているときこそ商売のとき」

ビルギッタはこれから訊こうとしていることに答えを得るのはきっとむずかしいだろうと思ったが、訊いてみることにした。

「あなたは、客の顔を覚えているほう？」

「お客さん、前にここに来た。覚えているよ」

「新年になってから、このテーブルに座った人を覚えているかしら？」

ウェイトレスは首を振った。

「このテーブルはいい席。いつも、客座る。いま、あなた、座ってる。明日、だれかほかの人座る」

ビルギッタは質問がいかにも頼りない、不明瞭なものだったと思った。もっとはっきりさせなければ。もう一度、こんどは別のほうから質問してみた。

「新年になってから、それまで一度も見たことのない、新しいお客さんを見かけなかった？」

「いままで見たことのない人？」

「そう。それまでも、それからも」

ウェイトレスは黙り込んだ。考えている。

最後の客が店を出た。レジのそばの電話が鳴った。でき上がったら取りにくると言っているようだ。外からの注文らしい。ウェイトレスが戻って来た。厨房から中国の音楽が聞こえてきた。

「きれい。中国の音楽よ。好き？」

「きれいね。本当にきれい」

ウェイトレスはまだ考えている。それからためらいがちに軽くうなずいたが、しだいに確信したらしい。はっきりとうなずいた。

「中国人の男」ウェイトレスが言った。

「ここに座ったの？」

「そう。いまお客さんが座っているそこに。夕食を食べた」

「いつのこと？」

「一月。でも正月じゃない。もっとあと」

「もっとあとって？」

「九日か十日？」

ビルギッタは唇を嚙んだ。もしかすると犯人かもしれない。あの残虐な事件が起きたのは、十二日の夜から十三日の未明にかけてのことだ。

「もう少し遅いということはない？」

ウェイトレスは予約を書き付けているらしいノートを取りに行った。

「一月十二日。その日の夜、その男、このテーブルに座った。予約したわけじゃないけど、その日予約のほかの客のこと、覚えてる」

「どんな格好をしてた？」

「中国人。痩せてた」

「なにか話した？」

ウェイトレスは間髪を容れずに答えた。

「なんにも。メニューを見て、指差しただけ」

「でも中国人というのは確かなの?」

「あたし、中国語で話しかけたの。でもその人、ただ『静かに』とだけ言って、メニューを指差した。だれからも話しかけられたくなかったと思う。ただ黙ってスープを飲んで、春巻きと焼きそば、そしてデザートを食べた。とてもおなかが空いていたようだった」

「飲み物は?」

「水とお茶」

「店にいる間、なにも話さなかったというのね」

「そう」

「その後は?」

「お金払った。スウェーデンのお金。そして店を出ていった」

「それからは見かけていない?」

「そう」

「赤いリボンを取ったのは、その人かしら?」

ウェイトレスは笑った。

「どうして?」

「赤いリボンには、なにか特別の意味があるの?」

「赤いリボンは赤いリボン。意味ないよ」

「なにかほかにも覚えてる?」

「どんなこと?」

「その人が出ていってから」

「お客さん、ずいぶん変のことばかり訊くね。税務署の人? その男、ここで働いてない。お店、税金払ってるし、ここで働いている人はみんなちゃんと書類もってるよ」

「いいえ、わたしは税務署の人間じゃありません。ただ訊きたいだけよ。その男の人、その後は一度も見かけていない?」

ウェイトレスはレストランの窓を指差した。

「その人、出てから右へ行った。雪が降ってて、すぐに見えなくなった。そのあとは一度も見かけてない。どうして知りたいの?」

「もしかすると、知ってる人かもしれないの」ビルギッタは答えた。

勘定を済ませて通りに出た。隅のテーブルに座っていた男は、店を出ると右へ行ったという。彼女もそうした。曲がり角まで来てあたりを見回した。片側に店と駐車場があった。通りを横切っている道の一つは行き止まりだった。そこに小さなホテルがあった。ウィンドーの一つにひびが入っている。交差点に立ったまま、彼女はもう一度あたりを見回した。それから視線をまたホテルのウィンドーに戻した。一つの考えが浮かんだ。

中国料理の店に引き返した。ウェイトレスはいすに腰掛けてタバコを吸っていた。ビルギッタを見ると、すぐにタバコを消した。

「もう一つ訊きたいことがあるの。隅に座っていたという男の人、オーバーを着てた?」

ウェイトレスは考えた。

「着てなかった。どうしてわかった？」

「いいえ、わかってたわけじゃないの。どうぞ、タバコを続けて。いろいろ教えてくれてありがとう」

ホテルの門は壊れていた。ドアを破ろうとした跡がある。その後ちゃんと直されていないのだろう。数段階段を上ると、受付があった。受付と言ってもドアの前にカウンターが一つあるだけだった。声をかけたが、だれも出てこなかった。カウンターの上にベルが置いてあった。用事のある人はこれを振れということなのだろう。そのとき後ろから人影が現れ、彼女はぎくりとして振り返った。骨と皮ばかりに痩せた男が立っていた。病気だろうか。厚い眼鏡をかけ、かすかにアルコールの臭いがした。

「お泊まりですかな？」

わずかだがヨッテボリ地方の訛りがあった。

「ちょっとお尋ねしたいのですが。もしかして友人がここに泊まったことがあるのではないかと思って」

男はスリッパを引きずって、カウンターの中に入った。震える手で宿帳を取り出した。宿帳を使うようなホテルがまだ存在するとは思ってもみなかった。まるで一九四〇年代の映画のシーンのようだった。

「友人のかたの名前は？」

「中国人ということしか知らないのです」

男は宿帳をゆっくりとカウンターに置いた。首を振って彼女を見ている。パーキンソン病にかかっているのだろうか、とビルギッタは思った。

「友人の名前はふつう知っているものだがな。それが中国人であろうとも」

「友だちの友だちなのよ。中国人であることはまちがいないわ」

「それはわかった。いつのことかね？」

いったい何人の中国人がこのホテルに泊まったというの、とビルギッタは胸の中でつぶやいた。中国人はめずらしいにちがいないのに。

「一月の初めごろ」

「わしが入院していたころだ。甥が代わりにここにいてくれた」

「甥御さんに電話してくれませんか？」

「残念だが、甥はいま北極へ行っている」

男は宿帳に顔をつけるようにして読みはじめた。ひどい近眼らしい。

「お、中国人が泊まった日があるぞ」と突然声を上げた。「北京から来たワン・ミン・ハオという男だ。一月十二日の晩一泊だけ、泊まっている。探しているのはこの男かね？」

「そうよ！」ビルギッタはほとんど叫ぶような声を上げた。興奮が抑えられなかった。「その人よ！」

宿の主人は宿帳をビルギッタのほうに向けた。彼女はバッグから手帳を取り出すと宿帳に書かれていたことをすべて書き写した。名前、パスポート番号、そして北京の住所と思われるもの。

「ありがとうございます。とても助かりました。その人、部屋になにか残していかなかったでしょうか？」

「わしはスツーレ・ヘルマンソンというものだ。妻と二人でこのホテルを始めたのは一九四六年のこと。妻はもう死んでしまったし、自分ももうじきおさらばだ。今年でこのホテルも閉めることにしている。あとはさっぱりと更地にするつもりだ」

「それはなんとも残念なことですね」

スツーレ・ヘルマンソンはふんと鼻の先で笑った。

「残念？　この建物はもうガタがきているし、わしもすっかりガタがきている。それだけのことだ。年寄りが死ぬのはなにもめずらしいことではない。いや、ところで、そのあんたの友人とかいう中国人だがね、部屋になにか置いていったよ」

ヘルマンソンはカウンターの奥の部屋に入った。ビルギッタは待った。

奥で具合でも悪くなったのかと心配しはじめたとき、宿の主人は戻って来た。その手にパンフレットのようなものが握られていた。

「退院してここに戻ったとき、くずかごにこれが捨ててあった。掃除にはロシア人の女を雇っている。部屋数が八つしかないので、彼女一人でもなんとかできるのだが、掃除上手とは言えない。それでわしは帰ってきたとき、部屋をまわってみた。中国人の泊まった部屋のくずかごにこれがあった」

ヘルマンソンはパンフレットをビルギッタに渡した。中国文字で書かれたもので、建物と人の姿が写っている。小冊子というよりも会社案内書のようなものだ。裏にインクで乱暴に書かれた中国文字があった。

「あげるよ。わしは中国語は読まんから」

ビルギッタはそれをハンドバッグに入れ、あいさつして外に出ようとした。

「ありがとうございました」

ヘルマンソンは意味深な笑顔を見せた。

「もしかすると、なにかほかにもあるかもしれないが、ずいぶんお急ぎのようだ。時間がないんだね？」

ビルギッタはカウンター前に戻った。スツーレ・ヘルマンソンはふたたび笑顔になり、頭の上を指差した。なにを見ろというのだろうと、ビルギッタは不審に思った。壁には時計が掛けてあった。もう一つ、迅速なサービスを約束する自動車整備会社のカレンダーと。

「なにを見ろというのですか？」

「あんたの目はわしのよりも悪いようだな」ヘルマンソンが言った。

カウンターの下から細長い棒を取り出して説明した。

「この時計は遅れがちだ。それでこの棒で針を押して合わせる。この老体で踏み台の上に立つのは大儀なのでな」

そう言うと、彼は時計のすぐそばの壁を棒で指した。ビルギッタには換気の穴しか見えなかった。彼がなにを見せようとしているのか、皆目見当がつかない。そのとき、換気のための穴だと思っていたのが、カメラのレンズを隠している穴だとわかった。

「その中国人とやらを見てみようじゃないか」ヘルマンソンがにんまり笑った。

「それ、隠し撮りのカメラ?」

「そのとおり。しかも手製だ。こんなおんぼろホテルに、ちゃんとした会社の防犯カメラを設置してもらったら、とんでもなく金がかかるにちがいないからな。いや、それよりなにより、わしのような貧乏な老人から金を盗もうとする人間がいるか? それは公園のベンチに座っている文無しの浮浪者をゆするようなものさ」

「ちょっと待って。ということは、あなたはここに立つぜんぶのホテル客の写真を隠し撮りしているんですか?」

「ビデオだがね。それが法律的に許される行為かどうかは知らんが、このカウンターの下のボタンを押せば、カウンター前に立つ人間のビデオ撮影が始まるのさ」

ヘルマンソンは満足げにビルギッタを見た。

「たったいま、あんたのビデオを撮ったよ。あんたのいま立っているところがいちばんいいアングルなんだ」

ビルギッタは彼の後ろからカウンターの奥の部屋に入った。その部屋は彼の事務所でもあり寝室でもあるらしかった。開いているドアから、旧式の台所で皿を洗っている女性の姿が見えた。

「あれはナターシャだ。本当の名前は別にあるのだが、わしはロシアの女をみんなナターシャと呼ぶ。美しい名前ではないか」

老人の顔が急に不安げになった。

「あんた、まさか警察のもんじゃないだろうね？」

「ちがいますよ」

「ナターシャは合法的にスウェーデンで働いているわけではないようだ。だが、移民の多くがそうらしいな」

「そんなことはないと思いますよ。まあ、わたしは警察の人間ではないですけど」

老人は日付順に置かれているビデオテープに目をやった。

「甥がボタンを押すのを忘れていなければいいがな。わしは一月の初めからビデオに目を通していない。そのころは客がほとんどいなかったからな」

老人はゆっくり時間をかけてビデオテープを探している。ビルギッタは苛々して自分が代わりに探してやりたいほどだった。やっとみつけたビデオを老人はテレビに挿入した。ナターシャと呼ばれる女性は影のように消えた。

ヘルマンソンがビデオ再生ボタンを押すと、ビルギッタは身を乗り出した。映像は驚くほど鮮明だった。毛皮の帽子をかぶった男がカウンターの前に立っていた。

「イェルヴスーに住むルンドグレンという男だよ。この男は月一回ここで静かに一人で酒を飲むためにやってくるんだ。酔っぱらうと賛美歌を歌いだす。翌日また家に帰っていく。おとなしい男だよ。不要品回収業者だ。うちに来はじめてからもう三十年にもなる。特別割引の客だ」

テレビ画面がチラチラした。そのあと二人の中年女性が映った。

「ナターシャの女友達、ということになっている」ヘルマンソンが苦々しそうに言った。「ときどきやってくるんだ。この町になにしにくるのかは考えたくない。とにかくこのホテルに客を連れてくることだけは禁じている。だが、わしが眠っているときにどんなことをしているかはわからん」

「彼女たちも特別割引客？」

「ああ、うちの泊まり客はみんなそうだ。わしは宿泊料を決めてないのでな。営業は一九六〇年代の終わりごろからずっと赤字だ。わしは少し株をやっているので、そこからのわずかな収入で生活しているんだ。森林と重工業分野の株は確実だよ。わしは気心の知れた仲間にはいつも一つだけ忠告する」

「なんと？」

「スウェーデンの製造業関係の株に気をつけろと。まったく信用ならん」

また新しい映像が映った。ビルギッタはぎくっとした。男が一人、はっきりと映っている。中国人に見える。黒っぽいコートを着ている。一瞬、彼はカメラのほうを見た。まるで彼女の視線を感じたかのように。目と目が合った。若い、とビルギッタは思った。三十歳を超えていないだろう。

男は鍵を受け取ってカメラの視界から消えた。

テレビ画面が暗くなった。

「わしの目はあまりよくない。これがその男かね？」

「一月十二日の映像ですか？」

「ああ、そうだと思う。宿帳を見て、この男がロシア女たちのあとでチェックインしているかどうか見てみよう」

彼は部屋から出て小さなカウンターのほうへ行った。ビルギッタは宿の主人が部屋にいない間に中国人の映っている部分を数回繰り返して見、彼がカメラを凝視した瞬間で停止させた。カメラに気がついたのだ、と思った。このあとはカメラから目をそむけたり、下を見たりしている。顔がカメラに映らないように体の角度まで変えている。ビルギッタは何度も繰り返して見た。初めからこの男はカメラを探していたにちがいなかった。緊張していた。もう一度画面を停止させた。ショートヘアで鋭い目、口をきつく結んでいる。動きが速い。用心している。もしかすると、最初の印象よりも年上かもしれない。

ヘルマンソンが戻って来た。

「やはりそのようだ。ロシア女が二人、いつもながら、でたらめの名前を書き込んでいる。その後に、北京在住のワン・ミン・ハオという名前がある」

「このビデオテープ、コピーできないかしら？」

スツーレ・ヘルマンソンは肩をすくめた。

「持っていっていいよ。そんなもの、わしはいらないから。これはどこかに提供するわけじゃない。わしが自分のために取りつけたものだ。半年に一度、ぜんぶ消して繰り返し使っていたが、もういらん。あげるから持っていってくれ」

そう言って、宿の主人はビデオテープをケースに入れてビルギッタに渡した。外への階段のところまで来ると、ナターシャがランプの笠を磨いていた。

ヘルマンソンはビルギッタの腕を軽く押した。

「さて、なぜ中国人の男をそんなに探しているのか、聞きたいものだな。金を貸しているのかね？」

「お金を？　なぜそう思うの？」

「人はみんな、だれかに負うところがあるものさ。そしてわしの見るところ、それはたいてい金だね」

「その男の人に訊きたいことがあるの。それだけ。それ以上はなにも言えないわ」

「それでもあんたは警察官ではないんだね？」

「ええ、ちがいます」

「だが、あんたはこの近くの者ではない」

「ええ。わたしの名はビルギッタ・ロスリンといいます。ヘルシングボリから来ました。もしこの男がもう一度現れたら、ぜひ連絡してほしいの」

ビルギッタは住所と電話番号を走り書きしてヘルマンソンに渡した。

通りに出て、汗をかいていることがわかった。中国人の男の目がずっとついてくる気がした。ビデオテープをハンドバッグに押し入れて、彼女はあたりを見回した。これからどうするか？本当はヘルシングボリへ戻るところだった。もう午後も遅い時間になっている。彼女は目に留まった近くの教会へ行った。中に入ると、ベンチのいちばん前まで行って、腰を下ろした。厚い内壁のそばに職人が一人ひざまずき、漆喰を修繕していた。ビルギッタは考えを整理した。ヘッシューヴァレンで赤いリボンが一本みつかった。雪の中に落ちていた。まったくの偶然から、自分はそれが中国料理店のものであることを突き止めた。一月十二日の晩、一人の中国人の男がそこで食事をした。その晩から翌朝にかけて、ヘッシューヴァレンで大量殺人事件が起きた。

ヘルマンソンのところで見たビデオに映った男のことを考えた。たった一人であんなことができるものだろうか？　もしかすると、自分が知らないだけで、もっと多くの人間がかかわっているのだろうか？　いや、もしかすると、雪の上に落ちていたあのリボンは、ほかのまったく別の人間が落としたものか？

答えはみつけられなかった。こんどはポケットから、その男が捨てていったという会社案内書のような印刷物を取り出した。ワン・ミン・ハオとかいうその男とヘッシューヴァレンでのできごとは、本当に関係あるのだろうか？　もし彼が犯人だとしたら、なぜわざわざこんなにはっきりしている手がかりを残していったのだろうか？

教会の中は暗かった。ビルギッタは眼鏡をかけて印刷物を開いた。内側の一面には北京の高層ビルと中国文字が書かれている。もう一つの面にはグラフと数字、そして笑顔の中国人男性たちの写真が載っていた。

もっとも興味を引いたのはパンフレットの裏にインクで書かれていた中国文字だった。これがワン・ミン・ハオが残した唯一の個人的なものだった。おそらくこれは彼自身の文字だろう。覚え書きだろうか？　それともなにかほかの目的で書いたものか？

この文字の意味を知りたい。その瞬間、思い出した人物がいた。若いときの左翼の友人の一人だ。ビルギッタは教会を出て、携帯電話を取り出し、外に出て隣の墓地に向かった。ルンド大学で学んだときの友人の一人、カーリン・ヴィーマンは中国の専門家で、コペンハーゲン大学で教鞭をとっている。留守電になっていたので、用件を残して電話を切った。車に戻り、町の中央部へ行ってホテルを探し、大きなホテルに一室をみつけた。部屋は大きく建物の上の階にあった。テレビをつけて、夜は雪になるという天気予報を見た。

ベッドの上に横になり、電話を待った。隣室から高笑いが聞こえた。

電話が鳴って、目が覚めた。久しぶりの電話に驚いているカーリン・ヴィーマンからの電話だった。説明を聞くと、ファックスでその文字を送ってくれと言う。

フロントへ行って、ファックスの送信を頼み、また部屋に戻った。外はすっかり暗くなっていた。まもなく家に電話をかけて予定を変更したと伝えなければならない。悪天候になったので、もう一晩こちらに泊まると。

カーリンは七時半に電話してきた。

「とても崩れた字なのよ。でもなんとか読めたと思うわ」

ビルギッタは息を止めた。

「病院の名前よ。調べてみたわ。北京にあって、隆福《ロンフー》病院というの。北京の中心部にある。通りの名前は美術館後街。近くに大きな美術館があるわ。地図があるから送りましょうか？」

「ええ、そうしてもらえる？」

「でも、その前に、話してちょうだいよ、なぜ急にこんなことを知りたがるのか。とても興味があるわ。昔の中国熱がいま再燃したというわけ？」

「もしかするとそうかも。あとで話してあげるわ。さっき送ったファックスの番号に地図を送ってくれる？」

「ええ、わかった。二、三分で送るわね。でも、なぜそんなにもったいぶるのよ。ちゃんと話しなさいよ」

「もう少し待って。必ず話すから」

「こんど会わない？」

「ええ。そうしましょう。ずいぶん会ってないものね」

ビルギッタはフロントへ行って、待った。北京中心部の地図はまもなく送られてきた。カーリン・ヴィーマンは該当の場所に印を付けてくれていた。

急に空腹を感じた。ホテルのレストランが開いていなかったので、上着をはおり、外に出た。

地図は戻ってからちゃんと見ることにした。

町はすっかり明かりが消えていて、車も少なく、人通りもほとんどなかった。フロントで聞いたイタリアンの店には客も少なく、ビルギッタはそそくさと食事を済ませた。

いつのまにか雪になっていた。彼女はホテルに向かって歩きはじめた。

急に足を止めて、振り返った。だれかに見られているような気がした。だが、あたりに人影はなかった。

ホテルに戻ると、部屋の鍵をかけ、チェーンを通した。それから窓辺に行き、カーテンの陰から下の通りの様子をうかがった。

変わったところはなかった。人の姿はなく、ただ雪だけがしんしんと降っていた。

20

ビルギッタ・ロスリンはその晩よく眠れなかった。何度も窓辺に行っては、カーテンの陰から外を見下ろした。雪が降り続いていた。風が強かったため、建物の外壁に沿って高く雪の吹きだまりができていた。通りに人の姿はまったくなかった。朝になり、七時半ごろ除雪車の音でようやく目が覚めた。

前の晩眠る前にスタファンに電話をし、もう一泊することになったとホテル名を教えた。夫は黙って聞き、ほとんどなにも言わなかった。変だと思っているにちがいない。まさか、わたしがほかの男といっしょだとは思わないだろうけれど。でも、本当はそうであってもおかしくないのだ。わたしの性生活を満たしてくれる人をみつけたのかもしれないと少なくとも一度ぐらいは思うべきではないか？　それともわたしがいつまでも待ち続けると信じて疑わないのだろうか？

この一年間、じつはそうしようかと思ったこともあった。だが決心がつかなかった。いまもわからない。もしかすると、たんに魅力的な男が現れなかっただけのことかもしれない。

旅行から帰るのが遅れると聞いても、夫がなんの反応もしないことにビルギッタは腹を立て、がっかりもした。かつては互いの精神生活に深く口出ししないという暗黙の了解があった。人はみな、ほかの人間が入ってはならない聖域をもつ権利がある。だがそれは相手がなにをしているかに無関心でもいいという意味ではないはず。わたしたちの関係はいまそこへ向かっているのだろうか？　ひょっとしてもうそこまで至っているのだろうか？

わからなかった。しかし、しっかり話し合わなければならないところまできているのだと自覚した。

ホテルの部屋に湯沸かし器があったので紅茶をいれ、カーリンが送ってきた地図を持っていすに腰を下ろした。部屋は薄暗く、明かりはいすのそばのフロアランプからと、音のないテレビの文字ニュースの画面から発する光しかなかった。地図はコピーの質が悪く、よく見えなかった。紫禁城と天安門広場をみつけた。さまざまな思い出が胸に浮かんできた。

ビルギッタは地図をかたわらに置くと、娘たちのことを思った。カーリンと話したことで自分の若いころのことを思い出した。すぐこの間のようでもあり、ずっと昔のことのようでもある。はっきりしている記憶もあるし、思い出すたびにぼんやりと霞んでしまうものもある。あの当時大事に思った人たちの中には、顔さえ思い出せない人もいる。その反対にそれほど大事に思わなかった人たちの中に、はっきりと思い出せる人がいたりする。記憶はつねに移ろう。大きくなったり小さくなったり、消えてしまったりふたたび意味のあるものになって現れたりする。

だがあの時代がわたしに決定的な影響を与えたことだけは確かだ。世間知らずの自分と時代のカオスの中で、わたしは連帯と自由がよい時代を作るための条件と信じた。あのとき、世界の中心にいると感じたこと、変革は可能だと信じる時代の中心にいると感じたことを、わたしは決して忘れていない。

だが、わたしはあのころ到達した世界観を目指して生きてはこなかった。落ち込んでいるときなど、自分を裏切り者のように感じることもあった。とくに、反抗的であれとわたしに教えてくれた母に対して。だが、正直に言えば、当時のわたしの政治的な意見はうわべだけのことにすぎなかったのだ。ビルギッタの表面を塗っていた釉薬《うわぐすり》！　本当に嘘のないのは、ちゃんとした裁判官であろうとした自分。これだけはだれもわたしから奪うことができない真実だ。

紅茶を飲み、翌日の計画を立てた。またあの警察署へ行って、自分の発見したことを伝えなければ。今回ばかりは、彼らも話に耳を傾けざるを得なくなる。ここの警察はまだなんの発見もしていないのだから。このホテルにチェックインするとき、ロビーでドイツ人観光客がヘッシューヴァレンで起きた事件の話をしていた。もちろんこのニュースは外国へも流れているのだ。平和なスウェーデンというイメージに泥が塗られる。大量殺人はこの国で起きるはずがない。そんなことはアメリカか、もしかするとロシアで起き得る事件。サディスティックな頭のおかしくなった人間か、テロリストのやること。この平和で、なにも起こらないスウェーデンの田舎の森林の村で起きるようなことではない。そんなふうに人々は感じているはずだ。

血圧はどうなっただろう。下がっただろうか。そんな気がする。医者はきっとすぐにでも働いていいというだろう。それ以外は考えられない。

ビルギッタは自分が担当する予定の裁判のことに思いを馳せた。同時に、こんどのことで、同僚の裁判官に割り振られた本来自分が担当するはずだった事件はどうなっただろうかと思った。

急いで帰らなければならない気がした。家に帰りたい。いつもの生活に戻りたい。たとえそれがいろいろな意味で空虚で退屈に感じられても。自分でやらなければ、ほかの人にこの状態を変えることができるはずがない。

薄暗いホテルの一室で、ビルギッタは夫の誕生日には盛大なパーティーを開こうと思った。いつもは誕生日など大騒ぎしたりしないのだが、もしかすると、そんな習慣はこの辺で返上するほうがいいのかもしれない。

ビルギッタはヒューディクスヴァル警察署へ行った。前夜から雪が降り続いていて、気温はかなり下がっていた。ホテルの外に出て外壁の温度計を見ると、零下七度だった。歩道はまだ雪掻きされていなかったので、転ばないように気をつけて歩いた。

受付は混んでいなかった。警察官が一人、ホールの掲示板を読んでいる。電話を前にして座っている受付の女性はぼんやり宙を見ていた。

ふと、ヘッシューヴァレンで事件が起きたというのは悪い冗談かもしれないという気がした。大量殺人など起きなかったのではないか。だれかの作り話で、殺人鬼など初めからいなかったのではないか。いま日常を取り戻し、いつもどおりの平和な暮らしに戻ったのか。

「ヴィヴィ・スンドベリに会いたいのですが」

「会議中です」

「エリック・ヒュッデンは？」

「同じく会議中です」

「みんなが会議に出ているんですか？」

「ええ。全員。わたし以外は。重要なことなら、メモを渡すことはできますけど。でも、長く待たされると思いますよ」

ビルギッタは考えた。もちろん、重要なことだ。決定的なことと言ってもいい。

「会議は何時までの予定ですか？」

「それはわかりません。いろんなことが起きているので、一日中かもしれません」

受付の女性は掲示板を読み終わった警官をホールの奥のドアの中に入れた。

「なにか新しい展開があったのかもしれないんです」と女性は低い声で言った。「捜査官たちは今朝五時に集まったんですよ。検事もです」

「なにが起きたのかしら？」

「わかりません。でも、あなたが長い時間待たなければならなくなるのはまちがいないと思います。でも、いま言ったことはだれにも言わないでください」

「もちろんです」

ビルギッタは入り口ホールのいすに腰を下ろし、雑誌をめくった。ときどき警察官が正面玄関のガラスのドアを出入りした。報道関係者たちが現れた。ラーシュ・エマニュエルソンも現れるかもしれない。

九時十五分になった。目をつぶり、いすの背にもたれた。だれかに話しかけられ、ぎくっとして目を開けるとヴィヴィ・スンドベリが目の前に立っていた。ひどく疲れて見える。目の下に黒い隈ができている。

「わたしに話したいことがあるとか?」

「お邪魔でなければ」

「邪魔は邪魔ですよ。でも、なにかよほど大事なことなのでしょう。話があるという以上、内容のあるものでなければならないことはご存知でしょうから」

ビルギッタは人のいない部屋に通された。

「わたしの部屋ではないけど、ここを使いましょう」

ビルギッタは座り心地の悪いいすに腰を下ろした。スンドベリは赤いホルダーがぎっしりと並んでいる本棚に寄り掛かった。立ったままだ。

ビルギッタは話す準備を整えた。だが、同時にこれはどうにもならない状態だと思った。スンドベリはこれからなにを聞こうが、捜査とは関係ないと言い切るだろう。彼女の態度から、そう決めていることが伝わってくる。

「発見したことがあります。突破口と呼んでいいようなものだと思いますが」

スンドベリは無表情なままだ。ビルギッタはその態度を挑戦的なものと受け止めた。スンドベリがなんと思おうと、自分は裁判官だ。捜査中の事件の突破口になるかもしれないと聞いて、捜査官が関心を示さないことはあり得ない。

「わたしがこれから話すことはとても重要なことなので、だれかもう一人人を呼ぶほうがいいと思いますよ」

「なぜ？」

「そう確信しているからです」

その自信に満ちた言い方が功を奏した。スンドベリは廊下に出、数分後ごほごほと咳をする男を従えて戻って来た。

「私が初動捜査の責任者です。検事のロベルトソンと名乗った。

「ヴィヴィの話によれば、なにか重要な話があるとか。私の聞いたところでは、あなたはヘルシングボリの裁判官ですね？」

「ええ、そのとおりです」

「ハルムベリ検事はまだおられますか？」

「彼はもう引退しましたよ」

「でもまだヘルシングボリに住んでいる？」

「いいえ、たしかフランスのアンティーブに移住なさったと聞いてます」

「それはうらやましい。彼はおいしい葉巻が好きだった。審議会の連中は休憩時間に検事が吸う葉巻にはすっかり閉口していた。葉巻の煙に健康が侵されると。裁判所全体が禁煙になったころからですよ、彼が法廷で勝てなくなったのは。彼によれば、タバコが吸えなくて退屈し、やる気がなくなったからだということだったが」

「ええ、わたしもそう聞いています」

検事はいすに腰を下ろした。スンドベリは前のように書棚に寄り掛かった。ビルギッタは発見したことを詳細にわたって話した。赤いリボンに見覚えがあった。そのリボンがもともとあった場所をみつけ、中国人がこの町に来ていたことを発見した。ビデオテープを取り出してテーブルの上に置き、そのそばに例の会社案内書のような印刷物も並べて置いた。ついでにその裏に書かれている文字の意味も説明した。

彼女が話し終わっても、だれもなにも言わなかった。ロベルトソン検事は眉間にしわを寄せたまま彼女を見ているし、スンドベリにいたっては自分の手をみつめたままだった。ロベルトソンがビデオテープに手を伸ばして言った。

「これを見てみよう。いますぐに。とんでもないことではあるが。だが、頭のおかしくなった犯人なら、とんでもないことをやらかしてもおかしくないか」

会議室に部屋を移した。浅黒い肌の清掃人がコーヒーカップなどを片付けていた。ビルギッタは音を立てる彼女の片付けかたに眉をひそめた。スンドベリがここはいいから部屋を出てくれと言って清掃人を追いやった。ロベルトソンはテレビのビデオ装置にぶつぶつ文句をいいながら、やっとビデオテープをセットした。

そのときドアにノックの音がした。ロベルトソンはあとにしてくれと声をかけ、ビデオを再生した。ロシア人の二人の女を早送りしたあと、画面がチラチラした。そのあと中国人の男が映った。カメラを見上げ、そのあと画面から消えた。ロベルトソンは巻き戻しし、男がちょうどカメラを見上げたところで画面を停止させた。ヴィヴィ・スンドベリも関心を見せた。近くの窓のブラインドを下ろし、部屋を暗くした。画面がいっそう鮮明になった。

「ワン・ミン・ハオ。偽名かもしれませんが。一月十二日の夜、どこからともなくここヒューディクスヴァルに現れた。中国料理店で食事をし、テーブルの上から吊るされた提灯《ランタン》から赤いリボンを一本引きはがした。近くの小さなホテルに泊まっています。その赤いリボンはヘッシユーヴァレンの犯行現場で雪の上に落ちていたものです。男がどこから来て、どこへ消えたのかはわかりません」

ロベルトソンはテレビ画面に顔を近づけた。それから腰を下ろした。スンドベリは炭酸入りの水の瓶の口を開けた。

「おかしいな」ロベルトソンが言った。「あの赤いリボンが本当にそのレストランのものだということ、あなたは確かめたのでしょうな」

「ええ、もちろんです。行って、この目で確かめました」

「どういうことなの、いったいこれは?」スンドベリが声を荒立てた。「あなたは個人でわたしたちの向こうを張って捜査しているってことですか?」

「騒ぎを起こすつもりは毛頭ありません」ビルギッタが言った。「あなたがたの仕事は山ほどあることを知っています。そもそも理に合わない仕事です。二十世紀の初めに蒸気船で大勢の人を殺した頭のおかしくなった男の事件以来の、それよりもっとひどい大事件ですから」

「ヨン・フィリップ・ノルドルンドか」ロベルトソンが口を挟んだ。「あれは当時の本物の悪党だった。ノルドルンドは現代でいえば頭を剃ったフーリガンだな。一九〇〇年、彼はアルボーガとストックホルムの間を行き来する蒸気船の船上で五人を殺した。当時はまだ斬首刑があった。そう、彼はギロチンにかけられましたよ。現代の犯罪人たちには起き得ないことです。こんどのヘッシューヴァレンの犯人が捕まっても死刑にはならない」

スンドベリはロベルトソンの犯罪史の説明に感心する様子はなく、黙って部屋を出ていった。

「そのランタンを持ってくるように、レストランに頼みました」戻って来るなり彼女は言った。

「十一時前は開いていないはずでは？」ビルギッタが言った。

「この町は小さいのよ。店主を連れてきて、開けさせます」

「マスコミの連中に知れないようにしてくれよ」ロベルトソンがヴィヴィ・スンドベリに言った。「新聞の見出しが見えるようだ。〈ヘッシューヴァレン大量殺人の陰に中国人が？　犯人はアジア系か〉とか」

「今日の午後の記者会見のあとで、こんなことあり得ないわ」スンドベリが言った。

受付の女性の言ったことは正しいのだ、とビルギッタは思った。今日の午後なにかが発表されるのだ。だからこの人たちはほとんど関心を示さないのだ。

ロベルトソンが咳き込みだした。ひどい発作で、顔が真っ赤になっている。

「タバコだ」と咳き込みながら彼は言った。「大量のタバコを吸ってきたからね。長さでいえば、吸ったタバコの数を繋《つな》げばストックホルム中央駅からスーデルテリエの南までの距離になるだろうな。およそボートシルカあたりからフィルター付きになるかな。だが年取ってからフィルター付きにしたところでなんの助けにもならんだろうがね」

「さて、まとめてみましょうか」スンドベリが腰を下ろした。「ロスリンさん、あなたはわたしたちの仕事に不安と苛立ちをもたらした」

なるほど、ここであの古い日記のことを持ち出すのか、とビルギッタは思った。今日はきっとロベルトソンがわたしになにか罪を突きつけるところで終わるのだろう。裁判沙汰にはならないだろうが、なにかわたしにひどく不利になるような法律の条文をみつけるだろう。

だが、スンドベリは日記のことはなにも言わなかった。ビルギッタは、拒絶的な態度にもかかわらずスンドベリは自分をロベルトソンに差し出すつもりはないのだと理解した。あのことはきっと、この激しく咳き込む検事にわざわざ告げるようなことではないのだ。

「もちろんこれは調べます」ロベルトソンが言った。「われわれはなんの偏見も予断もなく仕事をしていますから。だが、中国人がこの事件にからんでいるという形跡はほかにはまったくない」

「殺人の凶器ですが、みつかったのですか?」ビルギッタが訊いた。スンドベリもロベルトソンも黙り込んだ。なるほど。みつけたのだ、とビルギッタは思った。それを今日の午後発表するつもりなのだ。きっとそうにちがいない。

「それについていま話すことはできない」ロベルトソンが言った。「ランタンがきたら、例のリボンと比べましょう。合致すれば、この情報は捜査に取り入れる。ビデオテープはもちろんわれわれが引き取ります」

ロベルトソンは手帳を取り出し、メモを書きはじめた。

「実際にこの中国人に会っているのは？」

「中国料理店のウェイトレスです」

「私はよくあそこで食事をする。若いほうですか、それとも年上のほう？　それとも厨房《ちゅうぼう》にいる口うるさいおやじのこと？　額にほくろのある」

「若いほうのウェイトレスです」

「あの子は妙に恥ずかしがったり、やたらとまとわりついたりする。きっと退屈してるんだろうな。ほかに？」

「ほかになんですか？」

ロベルトソンはため息をついた。

「親愛なる裁判官さん。あなたは手品のようにマントの中から中国人を出してみせたんですよ。ほかにだれが彼を見たというんです？　こんなに簡単な問いはないでしょう」

「ホテルのオーナーの甥です。名前は知りません。でもホテルオーナーのスツーレ・ヘルマンソンによれば、いま北極圏に旅行中とのことです」

「はあ？　まったくね、この捜査は世界的規模というわけだ。まずあなたが中国人を引っ張りだした。そしてこんどは証人の一人が北極圏にいると言う。事件のことはタイム誌にもニューズウィーク誌にも載った。ロンドンのガーディアン紙も電話してきたし、ロサンジェルス・タイムスも同じだ。だれかほかにこの中国人に会った人間はいるんですか？　いるとしても、いまオーストラリアの広大な砂漠にいるのでなければいいがね」

「ホテルの清掃人がいます。ロシア人女性の」

ロベルトソンの顔が勝利に輝いた。

「ほら、言ったとおりじゃないですか！　こんどはロシアだ。名前は？」

「ナターシャと呼ばれているようです。スツーレ・ヘルマンソンによれば、本名は別のようでした」

「もしかして非合法で働いているんじゃないですか？　ロシア人やポーランド人の不法労働者がこの町にもよくいるから」スンドベリが口を挟んだ。

「それはこの際関係ない」ロベルトソンがぴしゃりと言った。「この中国人を見かけた人はほかにはいないのですか？」

「知りません。でも、この男がやってきたこと、そして立ち去ったことは事実です。バスで、あるいはタクシーで？　だれかが見かけているはずです」

「それはわれわれが調べ上げます。これが本当に重要な情報だとわかったら」

あなたはそう思わないというわけね、とビルギッタは心の中で言った。あなたたちがもっている手がかりがなんなのかわからないけど、そっちのほうが重要だとみなしているわけね。

スンドベリとロベルトソンは部屋を出ていった。ビルギッタは急に疲れを感じた。自分が発見したことが事件解決の鍵になる可能性はかぎりなくゼロに近いにちがいない。自分自身の経験から、彼女はとんでもない情報というものはたいてい食わせものだと知っていた。

彼らが戻って来るまで、ビルギッタは会議室の中を行きつ戻りつして歩きまわった。ロベルトソンのような検事にはいままで何人も会ったことがある。裁判ではよく女性警官にも会う。証言台に立つことがあるからだ。スンドベリのような赤毛ではないにしても、たいてい同じように口調がゆっくりで、妙な一致だがたいてい肥っている。皮肉っぽい口調も共通すること。警察官だけでなく、裁判官の中にも被疑者のことを話すときの口調が侮蔑的で見下す言葉遣いをする者がいる。

スンドベリが戻って来た。彼女の前にロベルトソン、その前にトビアス・ルドヴィグが先頭を切って部屋に入ってきた。ルドヴィグ署長は赤いリボンの入っている透明のビニール袋を手に持ち、ヴィヴィ・スンドベリが中国料理店から届けられたランタンを持っていた。

赤いリボンが袋から出され、ランタンについているほかのリボンと比べられた。間違えようがなかった。

一同はふたたびテーブルについた。ロベルトソンはビルギッタから聞いたことをまとめてルドヴィグ署長に話した。この男は話をまとめて話すことは上手だとビルギッタは思った。そのあとは三人ともなにも彼女に訊かなかった。ただ一人、ルドヴィグだけがこう言った。

「それで？　このために午後の記者発表の内容を変える必要がありますか？」

「いいえ。この情報はまだ裏がとれていません。あとでゆっくりやります」ロベルトソンが言った。

ここで話し合いは終わり、ロベルトソンは握手をして部屋を出ていった。ビルギッタも立ち上がって帰ろうとしたとき、スンドベリが目配せをした。残れという意味に解釈し、彼女はまたいすに腰を下ろした。

二人きりになると、スンドベリはドアを閉め、いきなり話しはじめた。

「あなたがまだこの捜査に口出しをしようとしているのには驚きました。たしかに赤いリボンの出所を発見したのはお手柄だったけど。でも、それはこちらでこれからくわしく調べます。こちらにはいま、ほかに先行させることがあるのだということ、もうおわかりでしょうけど」

「ほかになにか手がかりがみつかったのですね?」

「今日の午後の記者会見で話しますよ」

「少しいま話せることがあるのでは?」

スンドベリは首を振った。

「なにも話せないのですか?」

「ええ、まったくなにも」

「重要参考人がみつかったとか?」

「いま言ったように、記者会見で話します。残ってもらったのは、別の話があるからよ」

スンドベリは立ち上がると、部屋を出ていった。戻って来たとき、彼女は数日前にビルギッタに戻させた例の昔の日記を数冊手に抱えていた。

「目を通したけど、捜査には関係ないという結論に達しました。そこで、少し親切気が出てきて、あなたがもしこれを読みたければ、貸してあげようと思います。ただし、預かり証にサインをしてもらいます。こちらが返してほしいときに返してもらうという条件付きで」

これはなにかの罠だろうか、とビルギッタは疑った。いまスンドベリが提案していることは、犯罪行為ではないにしても法律的には許されないことだ。自分は捜査にはまったく関係ない人間なのだから。これを受け取ったらどうなるのだろう?

スンドベリは彼女のためらいがわかったようだ。

「ロベルトソンには話を通してあります。預かり証を書くようにとだけ言われてます」

「わたしが読んだ部分に、アメリカで鉄道工事にあたった中国人クーリーの話がありましたけど」

「一八六〇年代の? およそ百五十年も前のことよ!」

スンドベリは日記の束をビニール袋といっしょにテーブルの上に置いた。それからポケットから一枚の預かり証を取り出し、ビルギッタはそれにサインした。

そのあと、スンドベリはビルギッタを出口まで送り出した。ビルギッタは記者会見の時間を訊いた。

「午後二時です。四時間後。記者証があれば、中に入れます。申込者が多く、部屋が小さすぎるのが心配。こんなに大きな事件に見合うだけの部屋がないのよ。こんなに小さな町には大きすぎる事件ですからね」

「事件解決のめどがついたのならいいけど」

スンドベリはビルギッタの言葉を聞いて、しばらく黙っていたがしまいにこう言った。

「ええ。わたしたちはこの残虐な事件をほぼ解明したと思います」

そう言うと、自分の言葉を確認するようにゆっくりとうなずいた。

「それともう一つ、あの村の人間はほぼ全員親類関係にあったことがわかりました。殺された人たちは全員が親戚同士でした」

「少年以外は全員ということ？」

「少年もよ。でも、彼は住んでいたわけではなくて、訪ねてきたところだったのです」

ビルギッタは警察署を出た。あと数時間で発表されることとはなんだろうと思いをめぐらせた。

男が一人、まだ雪掻きされていない歩道を歩いてきて彼女に追いついた。

ラーシュ・エマニュエルソン。笑っている。ビルギッタはおもいきり彼を殴りたくなった。いっぽうではその執念深さに感心する気持ちも心の片隅に覚えた。

「また会ったね。あんたはよく警察署に来るな。ヘルシングボリの裁判官はこりもせず大量殺人事件の捜査の周辺に現れる。好奇心をもたれて当たり前というもんだ」

「質問は警察にして。わたしにではなく」

エマニュエルソンが真顔になった。

「もちろん、そんなことはとっくにしている。だが、いまだに答えがもらえてない。こうなるとこっちはますます興味をもつ。いろいろと推測を始めたよ。ヘルシングボリの裁判官がヒューディクスヴァルでなにをしている？　彼女は今回の大量殺人事件の関係者か、とね」

「なにも言うことはありません」

「それじゃ、なぜあんたはそんなに無愛想で、素っ気ないのか、教えてくれ」

「それはあなたがしつこいからよ」

エマニュエルソンはビニール袋を目で示した。

「あんたがさっき警察に入っていったときは、手になにも持っていなかった。そしていま、出てきたとき、手に重い荷物を持っている。中身はなんだね？　書類か、ホルダーか、なにかほかのものか？」

「あなたに関係ないものです」

「その袋の中になにがあるのか、なにかなくなっているものがあるのか、そしてなぜあんたが答えたくないのか」

ビルギッタは足を速めた。そのとたん足が滑って、雪の上に転んでしまった。古い日記の一つが袋から飛び出した。ラーシュ・エマニュエルソンがさっと手を出したが、ビルギッタはその手を払いのけ、日記を拾ってビニール袋にしまった。怒りのあまり、彼女の顔は真っ赤になった。

「古いノートねえ」後ろからエマニュエルソンの声が聞こえた。「早晩その正体を突き止めるよ」

車のそばまで来て初めて彼女はコートについた雪を払った。エンジンをかけ、暖房を入れた。

幹線道路に出たころやっと気持ちが落ち着いた。エマニュエルソンとスンドベリを頭の中から追い出した。内陸道路を走り、ボルレンゲを過ぎたところで食事をし、ルドヴィカの先でパーキングエリアに入り、ラジオをつけた。時刻はほぼ二時だった。

ラジオのニュースは短かった。記者会見はちょうど始まったところだった。「警察はヘッシユーヴァレンの大量殺人の犯人として一人重要参考人を拘束したという。くわしくはつぎのニュースの時間に」

ビルギッタは車を走らせ、一時間後、幹線道路から下りた。ゆっくりと木材運搬道路に車を走らせた。雪が柔らかすぎてタイヤがぬかるみにはまってしまうのを恐れた。ラジオをつけた。最初に耳に入ったのはロベルトソン検事の声だった。「容疑者を一人、取り調べのために拘束した。今日の午後または今晩中に逮捕することになるだろう。それ以上は話すことができない」

そう言って彼が口をつぐむと、いっせいにジャーナリストたちの質問や罵声が飛びかった。だがロベルトソンはそれ以上は一言《ひとこと》も話さなかった。

ニュースが終わると、ビルギッタはラジオを消した。近くのトウヒの木から雪の塊がどさっと落ちた。シートベルトを外して車の外に出た。気温はさらに下がっている。ぶるっと体を震わせた。ロベルトソンはなにを言ったか？　重要参考人がいるということ。それだけだ。ほかには一言も言っていない。だが、勝ち誇ったような口調だった。それはスンドベリも同じだった。事件解決に近づいているという自信たっぷりの口調だった。

中国人なんていないんだ、と彼女は突然思った。暗闇から現れて赤いリボンを持っていった男は事件とはなんの関係もないのだ。そのうちにつじつまの合う説明が出てくるだろう。あるいは、そうではないのか。彼女は経験豊富な警察官から、複雑な事件においては、説明のつかない部分が必ずあるものだと何度も聞いたことがある。起きたことすべてに理にかなう説明がつくことは、めったにないものだと。

中国人のことは忘れよう。この数日間彼女を煩わせただけだと思うことにしよう。

エンジンをかけ、発車させた。一時間後のニュースのことはすっかり忘れてしまった。

その夜はウーレブローに宿をとった。日記帳の入ったビニール袋は車の中に置いたままにした。

眠りに落ちる前、彼女は隣に寝る人の存在が恋しいと思った。スタファン。だが彼はここにいない。彼の手の形さえ、彼女は思い出せなかった。

翌日の午後三時、やっとヘルシングボリに着いた。ビニール袋入りの日記帳は書斎に置いた。

そのときには、四十代の男が、いまだ名前は伏せられていたが、ロベルトソン検事に連行されたことを知っていた。だが、ニュースは不十分で、新聞もテレビもわずかな情報をめぐって蜂の巣をつついたような騒ぎになっていた。

その男がだれなのか、だれも知らなかった。

だれもが警察発表を待っていた。

21

その日の夜、ビルギッタ・ロスリンは家で夫のスタファンといっしょにニュースを見た。ロベルトソンは事件解決の突破口がみつかったと言った。後方にヴィヴィ・スンドベリの姿が見えた。記者会見は騒然としたものになった。トビアス・ルドヴィグはジャーナリストたちがロベルトソンがマイクに向かって話している演台をひっくり返そうとするのを止めに入った。ロベルトソンだけが終始冷静だった。しまいに別枠のテレビインタビューに応じた彼は、ことの次第を話した。四十五歳の男がヒューディクスヴァルの郊外で逮捕された。念のため機動隊も呼んであったが、逮捕劇は穏便におこなわれた。男はしかるべき理由からヘッシューヴァレンでの大量殺人事件に関係しているとみなされている。ロベルトソンは捜査の都合上男の身元を明かすことはできないと言った。

「なぜ話すことができないんだろう?」スタファンが訊いた。

「ほかに関係している人間がいれば、警告を与えることになるから。証拠が破壊されることもあるし」ビルギッタは夫の問いに答えながら、静かにしてと言った。「検事が言わないほうがいいと判断する理由はいろいろあるはずよ」

ロベルトソンは記者会見で男の身元をいっさい語らなかった。だが、捜査の突破口は一般からの複数の通報をもとにしたもので、いま警察はさまざまな足跡を確認する段階にいる、最初の尋問はすでにおこなわれたと言った。

「それで、男は認めたのか?」

「いや」

「一部でも認めた部分はあるのか?」

「それについては話せない」

「なぜです?」

「捜査がまだ決定的な段階に至っていないからだ」

「逮捕されたとき、男は驚いたか?」

「ノーコメント」

「男に家族はいるか?」

「ノーコメント」

「だが男はヒューディクスヴァル郊外に住んでいる?」

「そうだ」

「職業は?」

「ノーコメント」

「殺された人々との関係は?」

「それについてコメントできないということぐらい、わかるだろう」

「しかし、テレビの視聴者が知りたがっているということもわかってくださいよ。これはスウェーデン犯罪史上二番目の大虐殺なんですから」

ロベルトソンは驚いたように眉を上げた。

「一番目はなんだね？」

「一五二〇年のストックホルムの大虐殺に決まっているじゃありませんか」

ロベルトソンは突然笑いだした。ビルギッタはおしゃべりなジャーナリストに腹を立てた。

「あれと比べることはとうていできないね。だが、ここできみとその議論を展開するつもりはない」

「これからどうするんですか？」

「逮捕者の尋問をもう一度する」

「弁護士はすでについていますか？」

「本人はトーマス・ボードストルムに頼みたいと言っているが、それは無理でしょう」

「犯人にまちがいないと確信していますか？」

「それに答えるのはまだ早い。だが、いまのところ、この男を逮捕したことに私は満足している」

インタビューが終わった。ビルギッタはボリュームを下げた。スタファンが彼女を見て言った。

「さて、奥さん、いや裁判官。なにかコメントは？」

「もちろん確たる証拠があっての逮捕でしょう。そうでなければ、逮捕状は発行されなかったはず。でも、ロベルトソンはなにかの理由で身動きできないようね。とても慎重なのか、これ以上手の内になにもないのか」

「男一人でできることだろうか？」

「いま逮捕されたのが彼一人だからといって、彼一人でやったこととはかぎらないわ」

「頭のおかしくなった人間のやったことに決まっているだろうな？」

ビルギッタはすぐには答えなかった。

「頭のおかしくなった人間は綿密な計画ができるものかしら。あなた同様、わたしもこれには答えられないわ」

「つまり、どういうことなのか、これからの進展を見ようということか」

二人は紅茶を飲み、その晩は早くベッドに引き揚げた。スタファンは手を伸ばし、彼女の頬をそっと撫でた。

「なにを考えているの？」彼が訊いた。

「スウェーデンにはどこまでも続く森があるなって」

「ぜんぶって？　あなたを？」

「ぜんぶをあとにしてほっとしたんじゃないかと思ったよ」

「うん。ぼく、裁判、中年期の小さな反抗、すべてさ」

彼女は体を近づけた。

「ときどき思うの。え、これでぜんぶなの？　って。そんなこと思うなんて欲張りだってこと、わかってるわ。あなたがいて、子どもたちがいて、仕事もある。なんの文句があるのかって。でも、ほかのことは？　わたしたちは若いときに考えたわ。たんに理解するだけじゃだめ、変化させるのだと。でも、まわりを見回すと、当時より、よくなっているかしら？　もっと悪くなっているんじゃない？」

「すべてが悪くなったわけじゃないさ。タバコを吸う人間が減った。コンピューターがある。携帯電話がある」

「でも、世界全体がぼろぼろと壊れていくみたい。そして裁判所だってもうこの国のモラルを守る機能が果たせなくなっている気がする」

「ノルランドできみはそんなことを考えていたの？」

「まあね。少し気落ちしているの。でももしかすると、ときどきこんなふうに憂鬱《ゆううつ》になる必要があるのかもしれない」

二人は黙った。彼がもっと体を近づけるのではないかと待ったが、そうはならなかった。まだそういう気分にはならないんだわ、と彼女は寂しく思った。同時に、自分から彼のほうに近づこうとしないのはなぜだろうとも思った。

「旅行に出かけようか」とスタファンが言った。「それに、話によっては、夜寝る直前に話すより、昼間話すほうがいいこともあるよ」

「ねえ、もしかしてわたしたち、巡礼の旅をしたらどうかしら？　スペインの有名なサンティアゴ・デ・コンポステーラの巡礼路をまわるのよ。昔からの教えどおりに石をリュック一杯に詰めるの。一つひとつの石がわたしたちの抱える悩みなの。それで、悩みの解決策がみつかったとき道ばたに石を置いていくのよ」

「本気で言ってるのか？」

「もちろんよ。でも膝が巡礼の旅に耐えられるかしらね」

「あまり重いものを持つと足底筋膜炎《ヒールスパーズ》になるらしい」

「なにそれ？」

「かかとが痛くなるものらしいよ。友だちにそれにかかったやつがいる。ツーレ、ほら獣医の。相当痛いものらしい」

「わたしたち、巡礼するべきだと思うわ。でも、いまじゃない。いまはあなたもわたしも眠るべきよ」

翌朝、ビルギッタは医者に電話をかけ、五日後の予約の確認をした。それから家中に掃除機をかけた。ビニール袋に入っている日記帳にはちらりと視線を送っただけだった。子どもたちに電話をかけ、スタファンの誕生日は盛大に祝うことに決めたと伝えた。子どもたち全員が賛成した。そのあと、友人たちに電話し、招待した。その間も、彼女はときどきニュースに耳を澄ました。ヒューディクスヴァル警察はほとんどなにも新しい情報を発しなかった。

午後やっと彼女は机に向かい、日記帳の一つを手に取った。あまり読む気がしなかった。大量殺人の犯人と思われる男が一人逮捕されたいま、自分の仮説は意味を失ったような気がした。前に読んだところまでページをめくった。

そのとき電話が鳴った。カーリン・ヴィーマンだった。

「無事家に戻れたかどうか知りたくって電話したのよ」

「北部の森って、どこまでも続くのね。あの辺に住む人間の体に樹皮が生えてこないのが不思議なくらい。わたし、トウヒの木が怖くなったわ。延々と続くトウヒの森を見ると気分が落ち込むの」

「落葉樹ならいいの？」

「ええ、ずっといいわ。でも広々とした野原、海、地平線がいま、わたしがいちばん見たいものよ」

「こっちに来たら？　ウーレスンド橋を渡って。あなたと久しぶりに電話で話したせいで、わたしもいろいろ思い出したわ。人間は年取るのよね。急に昔の友だちが大切な宝物のように感じられるものよ。わたし、母からいくつか美しい花瓶を形見としてもらったの。オレフォス社製の高価なものよ。でもどんなに高い品物でも昔からの友だちの大切さとは比べものにならないわ」

ビルギッタは心が動いた。彼女もカーリンと電話で話してからいろいろと思うところがあった。

「いつがいいの？　わたし自身はいま休養させられているのよ。血液検査の数値がよくなくて」

「今日は無理だけど、明日ならいいわ」

「授業はないの？」

「研究のほうが多くなっているの。学生たちはとても愛すべき子たちなんだけど、少々疲れるのよ。彼らが中国のことを勉強するのは、それでお金が稼げると思うからなの。中国は学生たちのクロンダイク金鉱なの。みんながそこに金脈があると思い、一獲千金を狙っている。あの想像を超えるような劇的な過去を持つ中華――世界の中心――に関心をもって知識を深めようとする学生はほとんどいないわ」

ビルギッタは目の前にある日記のことを思った。ここにも当時のクロンダイクが書かれている。

「うちに泊まればいいわ。息子たちはめったに帰ってこないから」カーリンが言った。

「でも彼は？」

「亡くなったわ」

ビルギッタは唇を強く噛んだ。完全に忘れていた。カーリンはもう十年以上も前から寡婦になっていた。彼女の年下の夫、オーヒュース出身のハンサムな若者はのち医者になったが、急性敗血症であっという間に死んだのだった。まだ四十一歳の若さで。

「恥ずかしい。ごめんなさい」

「そんなこと思わないで。どう、明日、来る？」

「ええ、行くわ。中国のことを話したいし。昔の中国のことも、いまの中国のことも」

ビルギッタは住所を確かめ、時間の約束をした。カーリンと再会するのがうれしかった。昔はごく親しい間柄だった。のち、二人は別の道を進み、連絡が薄れ、電話で話すこともなくなった。ビルギッタはカーリンが博士号をとったとき同席し、コペンハーゲン大学での就任講義さえ傍聴したのだったが、カーリンはビルギッタの裁判官としての仕事ぶりを一度も見たことがなかった。

カーリンの夫の死去について忘れていたのは恥ずかしかった。忘れっぽくなったことが怖かった。うわのそらになるのはどうしてだろう？　裁判官としての長い年月、起訴状や証人陳述書などを読むことに集中してきた。そしていま昔の友だちの夫が十年以上も前に亡くなっているのを思い出せなかった自分がいる。

不愉快になって顔をしかめ、彼女はまた日記を読みはじめた。いつのまにか、ヘルシングボリの冬の気候からネヴァダ砂漠に場所を移していた。黒いスローチハットをかぶり、頭に布を巻き、過酷な条件の中で一メートル、そしてまた一メートルと鉄道を東に向かって敷いていく男たちの話だった。

J・Aはいっしょに働いている人間、彼の下で働く人間のほとんどすべてをこき下ろして書いていた。アイルランド人は怠け者で酒飲み。鉄道会社が雇った比較的少数の黒人たちは体こそ強いが、努力することを知らない。カリブ海の島々の奴隷たちとアメリカ南部の黒人奴隷たちがここにいればいいのにと苦々しく書き記した。怠け者の黒人たちを働かせるには鞭《むち》を振るうのがいちばんだ。やつらを牛とかロバのように鞭で働かせることができればいいのだが。J・Aがどの人種をいちばん嫌っていたのか、ビルギッタには見当がつかなかった。もしかすると、当時の言葉でインディアンと彼が書いているアメリカ先住民、彼がおびただしい侮蔑の言葉を吐きかけた人々かもしれない。怠け者、ずる賢さは鉄道を敷く奴隷仕事に携わっているほかのクズどもと比べてもどうしようもない。殴っても蹴っても働こうとしないと。もう一つ、彼が頻繁に書き綴っていたのは中国人のことだった。太平洋まで引きずっていって海に放り投げてやりたいと。溺れて死ぬか中国まで泳ぎ帰るか選ばせてやると。だが、それでも中国人の仕事ぶり、その勤勉さには一目置いていた。酒は飲まず、体を清潔にする、規則を守る。唯一の弱さは博打に溺れることと、わけのわからぬ信仰の儀式をおこなうことだ。J・Aは日記の中で何度もなぜ自分がこの勤勉な労働者である中国人を嫌うのか、例を挙げて書いていた。だが、それらはじつに理解しがたく、ビルギッタには、J・Aがもっている動かしがたい偏見であるようにしか見えなかった。

J・Aがもっとも好意的に書いたのは自分の出身国を含む北欧出身者たちだった。鉄道工夫たちの中に小さな北欧クラブのようなものができていた。数人のデンマーク人、それより多いノルウェー人、もっと多いスウェーデン人とフィンランド人。

北欧人たちは信用できる。用心していれば、彼らに騙《だま》されることはない。なにより彼らは信頼できる。だが、おれが背を向けたらきっとほかの者たちと同じだろう。

ビルギッタは日記から目を上げ、立ち上がった。この鉄道労働者たちの監督が何者であったにせよ、うんざりするほどいやな人間だと思った。貧しい暮らしの中からアメリカへ移住し、そこで白人であるというだけで人の上に立ち、人を支配する権力を手にし、暴君となった残酷な小人。彼女はコートを着て外に出た。このいやな気分を追い出すために散歩に出かけた。

夕方六時キッチンでラジオをつけた。ニュースの時間の第一声はロベルトソンだった。ビルギッタは立ったまま耳を傾けた。声の背後にフラッシュの音やいすを引く音が響いた。

前回と同じく、彼の言葉は明快だった。前日に逮捕した男は、ヘッシューヴァレンでの大量殺人を単独で実行したと認めた。午前十一時、男は弁護士を通じて、一回目の尋問をした女性警官と話をしたいと申し出た。検事にも同席を求めた。男は逮捕されるまでのいきさつを素直に説明した。動機は復讐であると言った。男が復讐劇と称するこの事件の全貌を明らかにするにはまだ多くの不明な点があり、今後の尋問で明らかにされる。

最後にロベルトソンは待たれていた情報を発表した。

「男の名前はラーシュ＝エリック・ヴァルフリドソンという。独身で、爆破掘削作業を主にする会社の従業員。暴力行為で逮捕歴あり」

カメラのフラッシュの音が響いた。ロベルトソンはジャーナリストたちが口々に叫ぶ問いに答え切れない様子だった。ラジオの女性レポーターがその場を整理し、彼の答えを伝えはじめた。同時に事件を振り返って整理した。ビルギッタはラジオをつけたまま、テレビの文字ニュースでニュースを見た。テレビの画面には、ロベルトソンがラジオのニュースで言ったこと以外にはなにも目新しいものは映し出されていなかった。ラジオもテレビも消して、彼女はソファに腰を下ろした。ロベルトソンの声に、検察側はこの男が犯人であると確信していると感じた。いままで彼女は何度も検事が犯人を突き止めたときに見せる独特の確信を目撃もし、耳にもした。それがこんども感じられた。能力のある検事なら、神の啓示とか推量で犯人と決めつけたりしない。必ず証拠があるはずだ。

結論を出すにはまだ早かったが、それでも彼女はそうした。連行され逮捕された男は、どう考えても中国人ではない。彼女の発見したことはまったくなんの意味もないものになりつつあった。書斎に行き、読みかけの日記をビニール袋の中に戻した。もはや、百年以上も前のこの日記に残虐趣味の男が書き記した不愉快な記述を、我慢しながら読む必要はなくなった。

その夜、ビルギッタは夫と遅い食事をした。事件についてはほんの二、三言及しただけだった。スタファンが列車から持ち帰った夕刊にも、ラジオで聞いたニュース以外の目新しいものはなかった。記者会見の写真に、質問しようと手を上げているラーシュ・エマニュエルソンの姿があった。不愉快な経験を思い出して、彼女はぶるっと震えた。

カーリン・ヴィーマンに会いに翌日コペンハーゲンに行くつもり、おそらく一泊するだろうと夫に話した。スタファンはカーリンにも、その亡夫にも会ったことがあった。

「それはいいね。きっときみにとって気分転換になると思うよ。再診予約はいつだっけ？」

「五日後よ。きっともうだいじょうぶだと言われると思うわ」

翌朝、スタファンが出かけたあと、一泊旅行の用意をしていたところに電話が鳴った。ラーシュ・エマニュエルソンだった。ビルギッタはすぐに警戒した。

「なんの用事？　わたしの電話番号は電話帳に載っていないのに、どうして知ったのですか？」

エマニュエルソンはくすくす笑った。

「どんなに秘密であっても、知りたい電話番号を調べられないジャーナリストは、鞍替えをしたらいい」

「なんの用事？」

「コメントがほしい。ヒューディクスヴァルでとんでもないことが起きている。確信があるようには見えない検事が、われわれジャーナリストの目を見据えながら記者会見をおこなった。あんたの意見を聞きたい」

「ノーコメント」

エマニュエルソンのソフトな口調が、たとえそれが芝居だったにしても、消えた。鋭い、責め立てるような調子に変わった。

「前にも聞いたおざなりな答えは聞きたくない。こっちの質問にちゃんと答えてもらおうじゃないか。さもないとこっちもあんたについて書くことがあるんだから」

「あなたがなんと思おうと、わたしは今日ロベルトソン検事が話したことに関してなにも知りませんよ。あのニュースを聞いたほかの人たち同様、わたしも驚いたんですから」

「驚いた？」

「どうぞ、好きなように解釈してください。驚いたでも、気が楽になったでも、無関心とでも、なんでも」

「つぎにもっと簡単なことを訊こう」

「もう切りますよ」

「ああ、そうしたらいい。こっちは、ヘルシングボリの裁判官がごく最近急いでヒューディクスヴァルを立ち去った、こっちの問いにはいっさい答えたい、と書くまでだ。あんた、いままで自宅を報道関係者に取り囲まれたことがあるか？　おれが書けば、そんなことが起こり得る。昔、この国では悪い噂のせいで、噂の主がリンチされるようなことが起こり得た。しつこいジャーナリストに囲まれたら、そこまで行かないまでも、簡単に逃げられはしないぞ」

「あなたはいったいなにが望みなの？」

「答えがほしい。あんた、なぜヒューディクスヴァルにいたんだ？」

「前にも言ったとおり犠牲者の中に遠い親戚がいるからですよ。名前を言うつもりはありませんけど」

相手の息づかいが聞こえた。まるで、いまの答えが嘘かどうか見抜こうとしているようだ。

「そうか。それじゃ、なぜあんなに急いで立ち去った？」

「ヘルシングボリへ戻るところだったからよ」

「警察署から出てきたときに持っていたビニール袋の中身は？」

少し考えてから彼女は答えた。

「わたしの親戚の所有物だった日記帳です」

「本当か?」

「ええ、本当よ。ヘルシングボリに来たらいいわ。そしたら日記をあなたに見せますよ」

「わかった。信じることにしよう。こっちも仕事でやっていることなんだ」

「もう質問は終わりですか」

「ああ、終わった」

ビルギッタ・ロスリンは受話器を叩きつけるように置いて電話を切った。汗をかいていた。だが、ラーシュ・エマニュエルソンに与えた答えは本当で、嘘はなかった。ラーシュ・エマニュエルソンにはなにも書けることはないはず。彼の執拗さにはうんざりするが、まちがいなく優秀なジャーナリストなのだろうとビルギッタは思った。


コペンハーゲンへ行くのには、ヘルシングボリからフェリーボートに乗ってヘルシングールへ渡るのがいちばん簡単なのだが、その日ビルギッタはマルメから長いウーレスンド橋を渡ってデンマーク側に渡った。自分が運転して車で行くのは初めてで、それまではいつもバスだった。カーリン・ヴィーマンはコペンハーゲンの北のイェントフテに住んでいた。ビルギッタは二度も道を間違った末、海岸道路を北に向かった。風が強く、寒い日だったが空は晴れていた。やっとカーリンの住む美しい館に着いたころにはすでに十一時をまわっていた。この家で結婚生活を送り、この家で彼女の夫は亡くなったのだ。白い二階建ての家で、手入れの行き届いた庭は大きな木々に囲まれていた。上の階から遙か彼方に海が見えることを思い出した。

カーリンは玄関から迎えに出てきた。ずいぶん痩せたとビルギッタは思った。顔色も血の気がない。ちょっと見には病気に見えるほどだ。抱擁し合い、家の中に入ると、ビルギッタの泊まる部屋に荷物を置いて家の中をぐるりと見せてくれた。以前ここに来たころと大きく変わってはいなかった。きっと夫が生きていたころと家の中の模様を変えずに暮らしていたいのだろうとビルギッタは思った。わたしだったらどうするだろう？　わからなかった。カーリンとは性格が正反対だった。彼女たちの長いつきあいはまさにその性格のちがいの上に築かれていた。二人は互いに傷つくような言葉を発したときも、その性格のちがいが楯になっていた。

カーリンは昼食を用意していた。二人はガラス張りのテラスに座った。温室になっていて、たくさんの鉢植えがよい香りを放っていた。初めこそためらいがちだったが、すぐに二人はルンド大学時代のことを語りはじめた。両親がスコーネ地方でネジの生産工場を経営していたカーリンは、一九六六年にルンド大学に入学し、ビルギッタはほぼ同じころにやってきた。二人は学生会の主催した詩の朗読会で知り合い、多くの点で異なっていたにもかかわらず、すぐに意気投合した。カーリンは家庭環境も幸いして自己肯定度の高い娘だったのに比べ、ビルギッタは感情的に不安定で、自信のない子だった。

二人は当時のＦＮＬ——南ベトナム解放民族戦線——支援運動に加わり、自信満々の若い男たちが抵抗と蜂起の必要性を訴えるのを集会のいちばん前に座って熱心に聴いた。そしていままでとはちがう、別の世界を築くのだ、自分たち自身が参加して未来を築き上げるのだという感動に突き動かされていた。また当時は組織的な政治活動はＦＮＬ支援運動だけでなく、貧しい国々を帝国主義から解放する無数の運動が世界的にあった。同じことがスウェーデン国内でも言えた。すべての古い秩序に対する異議申し立てである。単純に言ってビルギッタにとっては、生きていることが実感できる素晴らしいときだった。

二人はその後短期間、〈反逆者たち《レベルズ》〉という過激なグループに属した。数カ月の緊張の期間、彼女たちはセクトにも似たこの活動グループで過ごした。そこでは公の場で吊るし上げて自己批判を強要する、毛沢東の革命理論の教条的な解釈が信奉されていた。レベルズはほかの左傾の団体から自分たちを切り離し、ほかの連中を嘲笑した。クラシックのレコードを叩き割り、書棚を一掃し、中国の毛沢東のもとで結成された紅衛兵をまねた生き方を始めた。

カーリンは、あとで有名になったハランド県のティルーサンドへの旅を覚えているかと訊いた。ビルギッタは覚えていた。あのとき彼らの属していたセクトは集会を開いた。同志のモーセス・ホルムは、のち医者になり麻薬の過剰摂取と違法の処方で医師免許を剝奪されたが、〈夏の間ティルーサンドの海岸で日光浴し遊泳するブルジョアの愚劣な連中の中に浸透する〉という提案をした。長い討論ののち、戦略が打ち立てられた。翌週の日曜日、それは七月の初めのことだったが、十九人の同志が貸し切りバスでハルムスタとティルーサンドへ向かった。毛沢東の写真を先頭に赤旗を掲げ、彼らは海岸を、驚きのあまりあんぐりと口を開けている人々の間を水辺まで行進した。シュプレヒコールを挙げ、小型の赤い毛沢東語録を掲げて毛沢東の写真ともども沖のほうへ泳いだ。それからまた海岸に戻ると〈東方紅〉を歌いながら、スウェーデンはファシスト的であると批判し、日光浴している労働者たちに向かって、まもなく始まる革命の日のために武器を持って戦闘準備をせよと演説した。引き揚げると、数日間、ティルーサンド海岸での〈突撃〉について評価を語り合った。

「なにを覚えている?」カーリンが訊いた。

「モーセスの言った言葉。ティルーサンドでのわたしたちの行動は将来の革命の歴史に刻まれるべきだと言ってたわ」

「わたしは水がすごく冷たかったことを覚えてる」

「でも、あのときわたしはなにを考えていたのか、覚えていないわ」

「わたしたち、なにも考えなかったのよ。そういうことだったの。ほかの人たちの考えにただ従っただけ。人間を解放するなんていうことがどういうことか、ぜんぜん理解していなかった」

カーリンは首を振りながら笑いだした。

「まるで、幼い子どものようだったわ。それも、真剣だったんだから。わたしたち、マルキシズムは科学的知識だと主張した。ニュートンとかコペルニクスとかアインシュタインと同じように真実だと。とにかくわたしたちは信奉していたのよ。毛沢東語録は〈公教要理〉だった。手に振りかざしていたのは決して聖書ではなく、偉大な革命家の語録だということがわからなかった」

「わたしはためらったのを覚えているわ」ビルギッタが言った。「心の奥で。東ドイツを訪問したときも同じだった。これはおかしいと思った。これはきっと長くは続かないと思った。でも、なにも言わなかった。わたしはいつも、自分の中にためらいがあるのがバレるのを恐れていたの。だからなのよ、わたしがスローガンをほかの人たちよりも大きな声で叫んだのは」

「目に入っているものが見えなかったのよ。わたしたちは壮大な自己欺瞞《ぎまん》の中に生きていたわ。意図するものは善なるものだったにせよ。だって考えてもみてよ、海岸で日光浴しているスウェーデンの労働者たちが社会制度を破壊し、新しい、未知なるものを築くために、武器を取って立ち上がるなんてこと、あり得ないじゃない?」

カーリンはここでタバコに火をつけた。ビルギッタは彼女が昔からいつもタバコを吸っていたことを思い出した。いつも神経質にタバコとライターに手を伸ばしていた。

「モーセスは死んだわ」カーリンが言った。「自動車事故で。ドラッグに侵されていた。ラーシュ・ヴステルって覚えてる? 真の革命家は決して酒を飲まないと主張していた人よ。でも、ルンダゴードで泥酔しているのをわたしたち、見たわよね。リリアン・アンダソンは? そう、彼女は運動に幻滅してインドへ行き、托鉢僧になった。そのあと、どうなったかしらね?」

「知らない。もしかすると、彼女も死んでいるのかも?」

「でもわたしたちは生き残った」

「そう、生き残った」

二人は夜まで話し続けた。外に出て、小さな町を散歩した。ビルギッタはカーリンもまた自分と同じように、いまを理解するために過去を振り返る必要を感じているのだと思った。

「でも、世間知らずと向こう見ずだけじゃなかったと思うの」ビルギッタが言った。「連帯を大事とする社会を求める気持ち、いまでもわたしにはある。わたしたちはいまでも旧態依然とした考えや因習にノーを言い、抵抗し続けていると思う。さもなければ、とっくに社会はとんでもなく右に傾いていると思うの」

「わたしは選挙に投票するのをやめたわ」カーリンが言った。「そうなってしまったことを残念に思ってる。でもわたし、賛成できる政党がないのよ。代わりに、信じられる社会活動を支援している。こんな世の中になったのに、そういう運動をしている人たちはまだいるし、強く、屈せずにやっているわ。いま、ネパールのような小さな国の封建主義について関心をもつ人が何人いると思う？ わたしはもっているわ。署名して、支援金を送るの」

「ネパールなんて国、どこにあるかもはっきりわからないわ。わたし、怠け者になったと認める。でもときどき、あのころの無邪気な善意、ま、勝手な言い方だけど、あれを懐かしく思う。わたしたちはたんに世界の中心にいて、なんでも可能なんだと信じた身勝手な学生だけではなかったはずよ。だって、連帯は現実のものだったものね」

カーリンは笑った。

「ハンナ・ストイジコヴィクスを覚えている？ グランドの食堂でウェイトレスをしていた過激な女の人。わたしたちをおとなしすぎると言ってたわね。〈一人一殺〉の方法を説いた人よ。銀行の理事、会社の社長、保守的な教師などを一人ずつ殺していけばいいと言ってた。野生動物の狩りのように。でも、だれも彼女に耳を貸さなかった。いくらなんでもそれはやりすぎだと思ったのよね、みんな。わたしたちは自分たち自身に銃を向け、傷に塩をこすりつけた。彼女は市会議長にバケツに入った氷水を頭からかけて、職場をクビになったのよ。彼女もまた死んだわ」

「そう？　知らなかったわ」

「彼女、夫に『列車は時間どおりに来ない』と言ったらしいの。夫にはその意味がわからなかったらしいけど。その直後よ、礫死体がアルルーヴの近くの線路で発見されたのは。毛布にくるまっていたって。消防隊員が拾うのが少しでも楽になるようにと」

「なぜそんなことを？」

「それはだれもわからないらしい。台所にメモが残されていたって。『列車に乗りました』と」

「でもあなたは大学教授になり、わたしは裁判官になった」

「カール＝アンダシュって覚えてる？　ほら、禿げることを極端に恐れていた男。いつも無口でほとんど発言しなかった。でも集会には必ずいちばん早くから来てた人。彼は牧師になったわ」

「牧師に？　信じられない！」

「自由教会の牧師よ。スウェーデン宣教師協会に属している。いまでも牧師をしているわ。彼、夏になると国中のキャンプ場をまわって説教しているって」

「ふーん。もしかすると、理想と現実の距離はさほど遠くなかったのかも？」ビルギッタがうなった。

カーリンは真顔になった。

「そうかな。わたしは遠かったと思うの。わたしたち自身は運動の外に出たけど、新しい世界を目指して戦い続けた人たちもいることを忘れちゃいけないわ。あの混沌のただ中で、政治的な理論が交錯する中で、それでも理性が最後には勝利すると信じていた人たちがいた。あなたはそうじゃなかった？　とにかくわたしたちはいつもそのことを話し合っていたわ。人間の分別がしまいには勝利するだろうと」

「それは本当ね。でも、昔は単純に見えたことがいまではとても複雑になったように見える」

ビルギッタが言った。「それもますますそうなっているような気がするわ」

「そうね。でもまだ手遅れではない。わたし、自分の理想をあきらめなかった人たちのこと、尊敬するわ。いや、世界がどうなっているか、そしてなぜそうなっているのかを認識すること、意識することをあきらめなかった人たちを。いまでも抵抗する人たちを。だって、実際いまでもそのような人たちはいるんだから」

二人はいっしょに夕食を作った。カーリンは一週間後中国に行く予定だと話した。秦代の初めのころ、中国を統一した始皇帝が活躍した時代についての大きなセミナーに出席するために。

「青春時代のあこがれの国に行くのってどうなの？」

「初めて行ったとき、わたしは二十九歳だった。すでに毛沢東はいなくて、すべてが変わりはじめていた。わたしはがっかりしたわ。北京は寒くて湿気の多い町だった。何千何万という自転車が通りを埋めていた。でも、それでもやはり、中国は大きく変わったのだということはわかったわ。人々はちゃんと服を着ていたし靴も履いていた。都会には飢えている人はいなかったし物乞いの姿も見かけなかった。わたしは恥ずかしく思ったのを覚えているわ。豊かなスウェーデンから飛行機でやってきたわたしが、中国の発展を軽蔑したりとやかく言う権利などないと思った。中国の実力を見せてもらおうと思った。中国専門の学者になる決心をしたのはそのときなのよ。その前は別のことを考えていたの」

「なにを?」

「言ってもきっと信じないわ」

「聞かせてよ!」

「職業軍人になろうと思ったの」

「うそ! どうして?」

「あなただって裁判官になったじゃない。人の考えなんて、わからないものよ」

食後、二人はまたガラス張りのテラスで過ごした。ランプの光が外の白い雪に反射した。カーリンはセーターを持ってきてくれた。夕食にワインを飲んだので、ビルギッタは少しやわらかい気分になった。

「いっしょに中国へ行きましょうよ」カーリンが言った。「航空運賃は最近ではそれほど高くないのよ。わたしはきっと広い部屋がもらえるから、わたしの部屋に泊まればいいわ。昔いっしょの部屋に泊まったことがあるじゃない? サマーキャンプであなたとわたし、それにあと三人がいっしょのテントに寝泊まりしたわ。ほとんど重なり合うようにして」

「残念だけど、できないわ。もう元気だと思うけどいまからまた休暇はとれないもの」

「いっしょに行きましょうよ。仕事なんて待たせておけばいいじゃない」

「行きたい気持ちはもちろんあるわ。でも、あなたはまた行くでしょう?」

「もちろん。でもわたしたちの年齢になったら、待たないことが賢明よ」

「わたしたちは長生きするわ。うんと年寄りになるわよ」

カーリンは答えなかった。ビルギッタは言いすぎたと心の中で唇を噛んだ。カーリンの夫は四十一歳で死んでいる。それ以降、彼女はずっと寡婦の暮らしをしている。

カーリンは彼女の心のうちを読んだようだった。手を伸ばして、ビルギッタの膝をトントンと叩いた。

「いいのよ」

二人はそれからも話し続けた。部屋に引き揚げたときはすでに十二時をまわっていた。ビルギッタは携帯電話を手に持ってベッドへ行った。スタファンは夜中に帰ったら電話すると言っていた。

手の中の携帯電話が揺れだしたとき、彼女はすでに眠りかけていた。

「起こしたかな?」

「ええ、まあね」

「いい日だった?」

「ええ。わたしたち、十二時間も休みなく話し続けたわ」

「明日は帰ってくるんだろう？」

「ええ。ぐっすり眠って、それから帰るつもり」

「もう聞いているかもしれないが、彼は自供したよ」

「彼って？」

「ヒューディクスヴァルの男」

ビルギッタは一気にベッドの上に起き上がった。

「くわしく話して！」

「ラーシュ＝エリック・ヴァルフリドソン。逮捕された男だ。いま警察は凶器を捜している。ヴァルフリドソンは隠し場所を話したらしい。ニュースによれば、凶器は彼の手製のサムライの刀だそうだ」

「本当なの？」

「ぼくがなぜきみに嘘を言うと思うんだい？」

「もちろん、そんなこと思っているわけじゃないけど。でもそれで、犯行の動機は話したの？」

「復讐のため、とだけ言っている」

電話のあと、彼女はそのままの姿勢で考えに沈んだ。カーリンと会っている間、彼女はヘッシューヴァレンのことは一度も考えなかった。いままた事件が彼女の記憶の中心に戻ってきた。もしかするとあの赤いリボンは、なにか別の理由であそこに落ちていたのかもしれない。

もしかするとラーシュ＝エリック・ヴァルフリドソンもあの中国料理店を訪ねたことがあったのかもしれない。

ビルギッタはベッドに横たわり、電気を消した。翌朝、ここを出発したら、古い日記帳をヴィヴィ・スンドベリに送り返して、仕事に復帰しよう。

なによりはっきり言えるのは、カーリンといっしょに中国へ行くことだけはあり得ない。たとえそれが、彼女がいまいちばんしたいことであろうとも。

検　印
廃　止

訳者紹介　1943年岩手県生まれ。上智大学文学部英文学科卒業，ストックホルム大学スウェーデン語科修了。主な訳書に，インドリダソン『湿地』『緑衣の女』，マンケル『殺人者の顔』『霜の降りる前に』，シューヴァル／ヴァールー『ロセアンナ』などがある。

北京から来た男　上

2016年8月12日　初版

著　者　ヘニング・マンケル

訳　者　柳《やなぎ》　沢《さわ》　由《ゆ》　実《み》　子《こ》

発行所　（株）東京創元社
代表者　長谷川晋一

162-0814／東京都新宿区新小川町1-5
電　話　03・3268・8231-営業部
03・3268・8204-編集部
URL　http://www.tsogen.co.jp
振　替　00160－9－1565
精　興　社・本　間　製　本

乱丁・落丁本は，ご面倒ですが小社までご送付ください。送料小社負担にてお取替えいたします。

©柳沢由実子　2014　Printed in Japan

ISBN978-4-488-20918-6　C0197

2002年ガラスの鍵賞受賞作

MÝRIN◆Arnaldur Indriðason

湿地

アーナルデュル・インドリダソン
柳沢由実子 訳　創元推理文庫

◆

雨交じりの風が吹く十月のレイキャヴィク。湿地にある建物の地階で、老人の死体が発見された。侵入された形跡はなく、被害者に招き入れられた何者かが突発的に殺害し、逃走したものと思われた。金品が盗まれた形跡はない。ずさんで不器用、典型的なアイスランドの殺人。だが、現場に残された三つの単語からなるメッセージが、事件の様相を変えた。しだいに明らかになる被害者の隠された過去。そして肺腑をえぐる真相。

全世界でシリーズ累計1000万部突破！　ガラスの鍵賞２年連続受賞の前人未踏の快挙を成し遂げ、CWAゴールドダガーを受賞。国内でも「ミステリが読みたい！」海外部門で第１位ほか、各種ミステリベストに軒並みランクインした、北欧ミステリの巨人の話題作、待望の文庫化。

2005年CWAゴールドダガー賞受賞作

GRAFARÞÖGN◆Arnaldur Indriðason

緑衣の女

アーナルデュル・インドリダソン
柳沢由実子 訳 創元推理文庫

◆

男の子が住宅建設地で拾ったのは、人間の肋骨の一部だった。レイキャヴィク警察の捜査官エーレンデュルは、通報を受けて現場に駆けつける。だが、その骨はどう見ても最近埋められたものではなさそうだった。

現場近くにはかつてサマーハウスがあり、付近には英米の軍のバラックもあったらしい。サマーハウス関係者のものか。それとも軍の関係か。

付近の住人の証言に現れる緑のコートの女。

封印されていた哀しい事件が長いときを経て明らかに……。

「週刊文春ミステリー・ベスト10」第2位、
CWAゴールドダガー賞・ガラスの鍵賞をダブル受賞。
世界中が戦慄し涙した。究極の北欧ミステリ登場。

2010年クライスト賞受賞作

VERBRECHEN◆Ferdinand von Schirach

犯罪

フェルディナント・フォン・シーラッハ
酒寄進一 訳　創元推理文庫

◆

＊第１位　2012年本屋大賞〈翻訳小説部門〉
＊第２位　『このミステリーがすごい！ 2012年版』海外編
＊第２位　〈週刊文春〉2011ミステリーベスト10　海外部門
＊第２位　『ミステリが読みたい！ 2012年版』海外篇

一生愛しつづけると誓った妻を殺めた老医師。
兄を救うため法廷中を騙そうとする犯罪者一家の末っ子。
エチオピアの寒村を豊かにした、心やさしき銀行強盗。
——魔に魅入られ、世界の不条理に翻弄される犯罪者たち。
刑事事件専門の弁護士である著者が現実の事件に材を得て、
異様な罪を犯した人間たちの真実を鮮やかに描き上げた
珠玉の連作短篇集。
2012年本屋大賞「翻訳小説部門」第１位に輝いた傑作、
待望の文庫化！

ノルウェー・ミステリの女王の最高傑作

1222◆Anne Holt

ホテル1222

アンネ・ホルト
枇谷玲子 訳 創元推理文庫

◆

雪嵐の中、オスロ発ベルゲン行きの列車が脱線、トンネルの壁に激突した。運転手は死亡、負傷した乗客たちは近くの古いホテルに避難した。

ホテルには備蓄がたっぷりあり、救助を待つだけのはずだった。だがそんな中、牧師が他殺死体で発見された。

吹雪は止む気配を見せず、救助が来る見込みはない。

さらにホテルの最上階には、正体不明の人物が宿泊しているとの噂が。

乗客のひとり、元警官の車椅子の女性が乞われて調査にあたるが、事件は一向に解決せず、またも死体が……。

ノルウェーミステリの女王がクリスティに捧げた、
著者の最高傑作！

オーストリア・ミステリの名手登場

RACHESOMMER◆Andreas Gruber

夏を殺す少女

アンドレアス・グルーバー

酒寄進一 訳　創元推理文庫

◆

酔った元小児科医が立入禁止のテープを乗り越え、工事中のマンホールにはまって死亡。市議会議員が山道を運転中になぜかエアバッグが作動し、運転をあやまり死亡……。

どちらもつまらない案件のはずだった。事件の現場に、ひとりの娘の姿がなければ。片方の案件を担当していた先輩弁護士が、謎の死をとげていなければ。一見無関係な事件の奥に潜むただならぬ気配に、弁護士エヴェリーンは次第に深入りしていく。

一方、ライプツィヒ警察の刑事ヴァルターは、病院に入院中の少女の不審死を調べていた。

オーストリアの弁護士とドイツの刑事、ふたりの軌跡が出会うとき、事件がその恐るべき真の姿をあらわし始める。

ドイツでセンセーションを巻き起こした、衝撃のミステリ。

『夏を殺す少女』の著者が童謡殺人に挑む

TODESFRIST◆Andreas Gruber

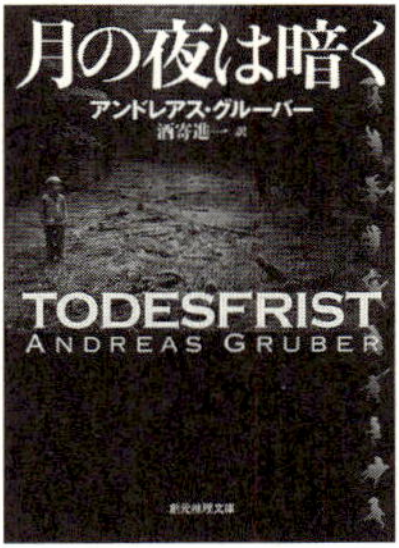

月の夜は暗く

アンドレアス・グルーバー
酒寄進一 訳　創元推理文庫

◆

「母さんが誘拐された」ミュンヘン市警の捜査官ザビーネは、離れて住む父から知らせを受ける。
母親は見つかった——大聖堂で、
パイプオルガンの演奏台にくくりつけられて。
遺体の脇にはインクの入ったバケツが置かれ、
口にはホース、その先には漏斗が。
処刑か、なにかの見立てなのか？
おまけに父が容疑者として勾留されてしまった。
ザビーネは父の嫌疑を晴らすべく、
連邦刑事局の腕利き変人分析官の捜査に同行する。
そして浮かび上がったのは、
ひと月半のあいだに、別々の都市の大聖堂で、
同様に奇妙な殺され方をした女性たちの事件だった。

世界27か国で刊行の警察小説

ASKUNGAR◆Kristina Ohlsson

シンデレラたちの罪

クリスティーナ・オルソン
ヘレンハルメ美穂 訳　創元推理文庫

◆

女の子は、座席で眠っていたのだろう。母親は途中の駅での停車時間にホームに降りて携帯で電話していた。ところが、列車は母親を置いて出発してしまう。そして、終点で乗務員が確認したときには、女の子の姿は消えていた……。捜査にあたったストックホルム市警の敏腕警部は、少女の母親の別居中の夫に目をつけた。夫はとんでもない男で、母親は暴力をふるわれていたらしい。よくある家庭内の問題なのか？
だが彼の部下で、音楽家の夢破れて大学で犯罪学を専攻したフレデリカは、その推理に納得できないものを感じていた。そして事件は思わぬ方向に……

世界27か国で刊行、大好評を博したシリーズ第一弾。

自信過剰で協調性ゼロ、史上最悪の迷惑男。
でも仕事にかけては右に出る者なし。

〈犯罪心理捜査官セバスチャン〉シリーズ

M・ヨート&H・ローセンフェルト◎ヘレンハルメ美穂 訳

創元推理文庫

犯罪心理捜査官セバスチャン 上下

心臓をえぐり取られた少年の死体。衝撃的な事件に、
国家刑事警察の殺人捜査特別班に救援要請が出された。
四人の腕利き刑事＋元トッププロファイラー、セバスチャン。
だがこの男、協調性ゼロのトラブルメーカーだった。

模倣犯 上下

かつてセバスチャンが捕まえた
連続殺人犯の手口に酷似した事件が。
だが、犯人は服役中のはず。模倣犯なのか？
セバスチャンは捜査班に加わるべく、早速売り込みをかける。
凄腕だが、自信過剰の迷惑男の捜査が始まる！

スウェーデンのブックブロガーの熱烈な支持を受けた
北欧警察小説の鮮烈なデビュー作シリーズ

〈ショーベリ警視〉シリーズ

カーリン・イェルハルドセン◎木村由利子 訳

創元推理文庫

お菓子の家

数週間ぶりの自宅で老婦人は見知らぬ男の死体を見つける。

パパ、ママ、あたし

公園の赤ん坊、船で殺された少女。子供を巡る事件の行方は。

子守唄

眠るようにベッドに横たわる母親と二人の子どもたち。だが……

赤毛で小柄な女性刑事が活躍、
フィンランドで一番人気のミステリ

〈女性刑事マリア・カッリオ〉シリーズ

レーナ・レヘトライネン◎古市真由美 訳

創元推理文庫

雪の女

女性ばかりの館の主の死の謎を追え。〈推理の糸口賞〉受賞作。

氷の娘

氷上のプリンセスを殺したのは誰？　縺れた人間関係を解く。

要塞島の死

警部に昇進したマリアが因縁の島で起きた事件調査に奔走。

ドイツミステリの女王が贈る、
破格の警察小説シリーズ!

〈刑事オリヴァー&ピア〉シリーズ

ネレ・ノイハウス◎酒寄進一 訳

創元推理文庫

深い疵《きず》

殺害されたユダヤ人は、実はナチスの武装親衛隊員だった!?
誰もが嘘をついている&著者が仕掛けたミスリードの罠。

白雪姫には死んでもらう

閉塞的な村で起こった連続美少女殺害の真相を追う刑事たち。
緻密に絡み合う事件を通して人間のおぞましさと魅力を描く。

悪女は自殺しない

飛び降り自殺に偽装された、誰もが憎んでいた女性の死。
刑事オリヴァーとピアが挑んだ“最初の事件”!

シェトランド諸島の四季を織りこんだ
現代英国本格ミステリの精華

〈シェトランド四重奏《カルテット》〉

アン・クリーヴス◎玉木亨 訳

創元推理文庫

大鴉の啼く冬 ＊CWA最優秀長編賞受賞

大鴉の群れ飛ぶ雪原で少女はなぜ殺された――

白夜に惑う夏

道化師の仮面をつけて死んだ男をめぐる悲劇

野兎を悼む春

青年刑事の祖母の死に秘められた過去と真実

青雷の光る秋

交通の途絶した島で起こる殺人と衝撃の結末

2021.12.27

CWAゴールドダガー受賞シリーズ
スウェーデン警察小説の金字塔

〈刑事ヴァランダー・シリーズ〉

ヘニング・マンケル◎柳沢由実子 訳

創元推理文庫

殺人者の顔
リガの犬たち
白い雌ライオン
笑う男
＊CWAゴールドダガー受賞
目くらましの道 上下
五番目の女 上下
背後の足音 上下
ファイアーウォール 上下
霜の降りる前に 上下

◆シリーズ番外編
タンゴステップ 上下